U0655371

刘心武 著

刺猬进村

中国出版集团
东方出版中心

图书在版编目（CIP）数据

刺猬进村 / 刘心武著.—上海：东方出版中心，
2017.1（2020.5 重印）

ISBN 978-7-5473-1055-7

Ⅰ.①刺… Ⅱ.①刘… Ⅲ.①中国文学—当代文学—
作品综合集 Ⅳ.①I217.2

中国版本图书馆CIP数据核字（2016）第283295号

刺猬进村

出版发行 东方出版中心
地 址 上海市仙霞路345号
邮政编码 200336
电 话 021-62417400
印 刷 者 三河市德鑫印刷有限公司

开 本 787mm×1092mm 1/32
印 张 9.625
字 数 176千字
版 次 2017年1月第1版
印 次 2020年5月第4次印刷
定 价 28.00元

目 录

刺 猬 进 村

在柳树的臂弯里

渺沧海之一粟

——《刺猬进村》导读

刘心武谈他的写作,像在种"四棵树"。除了"小说树",还有"散文随笔树"、"《红楼梦》研究树"和"建筑评论树"。想必这四棵树也互为营养源,例如读《刺猬进村》,我们会发现,不同的建筑空间会频繁出现,作为影子主人公而存在。建筑本身在时间之河中是稳固无情的,因为一个人、一群人的故事而被赋予意义,并随着时间轴的推进焕发出异常强大而神秘的生命力,可以看出,刘心武对空间的迷恋与其对时间的敏感息息相关。书中提到一部电影《两个人的车站》——送别之际,车站明明人流如鲫,何以标作"两人"?借电影导演的回答,刘心武表达他对时空的某种感受,这是因为,"那一段时间里,那座车站是因为他们两个人而存在的"。

《刺猬进村》收录的大部分散文,涉及空间与人的羁绊。例如《雾锁南岸》,"我"在童年时代所栖居的重庆南岸,它最大的意义不在于空间本身,而在于时光流逝中绵延下来对保姆彭娘的思念。"我"的这种感情将南岸这一空间也诗意化了。

"在多变的世道里我没能保留下那把她用嘟嘟羽毛缝成的扇子，但可以告慰她的是，我心灵的循环液里，始终流动着她给予我的滋养。"书中其他散文篇目也多见相似的主题，例如"我"追忆杉板桥与二哥的故事，劲松与"三刘"的故事……由一片天地引出一些人，随着岁月流转，人成为旧人，事成为旧事，那片天地还在，因羁绊而有情。

正因这种有情，刘心武撷取的生活细节，看似随意，却一眼望不到尽头。东四胡同在其笔下，带着空间的纵深，也带着时间的挪移——"一直想有机会，乘坐直升飞机，从南往北，鸟瞰那十几条胡同。那是北京古城残留的机理，半是绿荫半是灰瓦，还会有鸽群飞翔、鸽哨悠然鸣响吗？还会有孩童自制的'屁股帘'风筝，拖曳着飘带浮现吗？那胡同的槐荫下，可还有抖空竹的嗡嗡声？那些四合院里的地栽花，可还是那么姹紫嫣红？……古人有'十二栏杆拍遍'之说，套用一下，我是'十二胡同踏遍'。"除了东四胡同，隆福寺的前世今生也好，在夕阳下面呈现淡棕色泽的糖猪儿也罢，无论人物的神髓还是事物的肌理质感，最让我们着迷的，终究是它们在时间流逝中呈现出来的微妙变化和本真模样。对变与不变的洞察，刘心武信手拈来，像在展现手掌心里的掌纹，一丝一毫的参差挪移，生来知晓。

文学是人学，又不止于此，它还会呈现天地的气数。刘心武的小说散文多见众声喧哗的生活流，又不给读者拥挤与逼仄的感受,究其原因,想必是因为刘心武并不将人物局限于故事之中,而更愿意将他们放置在更为广阔的时空,入乎其中,又超于其外。他笔下的时间轴,常以一类历史悠久的建筑空间加以烘托,如钟鼓楼、四牌楼、栖凤楼,又如东四胡同、隆福寺、小中河……《钟鼓楼》讲述的是 1982 年 12 月 12 日这一天发生在北京某个普通四合院里的故事,主人公薛大娘一早起便忙碌儿子的婚事,从日常劳作中偶一走神,透过浅绿色的丝绸般的天光,她抬头望见钟鼓楼的剪影,"钟鼓楼仿佛也在默默地俯视着她住的那条古老的胡同、陈旧的院落和她本人。在差不多半分钟里,历史和命运就那么无言地、似乎是无动于衷地对望着"。这一对望并不能推动情节的进展,然而以历史为参照的时间与以个人命运为参照的时间迎面相撞,主人公在恍神之间觉察出一种不言而明的神秘力量,瞬间让故事敞亮而有力。同样在小说结尾,四合院里一群知识背景、生活阅历、社会阶层各不相同的年轻人通过对历史、对未来、对时间的理解,融合成激荡人心的和谐与默契。这一和谐默契只可能是电光火石、稍纵即逝的,如同无数缤纷的浪花,交汇于海洋,再各自分散。而时间,既成为触媒,又无时无刻不把他们推向新的方向与碰撞之中。

有趣的是,时间在刘心武的作品中有两副面孔,一种是随叙事起舞的的急管繁弦,而另一种,隐于故事背后,它忠实于天地自然本身的节奏,紧慢随势、阔大无情。其实,这也是刘心武写作过程中的两种立场。投注生活之流时,随处可见他对世事人情的敏感锐利,一点小细节便搅起万千思绪,邵燕祥那声不标准的京腔招呼——"心武",能在他的记忆深处鲜活几十年;而跳脱叙事之外,刘心武仿佛又成为钟鼓楼一般无言悲悯的历史见证者,历经世事后,对冷暖兴衰自有一派达观与通透。以蜉蝣见天地,以一粟观沧海,赤子般的闪亮性情和老人的沉默洞明融为一体,汇于读本的字里行间。

杉板桥无故事

雾锁南岸

随着记忆回到童年,我的空间比例感立即变更,我的视平线离地面不足一米,跟我个头平齐的是家里那几只大鹅,我混在它们里面一起朝花台那边摇摇摆摆而去,它们欢快地叫着,我觉得听明白了它们的话语,是在鼓励我朝前走,不要怕会从花台里爬出来的菜花蛇。

那时候只有大人将我抱起,我才会注意到大人的面容,当我自己在地面上跑来跑去时,我觉得亲切的面容主要是那几只大鹅。我觉得自己跟它们没多大区别,它们似乎也把我视为同类。

"刘幺! 莫让鹅啄了你!"一个大人走近我身旁,记忆里没有她的面容,只有她的大手,很粗糙,很有力,握住了我的胳臂,将我拉往她的怀抱,几只鹅兄鹅弟抱怨地扇着翅膀,摇晃着让到一边。

抱起我来的,是我家的保姆彭娘。我在她怀里挣扎着:"鹅才不啄我哩! 我要跟它们耍嘛!"彭娘道:"是有点怪吔,这些鹅啄这个啄那个,就是不啄幺娃! 不过谨慎点为好啊!"说着彭娘就把我抱进灶房去了，把我放到小竹凳上，哄我说："幺娃儿乖，帮我剥豌豆，我摆个龙门阵给你听……"

所忆起的这些，都在重庆南岸，那时我家的居所。

那是1946年到1950年，我四岁到八岁期间。我家那时所住的，是重庆海关的宿舍。那栋房子，是两层楼，下面一层，住的是另一家，那家的院门，在下面的一个平面上。我家的院门呢，则在山坡的另一平面上。院门由木头和竹子构成，进了院门，是个小院子，这小院子的右手边，是个几米高的坡壁，坡上有路，从那路上往下跳，按说就能跳进我家，但我家在那坡避下面，布置了一个花台，花台上种的蔷薇，长成一米高的乱藤，一年里有三季盛开着艳红的蔷薇花，那些粗壮的藤茎上，布满密密的尖刺，令任何一位打算从坡壁上跳下的人望而生畏。就这样，我家右边形成了自然的壁垒。左边呢，我家这个院子的平面，与下面那个平面，又形成了一个落差更大的坡壁，于是安装了篱笆。那栋两层的小楼，下面一层与我们上面一层原来有楼梯相通，因为分给两家，堵死了。那楼耸起在我家的这个小院前面，二层正与小院的平面取齐，但楼体并不挨着坡壁，楼体与坡壁之间，是一道深沟，雨后会有溪流冲过，平时也有深浅不一的沟水滞留，那么，我们家的人怎么进入自己的住房呢？那就需要通过一座木桥，桥这头在我家小院，桥那头伸进楼上的一扇门，穿过桥，进入楼里，则是一个比较大的空间，充作饭堂，饭堂前面有门，门外则是一个不小的阳台，从阳台上可以望见长江和嘉陵江的汇合,山城重庆的剪影历历在目。从饭堂往右,有条走廊,走廊里面有三间屋子,有间是摆着沙发的客厅,有间是父亲的书房,尽里面最大的一间,则是卧室,我虽然有自己的小床,但常常要挤到父母的大床上去睡,夜里作恶梦,拼命往父亲脊背上靠,结果给他捂出了大片痱子。那时大哥、二哥都常在外地,小哥和阿姐在重庆城里巴蜀中学住校,父亲每天一早要乘海关划子过江到城里上班,晚上才回来,因此,大多数时候,那个空间里,只有母亲、彭娘和我。小院尽里面,有三间草房,墙是竹蔑编的,屋顶是稻草铺的,一间是灶房,一间彭娘住,一间是搁马桶的,大人要到那里面去方便,我是不用去那里的,我在屋子里有罐罐,彭娘每天会给我倒掉洗净。草房再往里,高高的坡壁下,有一片菜地,彭娘经营得很好,我家吃的菜有一半是在那里自产的。

彭娘到我家帮佣,有很长的历史。大约在1936年父亲从梧州海关调到重庆海关任职,她就从老家来到我家了。据二哥告诉我,那时候我家生活很富裕,住在城里,每晚开饭,要开两桌,除了自家一桌,总有一些同乡,坐成一桌来吃饭。那时给彭娘的佣金,是相当可观的。但是1937年抗战爆发以后,生活艰难起来,特别是日本飞机轰炸重庆,使得父亲不得不将母亲和孩子们先转移到成都,再转移到老家安岳。彭娘在我家经济上衰落时,依然跟我母亲兄姊转移各地,相依为命。阿姐告诉我,那期间父亲偶尔会来成都看望家人,但来去匆匆,留下的钱不够用,战时薪酬发放不按时,加上邮路不畅,母亲常常面临无米之炊的窘境,她就记得,有天在昏暗的煤油灯光里,母亲开口问彭娘借钱,彭娘就从她自己的藤箱里,翻出一个土布小包袱,细心打开,好几层,里面是她历年来攒下的工钱,都兑换成了银元,她对我们母亲说:"莫说是借。羊毛出在羊身上。甜日子苦日子大家一起过。只是你莫要再生那个从桌子上往下跳的心!"

彭娘规劝母亲不要从桌子上往下跳,是因为那时候,1941年冬季,母亲又怀孕了,那时候父母已经有三子一女,而且还有一个年纪跟大哥相仿的,祖父续弦妻子生下的小叔,跟着母亲在抗战的艰难岁月里颠沛流离,父母实在不想再度生育,只是那时候没有什么避孕措施,不想父亲从重庆往成都短暂探视母亲的几天里,竟播下了我这个种,母亲找来不少堕胎的偏方,可是吃进去就会很快呕出来,于是跟彭娘说起,不如从桌子上猛地跳下,也许就把胎儿流出来了。有天母亲又让彭娘去为她买堕胎药,彭娘从外面回来,跟她说:"这回我给你换了个方子!"母亲说:"莫是吃了又要呕出来啊!"彭娘热好了那东西,端过去,母亲吃了一惊:"这是什么啊? 我怎么觉得分明是牛奶呀?"彭娘就说:"是我给你买的牛奶! 你这么一天天乱吃药,正经饭不吃几口,看你身子还能撑几天! 你带着这么一大咔啦娃儿,不把身子保养好,怎么开交? 给我巴巴实实喝了它!"母亲说:"只怕喝了也要呕出来!"但是她喝下那牛奶,却不但没呕，还实话实说："多日没喝过这甘露般的东西了。只怕上了瘾没那么多钱供给！"

于是到了1942年6月，在成都育婴堂街借住的陋宅里，母亲再一次临盆。母亲非常紧张，她对彭娘说："以前都是在医院，那里边什么都是现成的……"彭娘就"赏"她——四川话把批驳、斥责、讥讽、奚落说成"赏"——"说不得什么以前现在了，抗日嘛，大家紧缩点是应当的！再说了，现在怎么就不现成？七舅母当过护士，我自己也生过娃儿，一锅干净水已经烧滚在那里了，干净的毛巾，消过毒的剪刀，全齐备了，你就安安逸逸生你的就是了！"凌晨，母亲生下了我，接生的是我七舅母，助产的正是彭娘，彭娘后来说："原准备你出来后拍你屁股一下，哪晓得你一到我手里就哇哇大哭，你委屈个啥啊？"

我的落生，虽在父母计划之外，但既然来了，他们也就喜欢。父亲给我取名，刘姓后的心字，是祖上定下的辈分标志，只有最后一个字需要父亲定夺，父亲那时候支持蒋介石的武装抗日立场，反对汪精卫的所谓"和平路线"，就给我取名刘心武，据说彭娘听了头一个赞同，说："要得！我们幺儿生下来就结实英武，二天当个将军！莫去舞文弄墨，文弱得像根麻杆儿！"她哪里想得到，几十年后，恰恰是这个名字里有"武"字的，没成为将军，倒混成个文人。其实要说名字的"文艺味儿"，二哥刘心人、小哥刘心化，名字都远比我的更适合作为作家的署名。

彭娘似乎比父母更宠我。她说我命硬，从小就懂得自卫，才几个月，她把我放在盆里洗澡，我站在盆里，一只手死死拽住她的衣角，不使自己跌倒，"唷吔，这个娃儿，好大气力哟！"多年以后，彭娘说起，还笑得合不拢口。又夸我天生谨慎，说是他们老家乡里，有个娃儿，养活四五岁了，有天口渴，跑到饭桌前，欠起脚，抓过茶壶就对嘴喝，没想到壶里是大人刚灌满的滚水，满壶滚水不容他躲避咕咚咕咚灌进了他食道胃肠里，好好的一个娃儿，竟然就活活烫死了！因此，她到我家帮佣以后，对我哥哥姐姐，从小不忘提醒：吃喝先要弄清冷热，尤其不能把住茶壶嘴就往嗓子眼里灌。但是我呢，彭娘说，怪了，从很小开始，她喂我水喂我饭，明明她已经尝过冷热，是正合适的，那勺子到了我嘴边，我总会本能地用舌尖轻轻地试着舔一下，在确认不烫以后，才肯让她将水将饭喂进我的嘴里；长到四五岁自己能倒茶壶里的水喝了，见到茶壶，总要先小心翼翼地用手指尖触一下，再轻轻摸几下，确证不烫，这才倒在杯子里，小口小口地喝。"唷吔，这个娃儿，心鬼细哟！"彭娘所肯定的我生命的本能，也许确是我存活世上的先天优势。

但是彭娘对我的宠爱，有时达到溺爱的程度，由此引出母亲与她的争议。有一回，我家那几只鹅不断怪叫，彭娘走出灶房去看，我随在她身后，只见我家那篱门外，有个人抛进绳套，要套走最前面的那只鹅，彭娘就冲过去，大声呵斥詈骂："龟儿子！砍脑壳的！"篱门外的人只好收回绳套一溜烟跑掉了，我见状也冲到篱门边,朝外面大声骂:"龟儿子!砍脑壳的!"母亲听见人声,这才从屋里出来,站在桥上问怎么回事,彭娘且不报告有贼套鹅的事,而是极其兴奋地向母亲报告说:"好吧!刘幺会骂人了吧!"她那样眉开眼笑地赞我大声骂人,令母亲十分诧异。其实我那次骂人,完全是鹦鹉学舌,"龟儿子"还勉强能懂,何谓"砍脑壳的",实在蒙蒙然,后来长大了,才知道是咒人遭遇杀头死刑的意思。母亲对我们子女,家教严格的一面里,禁止"撒村"即骂人是头一条,尤其不许说那些涉及性交的污言秽语,这种语言洁癖是否有些过分?依我后来的人生经验,是判定为过分的,使得我在少年、青年时期,因此被一些其实本质不错的同学疏离,我是那么样地不能口吐脏话,也使得我在自我宣泄时失却了一种偶可使用的利器。后来阿姐告诉我,母亲有次就跟彭娘说,莫教刘幺骂人,他学舌你的"村话",你要制止他才是,彭娘完全不接受母亲的批评,她有她的道理:"村话村话,村里人说话,就那么直来直去,有啥子不好?我看你是离开村子当太太久了,一天洗几遍手,还不是喷嚏咳嗽的,哪里有我经得起打磨!我虽跟着你们也离开村子好久了,到底还在种菜养鹅,时不时说几句村话,心里岂不痛快许多!"母亲听了,也只是笑笑,不过彭娘自己该"撒村"的时候照旧泼辣地"撒村",却不再怂恿我学舌"撒村"。

彭娘深深地融入了我们这个家庭。她和母亲,亲如姊妹,我看惯了她们一起制作泡菜、水豆豉,灌肉肠、晾腊肉,两个人合拧洗好的床单再晾到绳子上……母亲会到灶房和彭娘一起做饭,彭娘会到我们住房里跟母亲一起收拾箱笼、拆旧毛衣、织新毛衣,她们有时会头凑头压低声音说话,一起叹息,或者相对嗤嗤地浅笑。彭娘爱护我们家的每一个人。父亲和大哥是一对爱恨交织的冤家,我在别的文章里写到过,也以他们为原型,将那父子冲突写进了我的长篇小说《四牌楼》里。一次彭娘煮好了打卤面大家围着八仙桌吃,大哥顶撞父亲,父亲气得将一碗面摔到地下,喝令大哥:"滚!"大哥搁下面碗,摇摇肩膀,取下椅背上的外衣,冲出屋子,果然一去不返。父亲盛怒,母亲也不敢马上劝解。那天小哥阿姐都在家。到晚上小哥要找锥子修理什么东西,阿姐要拿剪刀剪劳作老师(那时有门课程叫劳作课)留下的剪纸作业,却都没在以往放这些东西的地方找到,母亲也觉得锥子和剪刀的失踪不可思议,最后还是彭娘供认,她早发现父亲和大哥都像打火石,说不定什么时候就会撞出火花燃起大火,她怕父亲一怒之下会做出不理智的事情,确实,父亲恨大哥恨得牙痒时,放过类似《红楼梦》"不肖种种大承笞挞"那回里贾政那样的狠话,大哥上小学时惹祸被学校开除,父亲曾气得用锥子扎他屁股,所以以防万一,就把锥子、剪刀等屋里的利器在晚饭前都藏了起来。第二天、第三天……几天以后大哥也没有回来,母亲急得哭泣:"他连吃饭的钱也没有,可怎么办啊?"彭娘就悄悄告诉母亲,她预见到大哥可能离家出走,因此,在大哥那搭在椅背上的外衣口袋里,装了好几个银元，"他一时是有钱用的，再说了，他是条能挣到钱的汉子了，你放心，二天他回来，父子和好，你高兴的时候会有的！"母亲说要还她银元，她生气了："难道他们不也是我的儿女吗？"

彭娘确实是我们子女的第二个母亲。她最宠我，但其他的孩子也都疼。那时候小哥阿姐每星期五晚上会从城里回南岸，小哥比我大一轮，玩不到一块儿，阿姐比我大八岁，勉强可以充当我的玩伴。每次阿姐到家前，我都会把一只大橘子，用一只大碗扣住，等她回家以后，让她掀开大碗，感到欣喜。但是次数多了，阿姐渐渐不以为奇，她到家后忙着别的事情，我几次唤她，她都懒得去掀碗，这情况让彭娘发现了，于是，有一次我缠着阿姐催她找橘子，她漫不经心地依然做别的事，彭娘就过去跟她说："妹儿，这回刘幺给你扣了只活老鼠哩！"阿姐不信，马上去掀那只碗，谁知碗一掀开，阿姐和我都惊呆了——碗下扣的是几只艳黄喷香的枇杷果！阿姐高兴得跳起来，彭娘笑道："老鼠变成了枇杷果！"我老老实实地说："咦，我扣的是橘子呀！"阿姐才知道，彭娘用枇杷换去了橘子。那枇杷是头些天客人送给我家的，父母分了一些给彭娘，彭娘说该给我小哥和阿姐留着，母亲说这东西不经放，你就吃掉吧，那时候家里没有冰箱，天气热得快，确实很容易把枇杷放烂，但是彭娘自己舍不得吃，她想出一种土办法，就是把鲜枇杷埋在米缸里，小哥阿姐回家前取出来，果然都还新鲜。那天阿姐觉得有意外收获,小哥得到彭娘为他留的那一份也很高兴。

彭娘给予我小小的心灵,以爱的熏陶。她有"砍脑壳的"一类的骂人的口头禅,也有"造孽哟"一类表示同情、感叹的口头禅。来给我家送水的大师傅,是个哑巴。那时我家没有自来水,吃饭洗衣所需的水,都依靠拉木头大水车的师傅按时供应,大约每隔几天师傅就要来一次,先把那装水的车子停在院子里,再用水桶一桶桶地将水运进灶房间,倒进三只比我身子高许多的大水缸里,水缸装满后,要盖上可以对折打开的木盖子,往往是水注满后,彭娘就拿出几块明矾,分别丢到水缸里,起消毒、澄清的作用,当然,那是我后来才懂得的。送水师傅来了,母亲也会出来招呼,除了付钱,还让彭娘给他盛饭吃,彭娘会给他盛上很大一碗白米饭,米粒堆得高高的,那种样的一碗饭叫"帽儿头",彭娘还会给他一碗菜,菜里会有肉。有回送水的师傅吃完要走,彭娘让他且莫走,师傅比比画画,意思是还要给别家送水,彭娘高声说:"你看你那腿,疮都流脓了,也不好生医一医,造孽哟!"就跑到木桥那边住房里,问母亲要来如意膏,亲自给那师傅在创口上抹药,又把整盒的药膏送给师傅。这些我看在眼里,都很养心。只是很长时间里我都想不通,为什么要用"造孽哟"来表示"可怜呀"。

彭娘使我懂得,不仅要爱护人,像我们家养的狗儿小花、猫儿大黑,还有那群鹅,都是需要怜爱的。小花本是只野狗,被我家收留,它虽然长得很高大,其实胆子很小,彭娘笑话它:"贼娃子来了它只知道喘气,贼娃子跑了它倒汪汪乱叫!"虽然小花如此无用,彭娘还是耐心喂它。猫儿大黑一身光亮的紧身黑毛,眼珠常常是绿闪闪的,它的存在,使得我们屋里没有鼠患。鹅儿里最高的那只,我叫它嘟嘟,为什么那样叫? 没有什么道理,就喜欢叫它嘟嘟,我跟嘟嘟走到一起,彭娘说我们就像两兄弟。原来我家那蔷薇花台上,甚至三间草房里,常有蛇出没,自从嘟嘟它们长大,蛇都不敢到我家那个空间里活动了,我就亲眼看见,嘟嘟勇敢地把从蔷薇花台上蹿出的蛇,鸽得蜷曲翻腾最后像绳子一样死在那里。

当我在重庆南岸那个空间里度过我的童年时,中国历史正翻动到最惊心动魄的一页。蒋介石在大陆的政权被推翻了,他带着一些人飞到了台湾。在内战爆发以后,我家忽然来了彭大娘的儿子,我叫他彭大哥。后来知道,他是为了逃避被驱赶到内战战场上厮杀,躲藏到我家来的。他和彭大娘住在草屋里,他很少出屋,更很少开口说话。但是还是有住在附近的海关人士发现了他,于是父母决定干脆让他大方露面。那时候我已经上了小学,原来读的是不远处的海关子弟学校,父母特意将我转到离家颇远的一所私立小学去读,父亲告诉海关同事,彭大哥是特意雇来接送我上学的。这当然说得通。于是,有一段时间,彭大哥就每天带我去远处上学。

1949年入秋，重庆城开始呈现真空状态，国民党政府和军队撤离了，共产党的解放军却还没有开过来。于是发生了"九·二大火灾"，我曾有专门的文章描述过，从南岸我家望去，重庆城的大火景象非常恐怖，炙热的火气随风扑向南岸，为了防止意外，彭大哥就拿大盆往我家阳台那边的墙壁上泼水。"造孽啊！"彭娘不让我往江那边多看，将我抱到她住的那间草屋里，搂着我说："刘幺莫怕！有彭娘就烧不到你们家，伤不到你！"

那段日子，有若干恐怖记忆。除了目击对岸的旷世大火，还有国民党溃军的散兵游勇，时不时乱放枪。有一天彭娘去外面找难买的菜肉去了，家里只有我和母亲，一个穿道士装的人走进我家院子，母亲站在木桥上应付他，他反复指着母亲身后的我说："太太，你快把那娃儿舍给我吧，兵荒马乱的，你留下是个累赘啊，舍了吧，舍了吧……"我听懂了他的意思，害怕到极点，一只手紧紧地攥住母亲的衣角，只听母亲镇定地说："师傅你快去吧，莫再说了，那是不可能的，请你马上离开。"那道士后来终于转身离开了。彭娘回来，母亲说起这事，彭娘把我揽到怀里，大声"撒村"，骂那道士，我这才哇的一声大哭起来。长大了读《红楼梦》，读到甄士隐抱着女儿在街上看灯会的热闹，忽然有道士和尚过来，那癞头和尚指着他女儿说："施主，你把这有命无运、累及爹娘之物抱在怀内作甚？……舍我吧，舍我吧……"我就总不免忆起自己童年时的那段遭际，真乃"阳光之下无罕事",在惊叹之余,又不免因后怕而脊背发凉。

1949 年 10 月 1 日那天,北京宣布"中央人民政府成立了",我家那时父母小哥阿姐头靠头挤在一台电子管收音机前,听声音不甚清晰的广播。我毕竟还小,不知道就在那一刻,我已被定位为"随时准备着,为实现共产主义而奋斗"的"革命接班人",必须"好好学习,天天向上",努力使自己能尽早戴上红领巾、尽早佩戴上共青团的徽章⋯⋯

但是直到那一年的十月底,四川才算解放,再过些时候,新政权才接管了重庆海关。父亲被新政权的海关总署留用,调往北京,重庆海关则被撤消。

我完全没有意识到,那是我离别彭娘的时刻。而就在那些天以前,我刚跟彭娘闹过别扭。因为她竟把包括嘟嘟在内的鹅们都宰杀了。我大哭,不肯吃她烧出的鹅肉。彭娘试图用讲童话的方式化解我的愤懑,让我想像嘟嘟它们其实是变成了云朵飘在了天上,但那时我已经八岁上到了小学三年级,她骗不了我。

全家都兴奋地准备迁往北京。狗儿小花由邻居收养,猫儿大黑由姑妈家收养。我们先要渡江离开南岸,到重庆城里,在姑爹姑妈家里暂住几天,然后会坐上大轮船,抵达武汉后,再乘火车去往北京。我不记得是怎么在大雾弥漫中离开南岸的,也记不清在姑爹姑妈家都经历了些什么,只记得终于跟大人们上了轮船后，我问母亲："彭娘呢？我要彭娘！"母亲告诉我："彭娘和彭大哥都回安岳去了。你这个没良心的，现在才想起彭娘！那天我们离开南岸，彭娘望着你哭得好造孽，你竟连头也没回，径自蹦蹦跳跳地随小哥阿姐他们往渡轮上去了！"我这才意识到，彭娘的体温，再传递不到我小小的身躯上了！望着滔滔江水，我号啕大哭起来。

我被劝回船舱，阿姐走过来，递我一样东西，跟我说："彭娘留给你的，你的嘟嘟！"我用迷离的泪眼一看，是一把鹅毛扇。接过那扇子，在南岸那个空间里跟彭娘度过的那些日子，倏地重叠着回落到我的心头，我哭得更凶了。

什么叫生离，什么叫惜别，我是很久以后，才懂得的。可是对于我和彭娘来说，一切都难以补救了。

在北京，上到初中，学校里举行作文比赛，题目是《难忘的人》，彭娘当然难忘，我准备写她。可是，恰巧我构思作文时，小哥和他的戏迷朋友，在我家高谈阔论。他们谈起拍摄京剧艺术影片的事情，说拍完梅兰芳，要拍程砚秋，程砚秋自己最愿意拍摄的，是《锁麟囊》，这戏演的是富家女将自己装有许多金银珠宝的锁麟囊赠给了贫家女子，后来遭遇水灾破了家，沦落异地，无奈中到一富人家当保姆，结果那富家女主人，竟恰巧是当年的那贫家女，而之所以致富，正是那锁麟囊里的金银珠宝起了奠基作用，二人说破后，结为金兰姊妹。这出戏故事曲折动人，场面变化有趣，特别是唱腔十分优美，其中的水袖功夫也出神入化。但是，没想到当时指导戏曲演出的领导人物却认为，这出戏宣扬了阶级调和，有问题。结果就没拍《锁麟囊》，给程砚秋拍了部场面素淡冷清得多的《荒山泪》。后来程砚秋在舞台上演出，被迫把这戏改得逻辑混乱，演成富家女赠贫家女锁麟囊后，贫家女只收了那囊袋，将囊中的金银珠宝当即奉还给赠囊人了。听了小哥他们的议论，我对写不写彭娘就犹豫起来。后来我请教小哥，他叹口气说，现在一切方面都要强调阶级，彭娘虽然在咱们家就是一个家庭成员，她自己也这么认为，可是，搁在现在的阶级论里衡量，咱们父母是雇主，她是帮佣，属于劳资关系，是两个阶级范畴里的人。你最好别写这样的文章，让人家知道你曾有保姆服侍。再说，就是咱们不怕人家说闲话，听说彭大哥回乡以后，土改里是积极分子，当了乡里第一任党支部的书记，人家恐怕也忌讳提起跟我们家有过的那段亲密相处的关系。于是，我不仅那时候没有写过彭娘，以后也只把对南岸空间里关于彭娘的回忆，用浓雾深锁在心里。

直到改革开放以后，我才打听彭娘的消息，据说她在临终前的日子里，念叨着她的一个个亲人，其中有一个是"我的刘么"。

南岸的那个空间啊，你一定大变样了！不变的是彭娘胸怀传递给我的那股生命暖流，我终于写出了这些文字，愿彭娘的在天之灵能够原宥我的罪孽——在多变的世道里我没能保留下那把她用嘟嘟羽毛缝成的扇子,但可以告慰她的是,我心灵的循环液里,始终流动着她给予我的滋养。

2012 年 1 月 26 日　温榆斋中

祥云飞渡

每到午后,那居室的窗户透光度增强,我跟石大妈对坐聊天,就觉得格外惬意。我们的话题,常常集中到一本书上。那是薄薄的一本书,1961年我曾拥有过,在否定一切"旧文化"的狂暴中,又失去了它,但到1981年,我不但重新拥有了它,而且,还买了一册那年新版的送给了石大妈。

我跟石大妈说起,1979年初,还没搬到我们住的这栋楼来的时候,曾见到一位法国来的汉学家,他给自己取的汉名叫于儒伯,交谈中,谈到了这本书,我说可惜现在自己没有了这本书,也买不到这本书,他就笑道,可以送我一本,不过,那可是法文的,如果我想利用书里的资料,提出来,他可以把相关片断从法文回译成中文,送给我。他当然是说着玩儿。试想,以下这些文字中译法后,再法译中,会发生怎样的变异:

> 自十三以至十七均谓之灯节……各色灯彩多以纱绢玻璃及明角等为之,并绘画古今故事,以资玩赏。市人之巧者,又复结冰为器,裁麦苗为人物,华而不侈,朴而不

俗,殊可观也。花炮棚子制各色烟火,竞巧争奇,有盒子、花盆、焰火杆子、线穿牡丹、水浇莲、金盘落月、葡萄架、旗火、二踢脚、飞天十响、五鬼闹判儿、八角子、炮打襄阳城、闸炮、天地灯等名目。富室豪门,争相购买,银花火树,光彩照人,市马喧阗,笙歌聒耳,自白昼以迄二鼓,烟尘渐稀,而人影在地,明月当天,士女儿童,始相率喧笑而散。市卖食物,干鲜具备,而以元宵为大宗,亦所以点缀节景耳。又有卖金鱼者,以玻璃瓶盛之,转侧其影,大小俄忽,实为他处所无也。

这本书,就是《燕京岁时记》,是一部文字简约而精美的,按季节嬗递记载北京民俗的随笔集。作者是清末的富察敦崇。它于清光绪二十三年(1906年)付梓,很快被译成法文在法国出版,日本也翻译出版过。我读了这本书,就有一种憬悟,那就是,社会生活除了政治层面,还有与芸芸众生更加密切相关的,包括诸多琐屑俗世乐趣在内的生活层面,帝王将相,大政治家,职业革命家……有的对这些俗世生态嗤之以鼻,若觉妨碍他们的伟大事业,禁绝、扫荡起来是决不留余地的,但是,毕竟这世界上还是渺小、卑微的芸芸众生居多,他们那种无论在什么情况下,都要顽强地寻求小乐趣的"劣根性",却是万难斩尽杀绝,是一定会"野火烧不尽,春风吹又生"的。1966年夏天至1976年冬日的大风暴不可谓不猛烈,但到

1981年我和石大妈对坐闲聊时,那十年里被批判、扫荡、禁毁、藏匿的一些文化与习俗,却又迅速地复苏、重生,舞台上又有传统剧目上演,电影院里以正面评价重映被批判过的影片,被打倒过的作家的作品结集为《重放的鲜花》一时洛阳纸贵,《燕京岁时记》这类的古旧"闲书"也重新出版,而我和石大妈聊起其中的内容,比如"五月下旬则甜瓜已熟,沿街吆卖。有旱金坠、青皮翠、羊角蜜、哈密酥、倭瓜瓤、老头儿乐各种",也再没有"脱离政治低级趣味"的心理压力。石大妈能把以上六种甜瓜的形态及口味非常精准地给我细细道来。

石大妈,因为嫁给了石大爷,所以我管她叫石大妈,她自己姓傅,满族人,满族入关定鼎中原以后,逐渐汉化,比如富察氏,有的后来就将自己的姓氏简化为富或傅。石大妈的祖父,正是《燕京岁时记》的作者富察敦崇。尽管隶属正黄旗的富察氏传到敦崇时早已成为地道的北京人,但敦崇在书前还是这样署名:"长白　富察敦崇　礼臣氏编"。

我能跟石大妈结识,那是因为,在那个历史时段,我们出于同一个前提,在同一栋楼里分到了居室,那栋楼所在的地区,被定名为劲松。

什么前提呢?叫做"落实政策"。从1973年以后,就有落实政策一说,有的在大风暴中入狱的,被放出;关"牛棚"的,让回家;受管制的,"敌我矛盾按人民内部矛盾处理",松口气……但是,由于"四人帮"的阻挠,落实政策的步履十分蹒珊，大打折扣，留有"尾巴"，直到 1976 年 10 月以后，"四人帮"垮了台，又经过大约两年的时间，确定了改革开放的大方向，进入了新格局，这才加快了落实政策的步伐。记得 1979 年初在北京工人体育馆开了诗歌朗诵会，其中有句"诗"是："政策必须落实！"啊呀，台下掌声经久不息，有的观众竟至于流出了热泪！如今长大成人的"80 后"、"90 后"见到我这样的回忆文字，或许会发愣：真有那么回事吗？作为过来人，我保证有那么回事。那几年里，"落实政策"绝对是热词、要事。

首先，是为被打击过的老革命、老干部恢复名誉。然后，为被打成"牛鬼蛇神"的"反动学术权威"们和包括名演员、名作家在内的文艺界知名人士平反。后来，更提出并实施"落实知识分子政策"。有的被落实政策的对象，已经去世，就开追悼会，重新安置骨灰。活着的，因为风暴中被扫地出门，给其落实政策的一项重要措施，就是安排住房。于是从 1975 年起，北京就开始建造几批"落实政策房"，简称"政策房"。我见识过的，规格最高的，在南沙沟，那个楼区隔条马路就是钓鱼台国宾馆，风水自然很好，里面有独栋小洋楼，有连体小洋楼，也有比较高的公寓楼，能被安置到那个区域去住的，多半是副部级以上的老干部，或者是钱钟书那样被当局看重的文化人。再一片在木樨地，是临街的大板楼，外观平常，但里面每套单元的面积，都相当可观。那时候因为住房尚未商品化，还是由组织上分配，因此人们说起楼里的单元，一般不问是多大的面积,而是问:"几室几厅呀?"我那时眼皮浅,觉得三室一厅就很了不起了,有回见到冯牧,他那时还屈居在胡同杂院狭隘的东房里,他那时已经是重新恢复活动的中国作家协会的领导成员之一,我觉得官位已经不小,但落实政策,等分房,他也得排队候着,最后是迁往木樨地的楼里,我想象着他即将迁入的大单元,问:"三室一厅的吧?"他纠正我:"四室一厅。"可见我是个"土老帽"。那时冯牧已经是正局级。后来我懂得了分房的"游戏规则":局级四室一厅,处级三室一厅,科级两室一厅……部级么,那就起码是五室二厅,又想起曾见到韦君宜(当时是人民文学出版社负责人之一,晚年著有《思痛录》),给她落实政策,要考虑她那在风暴中牺牲的夫君杨述(曾任北京市委宣传部长),她可能只是正局级,但杨述级别更高,因此,当我问她即将迁往的新居是否四室一厅时,她回答我:"有七间屋子。"令我"耳界大开"。后来我到木樨地冯牧新居拜访过,也去过旁边一栋楼里的陈荒煤家,他们所分到的,均非楼里最大的户型,冯牧说他那套是最小的一种,但我置身其中,却觉得已经相当地宽敞堂皇。胡风、丁玲落实政策后,也都入住在木樨地的楼里。

另一大片"政策楼",则在"前三门",即崇文门、正阳门、宣武门一线,原来是北京内外城分界的城墙所在,城墙拆了,崇文、宣武两个城门也拆了,盖起了一大排公寓楼,其中绝大多数,也是用来安置恢复名誉、重新安排职务的党内外人士,王蒙从新疆回来,改正了 1957 年对他的错划,很快任命为中国作协和北京市作协的领导成员,头一套住房,就分的是"前三门"某楼里的一套,那格局完全不能跟南沙沟的比,跟木樨地的差距也大,但王蒙那时很高兴,我去过,觉得挺好。

还有一片在朝阳门外数里远,叫团结湖。1981 年,中国作协派出以杜宣(剧作家)为团长的作家代表团一行三人赴日本访问,我是团员,我们乘汽车往天竺机场时,路过了团结湖楼区,杜宣告诉我,他头一天刚去那边的"政策楼"里看望过老朋友罗烽、白朗夫妇,罗、白伉俪曾是著名作家,但后来也被打成"反党分子",历经二十多年的坎坷,才得迁入团结湖某楼,过上正常的生活,但他们也就写不出什么作品来了。我则告诉杜宣,从维熙现在也住在团结湖。那时从的《大墙下的红玉兰》影响很大,获得"大墙文学之父"的称谓。杜宣问我住在哪里? 我告诉他在劲松,他虽没有去过,却是知道的,感慨系之地说:"是呀,是呀,木樨地,前三门,团结湖,劲松……都有'政策楼'啊,欠账太多,有的人现在还在等候哩!"他从上海来,说上海就落实住房政策而言,还很滞后,比不上北京。

劲松的"政策楼",盖得稍晚,但规模似乎最大。安置到里面的,似乎级别、身份要稍逊。那时落实政策,最后一项叫做"落实知识分子政策",十年风暴中知识分子被贬损为"臭老九"——我又忍不住要加注,因为我希望有"80 后"、"90 后"乃至更后的人士能读到这样的文章——为什么称"老九",因为前面有八种更糟糕的：地（主）、富（农）、反（革命）、坏（分子）、右（资产阶级右派分子）、现行（反革命）、走资（本主义道路的当权）派、反动（学术）权威，都属于敌我矛盾，知识分子排第九位，实际上等于"人民内部矛盾按敌我矛盾对待"了，等于说，知识分子随时随地会滋生出以上八种"牛鬼蛇神"，因此臭不可闻，需控制使用，而他们的住房，则长期得不到妥善解决。记得1980年左右，《光明日报》刊登了一篇小说，题目是《盼》，真实地描写了一群从事科技工作的中年知识分子居住条件的恶劣状态，以及他们盼望得以改善的强烈情绪，引出巨大反响。因为那篇小说篇幅比较长，一次刊登不完，而报社又没有在第一天刊出后及时在第二天续登，引出许多科研单位知识分子往报社打电话询问，有的认为一定是小说的内容又遭到某些部门和官员的否定，实行了"腰斩"，情绪十分激动，其实，报社只不过是因为刊发小说的副刊并非天天必有，才隔了几日续刊完。同时期又有谌容的中篇小说《人到中年》在《收获》杂志刊发出来，并很快改编拍摄成彩色电影广泛放映，算是以文艺形式为知识分子强有力地"正名"，将"臭老九"变成了实施"科学技术是第一生产力"的"香饽饽"。这就是那时候社会上发生的巨大变化之一。而劲松的"政策楼"，也就成为安置各界形形色色知识分子的重要空间。

我1979年迁入的劲松一区的那栋楼，是分配给北京市文艺界人士的，其中演员居多，演员，包括戏曲演员，大体上也属于知识分子范畴吧。我有幸进入到入住"政策楼"的名单，端赖 1977 年 11 月在《人民文学》杂志发表了短篇小说《班主任》，这篇东西刊发后反响强烈，1979 年初中国作家协会第一次举办全国优秀短篇小说评奖活动，它获头名，而我也就顺利地成为了中国作家协会会员，又被安排为理事，所以我不是作为遭受过打击而恢复名誉、安排新居的那种落实政策对象，而是作为在改革开放的进程中有杰出贡献而奖励性分配楼房单元的，因此，我当然算是中国 1978 年实行改革开放新政的一个既得利益者。

我们那栋楼，一共五层，每层三个单元，1 号是大的两居室，2 号是小的两居室，3 号则是三居室，有地下室，也分成跟上面一样的三个单元，因此一共可容纳十八户。我在分配前，被召唤到市委宣传部见部长，他在十年风暴中也被打倒，上面给他落实了政策，他那时忙活的，是给他下属各系统各单位的人士落实政策，我去的时候，见到了李万春，那是京剧界的著名武生，中年以前不但武功好，还有好嗓子能唱，我小时候，父母带我看过他的戏，但是他从 1957 年以后就倒霉了，到 1979 年我跟他相继被召唤到市委宣传部长跟前的时候，我觉得他不仅满脸沧桑，浑身似乎也都刻下了劫波冲击后留下的痕迹，后来政策是给他落实了（他那天是去要求发还他当年自购的胡同小院），但他最好的艺术年华已然随劫而去，无可挽回。跟李万春谈完，宣传部长跟我谈，大意是你没受过什么苦，又还年轻，所以给你分的房子，是顶层最小的那种，这已经是组织对你的最大奖励了，希望你不要辜负党和人民在新时期对你的厚望，写出更多更好的作品来。我诚恳地表示，非常知足，非常感激，一定不辜负党和人民的期望，努力写出对得起时代的好作品来。我后来写出长篇小说《钟鼓楼》，获得了茅盾文学奖，北京市委市政府又给予了我表彰嘉奖。

我分到的那个顶层的小两居，进门有个大约 4 平方米的小空间，大居室约 15 平方米，小居室约 8 平方米，但有厨房和卫生间，且所有窗户都朝南，比起原来所住的胡同杂院的小东屋，不啻"鸟枪换炮"。虽然没有电梯，需要爬楼梯到五楼，但那时满心欢喜，人又年轻，往往是一步两阶，吹着口哨欢蹦而上。渐渐的，跟同一个门道的邻居有了些来往。四楼三居住的是河北梆子剧团的花脸演员李士贵，他非常敬业，一次把我请去，告诉我他刚从京剧移植了《张飞审瓜》，跟我探讨：张飞跟李逵虽然是不同朝代的人物，但在戏曲舞台上，有的演员演起这两个人物来，形象雷同，他希望我出点主意，能让他塑造这两个人物时，能有明显的区别。他还把戏中片断，在他那间大屋子里演示了一番。他那个三居，比我的单元大许多，但少有朝南的窗户。这是那个历史阶段公寓楼设计上，具有计划经济特色的一例。其设计理念是：您的单元既然间数多面积大，享受到这样的好处，那就别什么好处都占尽；人家的单元既然小许多，那就让人家窗户朝南，多享受点阳光吧！那时盖楼，还经常设计成"三叉式"，从空中看，顶部正仿佛是个"大裤衩"，所以北京的建筑，早有被俗众称为"大裤衩"的，不是库哈斯为中央电视台设计出那座怪楼后，才有"大裤衩"一词；那种"三叉式"的楼，设计理念是：让每一个单元都能有大体朝南的窗户，"阳光共享"。但到20世纪90年代中期后，结束了由单位的"福利分房"，推行商品房，那么，设计理念也就随之变化，越是富人买得起的大户型，朝南的窗户可能就越多，那种顶部成"大裤衩"形状的"三叉式"公寓楼，也就绝迹，因为开发商认为那样设计会浪费掉许多的可谋利空间，再说了，一分钱一分货，想享受更多阳光，请付更多的钱！

对劲松当年"政策楼"的这些勾勒，是为了提供一些可追寻北京当代建筑发展史的线索。下面我就要说到，我当年入住的那栋楼的地下室单元。现在一定不会再有那样的设计了，公寓楼即使设计出地下室，一般也不切割为跟上面类似的单元，而是或作为仓储空间，或由物业管理公司临时使用，或者就是地下停车场。当年各处的"政策楼"，多有地下一层也按上面那样，切割为居住单元的。我1979年入住的那栋楼，地下一层的三居室，就是石大妈石大爷的住所。那套房子，应该是分配给北京京剧院一对骨干演员夫妻的，他们就是石宏图和叶红珠。他们因为另外还有住处，所以让石大爷石大妈住，而他们正是石宏图的父母，石宏图擅演"猴戏"（饰孙悟空），后来一度出任北京京剧院的院长。叶红珠是京剧世家的

传人,清咸丰年间高祖叶庭柯用扁担筐从安徽太湖县,把两个
儿子挑到了北京,后来其中的叶中兴生下叶春善,与牛子厚办
起了京剧科班喜连成社,后来又易名富连成,培养出包括马连
良、谭富英、叶盛兰、裘盛戎、袁世海在内的众多京剧艺术家,
当年梅兰芳、周信芳都曾在富连成搭班唱戏,叶家对中国京剧
的发展作出了不可磨灭的贡献,叶红珠的父亲叶盛长就是重
要的京剧教育家,叶红珠打小就进入戏曲学校攻武旦,成为著
名的武旦演员,我早就看过她演出的《虹桥赠珠》,里面有火爆
的武打,她那"打出手"的功夫令人惊叹,她曾以这个剧目随团
出访,在日本欧美等处征服了无数外国观众。我跟石宏图叶
红珠大体上算是同代人,很谈得来,不过他们只有休假日才到
劲松来,因此我和石大爷石大妈交往得更多,而两位老人中,
又以和石大妈一起愉快地忆旧,更为经常。我说要是石大妈
能保存着她祖父《燕京岁时记》的手稿,或其他未刊的著述,那
该多好啊! 石大妈叹气说,原来也还存有一箱子旧东西,"破
四旧"大风暴席卷,没等来抄,自己就全毁了,片纸无存! 叹息
归叹息,对于世道好转,我们还是一致欣悦的。有回我跟石大
妈聊天时,外面下起了小雨,地下室的窗户外面的透光坑虽然
有泄水孔,倘雨势变大积水过多,那还是有渗进他们居室的危
险。我就想起富察敦崇在《燕京岁时记》里有这样的文字:

六月乃大雨时行之际。凡遇连阴不止者,则闾中儿

女剪纸为人,悬于门左,谓之扫晴娘。

就认真地跟石大妈建议:"咱们剪个扫晴娘吧!"石大妈脸上那些细琐的皱纹,就抖成了一朵舒畅的花儿。

那时候吴祖光先生的公子吴欢,也曾以要求为父母落实政策的名义,在劲松要到一个单元。吴先生和新(凤霞)先生邀我去他那朝阳门外的居所做过客,我也邀吴先生来过我那五楼的小单元,我对吴先生说:"真不好意思,让您爬这么高;我这单元太小,也无足观。"吴先生却说:"知足长乐。"其实他住的那栋楼,也无电梯,他住四层,也得爬上爬下;虽然是两套打通并在一起,间数不少,却也并没有宽敞的厅堂,方位也差,不是南北向的而是东西向的,不少人为他抱不平,他原来拥有的,可是王府井东安市场后身的一所宽敞舒适的四合院啊,就用这么两套单元房置换给他,算是落实政策了,毋乃太吃亏!吴欢气不平,因此瞒着他,又在劲松要了个小单元,吴先生知道后,很不以为然,但是我就跟吴先生说:"吴欢不为过,况且您家是双名人。"(吴是著名剧作家、电影导演、散文家、书法家;新是评剧泰斗,并有多本散文著作问世,又是拜师齐白石的国画家)吴先生站到我家的小阳台上,眺望着一排排新楼,以及楼后露出的"大老䮝",脸上的表情,正与他后来一再书写的条幅"生正逢时"相合。在跟吴先生,还有杨宪益(著名翻译家、诗人、散文家)等老先生交往的过程中,我感觉大家那时候形成了一种共识，就是一个党能知错改错，很了不起，所谓落实政策，其实就是认错纠错，努力补救，实事求是，踏上新途。结束了"以阶级斗争为纲"，转到搞经济建设上来，好。我觉得像吴先生、杨先生，包括我自己，都是关心政治而并不懂得政治的人，更无搞政治的志向兴致。但在那个历史阶段，各自在党内朋友的鼓励下，都提出了入党申请，并被接纳，以为这样可以为国家的进步，多出些力。这也是那个历史阶段许许多多知识分子有过的选择。这份情怀，后来被某些人误读。如今的一些年轻人，也可能从另一角度加以鄙夷。但这就是吴先生和杨先生晚年故事的"戏眼"。如今他们都已仙去，而我还抱持着关注政治而不搞政治的态度，在人生的余程上漫步。

我在劲松住了九年。人生能有几个九年？储存的记忆，自然很多。常有人跟我提起"劲松三刘"，就是曾有人以这四个字，写过一篇报告文学，影响似乎不算小，但不少人对"三刘"究竟指谁，理解有误，其中有刘再复和我，另一位，应是诗人刘湛秋，而非别的什么刘姓人。如今"三刘"都迁出了劲松，我以外的二位都定居海外了。"天之涯，海之角，知交半零落"。在新的纷争中，谁还能理解我们？

劲松这个地方，原来因为有座王爷坟，坟旁有棵巨松，不往高长，而是朝旁边伸展出许多的大枝杈，因此使用了许多铁制支架来架住它，故被称为架松，后来改名劲松，不消说是依据革命领袖的诗句："暮色苍茫看劲松，乱云飞渡仍从容。"乱云飞渡,非我等俗众所消受得了,总还是期盼飞渡的是和平发展和平改进的祥云。但脆弱的个体生命,如何能控制世道的大势? 一种对自己,以及跟自己一样的芸芸众生的大悲悯,如管风琴演奏般訇响在胸臆中。

2012 年 2 月 23 日　温榆斋

初识曼哈顿

一位年轻人翻看我的旧相册,其中有三册是1987年秋天我访问美国时拍摄的,翻看中他忽然惊呼:"咦呀,这不是陈逸飞和谭盾么?双名人呀!"那张照片上有三个人,当中是四十五岁的我。年轻人紧跟着用抱歉的口气跟我说:"不对不对,是仨名人啊!"我笑了:"你的第一反应是对的。跟他们比,我哪有那样的世界影响。"

抽出那张照片细看,当年的我,一身牛仔装,花格子衬衫,还带着个青花陶瓷挂件,头发丰茂,朝气蓬勃,不禁慨叹:"流光惯会把人抛,红了樱桃,绿了芭蕉——我如今是掉了头发,纹上眉梢!"但是,照片上,我右边的陈逸飞、左边的谭盾,更以青春豪气把我笼住,真个是神采飞扬、风流倜傥!

当然还记得,那照片,是在纽约曼哈顿一个家庭派对上拍摄的。

那是我第一次访问美国。《华侨日报》在哥伦比亚大学为我安排了题为《十年辛苦不寻常》的演讲。"十年"指的是1977年秋天至1987年秋天。1977年我在《人民文学》杂志发表了短篇小说《班主任》，我从那里讲起，但不光是讲我个人的写作经历，我也介绍了我所知道的中国大陆文化界，以及社会生活，在推行改革、开放后的种种变化。讲座受到欢迎。当晚，《华侨日报》总编辑谭华焕先生在他的私人住宅里，开了一个派对，邀请了众多当时在纽约的来自中国大陆、台湾、香港的文化艺术界人士，派对上大家聊天之余，也变化排列组合地拍了不少照片以资留念，因为我是主客，因此在镜头里我往往居中。

谭总编的住宅，地点极佳，在纽约曼哈顿下城，百老汇街上，不过那一段百老汇街的剧场不多，倒是离华尔街很近。他那住宅，是在一栋高楼里，第几层记不清了，总之不是很高层，从窗户望出去，视线里的纽约楼林既不是俯视感也不是仰视感，平视的效果很舒服。他那楼门外没几步远就有地铁口，交通非常便利。他那天邀请的客人好几十位，可见他那住宅的空间相当宽敞。

我1979年第一次随团出国访问，去的是罗马尼亚。在那里，受到的第一个刺激，是贴在墙上的一张世界地图。在中国，我看惯了把中国印在当中，东边是太平洋，西边是大西洋，那样的一种构图，可是，那天映入我眼帘的世界地图，却是把欧洲印在当中，中国被推到了最东边，怎么看怎么别扭。现在的年轻人会讥笑当时的我吗？可那就是当时的我。还不仅是我一个。我那一代人里，当然不是全部，但有很不老少的，城里的，学历不低的，由于长时期的封闭，连地图可以换个法子印这样的事情，也没想到过，及至突然入眼，会一激灵。那时候罗马尼亚还在齐奥塞斯库治下，但它是欧洲国家，印世界地图，也就跟法国、德国一样地构图，并不会因为跟中国交好，就按中国的方式来印。罗马尼亚的古典建筑与西欧基本上一个情调。那一年也看到它那里有不少苏联式建筑，以及新造的具有现代风格的公寓建筑。接待方虽然对我们十分热情、照顾周到，但没有安排我们进入家庭做客，因此，不清楚一般罗马尼亚民众那时候的居住状态究竟如何。

1981年我又随团访问了日本。有机会到日本著名作家松本清张家做客。印象里，他居住的地点离东京市中心不是特别远，却占地极宽。他那栋大房子一半是欧式的，一半是和式（即日式）的，附属的庭院开放的一半是中西合璧式，比如有中式太湖石、金鱼池和西洋喷泉、圆雕，另一半则是有樱花、小叶枫伴随的日本古典"枯山水"的内庭。他的居所里有宽阔的客厅、起居室、餐室自不消说，楼上还有与若干间书房、文物收藏室连环相通的写作室。若在他家室内开派对，接待一百来人绝无问题，若将派对空间扩展至庭院，则二三百人也容纳得下。但松本清张是个极其孤僻的人，据说他极少邀请人到他私宅做客，接待我们，属于罕见的例外。那次有幸进入到松本家，真是大开眼界，心生羡慕，胡思乱想：几时中国作家也能靠版税、稿费享受上这样的居住空间啊？后来在东京等地转悠，就懂得松本的居住状况在日本属于特例，绝不可类推，其实日本一般民众，住宅面积都很有限，尤其在寸土寸金的东京，那次给我们当翻译的林美由子小姐就跟我说，她把我们送回新大谷饭店以后，自己坐出租车回住处，司机一听地名就知道，那是居住条件差的地段，她没说她的住宅是买的还是租的，也没说具体有多大，只是笑笑说："你们好好休息吧，我要回自己的鸽子笼了。"

1983 年我去了法国，1984 年去了德国（当时的西德），进入过那边一般知识分子在城里的住宅，或古色古香，或简约实用，也到过城外住单栋小楼（中国人往往管那种住宅叫别墅，其实严格意义上的别墅，是指经常性居住的空间以外的，在假日才去使用的休闲空间），那种带附属草坪、花园或泳池的单栋住宅，后来知道，美国更加普遍，当然感觉不错，但是，相比而言，于我都没有纽约曼哈顿谭宅那样具有震撼力。

谭宅的特点，是进门以后，通过玄关，一眼可见极大的通透空间。那当中无墙柱的大空间，朝东朝北全是落地大玻璃窗，自南往北，则顺序是几个功能区：厨房、餐厅、客厅、起居室、书房、琴房。这几个功能区之间，只以矮柜、电视及音响、装饰性矮栅隔开。厨房当然属于敞开式，种种设施齐备，这样的厨房不适宜中国式的烹炒，那天主人准备的都是些仅需用平底锅在电灶上略加煎炙的半成品，以及在微波炉中加热即可食用的荤素小点心，其余的生菜色拉、各色面包、奶酪、干鲜果品根本不用动火,还有些如比萨饼、唐人街粤式饮茶的小点,都是叫的外卖,因此客人进来后,不会有油烟味袭鼻。厨房部分的操作台也兼主人平时的自用餐台,可以坐上高脚凳自便。那厨房部分比屋中其余部分略高,是在一个大平台上。一排矮柜将厨房与紧接着的餐厅区隔开,餐厅区里有可以坐十个人的长餐桌,摆着枝形烛台的餐桌和西洋古典式高背餐椅都显得很气派。餐厅区东墙上有大落地窗,西墙则挂一幅极大的油画,画的是梅兰芳在《贵妃醉酒》里的卧鱼身段。再往北,是客厅区域,用正面朝北的连体大电视及高级音响设备及附属矮栅与餐厅划分开,放一套可容十人的现代派风格的组合沙发,配以巨大而造型波俏的大茶几,又在东、西向设几把希腊式单人椅,而西墙凹进处,是家庭酒吧,吧台前有不锈钢的极高脚的吧台椅,吧台上方倒挂两排高脚玻璃酒杯,侧方是斜置的红酒瓶架,下面酒柜里储满洋酒、啤酒及软饮料。再往北,是起居室功能区,沙发、摇椅、茶座……客厅的沙发与起居室沙发背靠背,形成自然的分野。再往北,西边一个通道通向两间门墙掩住的卧室,一间是儿童间,对面是个客人可用的卫生间,另一间是主卧,里面自然有附带的私密卫生间;不进通道,前方西墙是几排书架,以及与书架连体的书桌、电脑桌……最北边,偏东放一架三角大钢琴,钢琴两侧(东边与北边)全是高大的落地玻璃窗。窗外是纽约曼哈顿的万丈红尘。那通透的大空间,少说也有二百来平方米。

那年进入到谭宅，我的第一反应是："啊，这就是美国生活方式呀！"后来在美国各地转悠一番，就知道应该把那句话改为："啊，这就是纽约生活方式呀！"因为美国大多数地区的民众的居住方式，并非谭宅那样，还是以住在低层连体公寓，或单栋住宅（平房或两三层）的为常态。纽约真是个奇怪的地方。有的人说："纽约不是美国。"它的喧嚣与俗艳，它的楼林与窄街，它的夸张与荒谬，它的放浪与霸气，它的脏乱差，与美国大部分地区的田园牧歌、整洁清爽景象大相径庭。但有的人却一唱三叹："纽约才是美国。"它真个是不夜城，24小时随时在喷发创意，也在滋生罪孽，它的多元混杂、善恶交织恰恰更充分地体现着美国精神。那晚举办完派对，谭先生就留我住下了，他将我安排在儿童间住，那些天他们那刚上小学的儿子暂时到他们的大卧室里去住，我一住就有一周多，观察体验当然更加丰富深入。后来我就进一步修订我的感叹："啊，这才是曼哈顿的生活方式呀！"因为在纽约，也不是人们都像谭家那样居住，比如在布鲁克林区或皇后区，似乎就很少有那样的住宅。谭宅东面、北面的大落地玻璃窗所形成的"画框"，特别是入夜以后，那大都会剪影真可谓奇境魔阵、光怪陆离，繁华热闹到不堪的地步。那样的景象也只能是曼哈顿才有。

有天谭先生谭太太各自去上班，孩子也去上学，我在纽约的别的朋友也没约我一起活动，我睡足了觉，就自己下楼瞎逛。没拐几下就是华尔街，那在图片上已经看熟的证券交易所,赫然凸现在眼前。原以为华尔街是条很长很气派的街,谁知它很短,而且给我一种生了锈的感觉。但是我明白,不能轻视它,所谓资本主义,其运作动力,大半是从这里产生的。后来读到一本两名《华尔街时报》记者合写的关于资本运作的书《大收购》,没太看明白,但是留下的印象,就是资本主义发展到顶点,似乎就只剩资本游戏,变着法儿"空手套白狼",把寅吃卯粮、透支透取当作家常便饭,那些举足轻重的金融机构,令我觉得就是大型的"老鼠会",这样推衍下去,岂不是总会有一天,积累的债务再也无法偿还,捞到大头的拍屁股脚底抹油一溜了之,而许多的下家则只能是纷纷亏蚀,以至破产,如此这般,想来心寒。二十年后,美国果然爆发了金融危机,导致百分之九十九的穷人,愤怒地向百分之一的富豪发出怒吼,出现了"占领华尔街"的场面。那天我穿过华尔街,不知不觉,眼前出现了世界贸易中心的双塔方楼。前些天有朋友带我去参观过,那塔楼最高层四面皆是透明的落地玻璃墙,我恐高,不敢靠近朝下望,朋友就带我到楼心的咖啡座喝咖啡,我发觉顶棚上布满非常大非常粗的雪白弹簧,持续地发出嗡嗡的响声,朋友告诉我,这是因为楼身上部在风中摇摆,摆幅在十五米左右,那弹簧便是制衡系统的设施之一,我有些害怕,咖啡没喝完,就说想回到地面,直到终于站在街上,才觉得获得了安全。那天我又从稍远处望它,心平气和,能理解设计者的苦心,他是想用这种高耸的长方体的造型,来强调楼体的非自然属性,等于谱一曲成熟的工业化社会的颂歌,炫示在宏大资本的运作下,人类可以在自然界营造出何等惊心动魄的非自然景观。那天我没有再走近双塔,而是一直顺路走到了海边另外的比它稍低的大楼前,后来才转身循原路返回。我1998年再去纽约,和妻子又登了一次双塔。但是2001年,众所周知,发生了"9·11"恐怖袭击。2006年我又到纽约哥伦比亚大学演讲,讲《红楼梦》,讲完在街上散步,想买些新印的明信片回国送人,发现又把1931年落成的帝国大厦作为纽约第一高楼来表现了。1987年当然也登了帝国大厦,去了林肯中心,利用过中央车站,看了百老汇的歌舞剧,参观了大都会博物馆,在"纽约之肺"的中央公园里散了步,逛过俗不可耐的42街,当然,少不了到时代广场去看那些大大小小的滚动式霓虹灯广告……曼哈顿,这个销金窟、歌舞场、百纳衣、蜂蝶阵,总算领教了。

改革开放好,使得越来越多的中国人,见识到国门外的景象。更重要的,是给予了国人更开阔的发展空间。1978年以前,台湾、香港已经有不少年轻人到美国留学,但是他们在到达美国前对大陆知之不多,尤其是台湾的青年,那边的当政者那些年对大陆的信息是封锁的,不要说1949年以后的大陆作家的作品他们读不到,就是鲁迅的著作,也是禁书。在1970年,日本宣称钓鱼岛是他们的领地,台湾政权对此反应迟钝、态度软弱乃至暧昧,这伤透了许多从台湾、香港赴美的中国留学生的心。他们发现，中华人民共和国政府的观点十分鲜明，就是钓鱼岛无可争议是中国固有的领土，对日本态度十分强硬，代表着他们的心声，于是，以纽约为主，在美国若干大城市都兴起了持续几年的中国留学生为主体的"保钓运动"，这场运动里形成了台湾、香港留学生向大陆认同的热潮，谭华焕夫妇那时候刚二十郎当岁，谭来自香港，他后来的夫人来自台湾，为了体现对大陆的认同，他们参与了钢琴伴唱《红灯记》和芭蕾舞《红色娘子军》选段的排练和演出，我1987年住到他们曼哈顿宅子里的时候，在他们的书架上，就发现有当时他们设法弄到的普及"革命样板戏"的一些大陆出版物，比如京剧《红灯记》、芭蕾舞剧《红色娘子军》的完整剧本，那书里还附有关于排演的种种指导，有人物造型、服装、道具、布景的详尽示意图。那些出版物都被翻弄得脱了装订线，页面上留下汗渍与指纹，见证着他们青春期的向往与激情。当然后来他们又知道了许多那场运动的阴暗面，产生过疑惑、困扰、失落、惶恐，但是到粉碎"四人帮"以后，中共通过十一届三中全会确定了改革开放的方针，他们觉得有如走出阴霾、沐浴新晨之光，十分欢悦。中美建交之后，在纽约设立了总领事馆，每到十月一日，他们夫妇都会高高兴兴地到领事馆出席国庆招待会。

改革开发的推行不是一帆风顺的。1983年至1987年的几年里，风波不断，谭先生他们有种切盼排除阻力，让改革开放的步伐更坚定的热望。1987年夏天，谭先生曾应邀到北京访问,受到高层领导人的单独接见,进行了亲切的交谈,新华社、中新社发了消息,《人民日报》还在刊发消息时配发了照片。他回到纽约,就给我签发了邀请函。我在 1987 年年初,因所任职的杂志刊发了一篇惹出"事件"的小说,作为主编承担责任,被停职半年多,到夏天刚刚宣布复职,我到美国后谭华焕告诉我,他是这样想的:如果能允许我应他们报社之邀到美国访问,则说明改革开放还在继续,因为我 1977 年发表的《班主任》是个标志性的作品,我这人也算得是个标志性人物,不整我,不因为我惹出的"事件"而引发出新的针对文学艺术家乃至整个文化界和知识分子群体的政治运动,是中国的大幸,他希望通过我在美国的活动,能增强人们对中国踏上改革开放途程不回头的信心。我虽然不敢自认是什么标志性人物,但既然那么多人盯着我,我到了美国,也就到处现身说法,以自己的心路历程为证,倾诉改革开放的必要性与紧迫性,但是,我也坦率地告诉听我讲述的人士:究竟中国能否将改革开放持续进行下去,以及这场社会变革会发展成什么状况,非我这样一个渺小的人物能够把握,更无预测之智。在与谭华焕的交往中,我们的共识越来越多,情绪也愈加乐观。1987年的国庆节到了,谭华焕夫妇盛装打扮,跟我一起到领事馆去参加招待酒会。也就在那一年,台湾的蒋经国宣布结束长达几十年的"勘乱戒严令",开放党禁与报禁。

那一年,在曼哈顿谭宅,那个于我而言是非常别致的空间里,我深切地体会到中国多么需要改革开放,多么需要坚持改革开放。

回过头来说文章开篇提到的那张照片。那晚谭宅的派对,其实就是中国实行改革开放后生机勃勃的一个缩影。而陈逸飞和谭盾二人,更是获改革开放之益,而将聪明才智发挥出来,成为具有世界性影响的艺术家的鲜活例子。

陈逸飞那年刚过四十岁。他的绘画才能,在二十几岁时崭露过头角,他画过一幅表现上山下乡运动中,跳下洪灾中的河流,抢救公有木头,最后不幸牺牲的模范人物金训华的画儿,曾被当时的报刊广泛采用,但是,倘若他始终处在封闭的限制极多的人文环境中,他艺术才能的发挥必定会受到扼制,发展前景势必极其有限。实行改革开放了,中国打开了门窗,他先是在国内呼吸到来自窗外的空气,然后,他有机会走出国门,来到美国,来到纽约,来到曼哈顿,开阔了眼界,拓展了画风,渐渐地,将养育自己的本土传统文化,与他经过选择吸收的西方文化,有机地融合,潇洒地发挥,创作出了一幅幅别开生面的作品,当然,他的艺术才能的被大肯定、大重视,应该以1991年他的一幅油画《浔阳遗韵》在香港加德士拍卖行的拍卖中,拍出了137万港币为标志,这个价位在那时候堪称天价。1987年在曼哈顿谭宅见到他时,他还没有那么红,但也已经在纽约有名的画廊办过两回画展。记得那天见面,我们谈到过卖画的问题,他表达了这样的意思:艺术家画画不应该以卖钱为目的,但如果你的画进不了画廊,没有人买,卖不出价,那就会很惨,梵高伟大,梵高很惨,要学梵高对创作的痴迷,不要重复他那疯掉的命运;他说他把卖画当作架桥,架什么桥? 就是通过卖画积累了资金,然后拿来圆自己的梦,桥那边,会是他拍出的"油画电影"。当时听了他的话也没大在意。多年以后,从报道中看到,他回到上海,果然是不惜个人投资,拍起了富于诗情画意的试验性电影,拍了《人约黄昏》,又拍《理发师》。可惜他创作激情过于喷溢,忽略了"留得青山在,不怕没柴烧"的古训,竟因拍电影过分拼命,而突发胃出血溘然仙去。斯人虽逝,其作品嵌在了美术史、电影史上。

1987 年谭宅见到的谭盾,大约刚满 30 岁,印象里是个毛头小伙。记得交谈里他乐呵呵地说,他喜欢纽约,喜欢曼哈顿,喜欢这里的嘈杂。我知道他早在 1981 年就以《离骚》一曲获得了中国首届交响乐作品大赛的"创新鼓励奖",又在 1983 年以《风·雅·颂》获得德国韦伯国际作曲比赛大奖第二名。回想起他那天的只言片语,我懂得,他所谓"喜欢嘈杂",当然不是反对悦耳的古典旋律,但是他要立志拓展人们对"乐音"的理解与接受范畴。如果中国没有实行改革开放的国策,谭盾也不可能走出国门,以整个世界为实践自己音乐理想的大舞台,纵横恣肆、生猛泼辣地去创作出那么多富有挑战性的个性化作品。后来我虽然再没有跟他谋过面,但他那些音乐实践,以及获取的国际性荣誉,我是知道的,他以水声为乐,以陶器为演奏工具……虽然他的作品在西方看来也是新锐的,但他万变不离中国传统文化之根,他为李安的电影《卧虎藏龙》的配乐,2002年获得了第44届格莱美最佳电影原创音乐奖,就是再一次的证明。

收起25年前的旧照片,意识到自己已是70岁的老人。但我一颗切盼改革开放不能停滞更不能后退应该更加勇往直前的心,仍像当年一样具有青春激情。

2012 年 2 月 10 日　温榆斋

小中河的月亮

2002 年春天，中央电视台记录片摄制组策划了一套《一个人和一座城市》，其中北京城，他们请我来充当那"一个人"，那是一次愉快的合作，录制完成的片子里，最后的一组镜头，是我在田野画水彩写生，取的景，是小中河畔的铁道堤及两旁的田野。

小中河，是条没有名气的小河。它西边不太远处，有温榆河，东边远处，有潮白河，都有相当知名度，也都比它宽阔，也许正是因为它处于那两条河的中间，故此被称作小中河吧？

我是 1999 年，在那河西村子里，辟了一个书房，取名温榆斋的。我常去那里，一住十天半月，写作之余，最喜欢的事情，就是到村东小中河一带散步、画水彩写生。我的家人有时候也会去小住。

温榆斋所在的村子，离城不算很远，难能可贵的是，虽然也搞了房地产开发，耕地面积大减，但毕竟还保留着一些农田，直到前两年，也还有湿地。而小中河流经的区域，有长长的柳堤，柳堤尽头，则是与其大体垂直的更高的堤坡，有台阶可拾级而上,那上面,就是一条铁道,朝西北的方向,通往天竺机场的航油储罐区,因为是运航油的专用铁道,别的火车不会使用,而航油的运输,间隔期颇长,因此,铁道疏于使用,道石间每逢春夏就蹿满野草野花,堤旁的酸枣树、野桑树也都恣意地生长,树上的酸枣、桑葚成熟过度无人采摘,会成片地自坠地上,形成红紫的斑点。

站在铁道堤坡上南望,有大片荒芜的田野,期间有放羊人踩出的小道,多种不知其名的野生草本植物在夏天构成五彩斑斓的植被,是我水彩写生取之不尽的素材。远处,白杨树构成绿色屏障,那后边,应该是沿温榆河蜿蜒的公路。

站在铁道堤坡上北望,小中河历历在目。尽管有从附近楼盘泄出的污水损其容颜,毕竟它是活水,仍有勉强自澄的能力,故此苇丛也还茂密,蒲草也还结出蜡烛似的蒲棒,也还有野鸭在游弋,夏天蜻蜓很多,并且非止一种,饶有诗情画意。

村友三儿,常陪伴我到柳堤上散步,一起欣赏小中河的景色。三儿告诉我,他小的时候,他们村子,堪称是个水乡。北京郊区平原一般都种小麦,他们村却有广阔的稻田。那时小中河要宽许多,水流也丰沛得多,他们村里的男孩子,个个会游泳,到小中河里嬉戏,在河边捞小虾小鱼,扎猛子到河心捉鳖,是他们童年生活的常态。

有次三儿又陪我去柳堤散步,他照例大嗓门跟我说笑,若是在城里餐厅,我会提醒他让我听见就成,别干扰别的食客,那长长的柳堤，似只有我二人，何妨容他喉咙痛快，谁知行至一半，忽然有人高声叱他："你个小兔崽子！把刚要叼食的鱼给吓跑了！"定睛一看，原来堤坡下、苇丛旁，有个人在钓鱼。三儿看见他，吐吐舌，唤声："康叔！"那康叔就继续笑骂，三儿也就回敬，俩人逗了阵贫嘴，我从旁听来，康叔的威严里不失亲切，三儿的科诨里含有尊重。后来康叔继续钓鱼，我和三儿走到柳堤尽头，登上铁道，三儿就摘酸枣给我吃，说："一点没污染，城里哪儿有？"我品尝，果然酸甜宜人。

我和三儿越过铁道，顺羊道往田野里走去，三儿就把康叔的事讲给我听。

三儿说，他小时候，头一回对康叔留下深刻印象，是康叔带队，引着村里的青壮年，排队步行，去往几十里路远的水库，参加扩库工程。康叔人高体粜，背着干粮袋，举着一面红旗，走在最前面，真是雄赳赳、气昂昂。他说，康叔那时候是村里的头儿，准确的称呼，应该是生产队大队长。每年夏收、秋收，康叔带头在田间、场院干活，常常是光着膀子，一身结实的腱子肉，按说总在骄阳下，会晒得红紫油黑吧，别的男子也确实多被晒成那样，康叔呢，却总是至多晒得泛红而已，收工跳进河里一游一涮，回到岸上肌肉皮肤还是蜂蜜色，看去十分顺眼。

后来村领导不叫大队长了，叫什么村民委员会主任，三儿说满村的人都不适应这个官名，管你法律是怎么规定的，就叫成村长。康叔在很多年里,都担任党支部书记兼村长,但是村里人只有在对他有意见,跟他争辩的时候,才管他叫书记或村长,一般情况下,年纪比他大的管他叫康哥儿,同辈的叫他康哥尾音不儿化,三儿那样比他小的,则管他叫康叔。

康叔带着这个村的人们,经历了最巨大的一次社会变革。生产队没宣布解散实际上解散了,村民们一度各自为政,承包田地后,有的自耕,有的找人代耕,有的跑起小买卖,有的进城找工作……光靠种田富不快,康叔和他的副手们带领大家白手起家,办起了小企业,生产各种能销出去的东西,村里一千多户,三四千口,康叔心里有本明细账。三儿初中毕业,不上高中,没等去找,康叔串门来了,跟三儿父母说:"农机队缺人,让三儿跟老戚学开大农机吧;你们隔壁王家的二丫头也毕业了,去鸭绒厂合适。"村民们心气都高,几年里差不多都富裕了,手里有了钱,头一桩事就是翻盖宅院,康叔召集会议,又通过大喇叭广播,要求村民们按统一规划翻盖宅院,最重要的就是屋脊要一般齐,谁也别盖楼,不能你家盖起楼来,把隔壁家平房院里的事情看个底儿透……我到他们村后,发现整个村子的宅院布局仿佛棋盘,南北数条直街,东西一条宽路,然后是东西向的无数小巷,基本上全是平房套院,这与附近的村子景观很不相同,那些村子富起来的农民都盖起了小楼,与暂时还不富的村民的旧平房犬牙交错。

但是,和其他各处农村遭遇的情况一样,村办企业很快就在市场经济的进化中被陆续淘汰。三儿以下的那些男男女女，本村就无法安排他们就业了，于是八仙过海，各显其能，或父母督促，或自己努力，有的相继找到了营生，包括开黑车、无照摆摊设店，灰色生存，但也有越来越多的初中毕业生或辍学的后生，在家里靠父母吃饭，出了家门就到处闲逛荡，以至赌博斗殴……

村里风气大变，康叔也就卸任了。新班子有了新财路，就是转让土地，搞房地产开发。眼见着村里的旱地先变成了名称新潮的商品楼小区，跟着湿地也在萎缩。村子整体拆迁的消息越传越烈，于是，为了争取在拆迁时多拿补偿款，村民们几乎家家忙着增加宅基地上的房屋面积，村里大街小巷总呈现着施工景象，这里码着待用的红砖，那里堆着高高的沙堆，土𪩘狼烟，一派狼藉。康叔离任后最后一回干政，是跟新班子的人拍着桌子强调：你们用合作建房的名义，卖地给开发商建商品楼小区，必须做到两条：一是收益村里户户有份，二是一定要让买房的人最后能拿到正经的房产证。他先拍自己胸脯，再指点在座各位的胸脯，问："良心还在不？"

商品楼盖起来了。最后确实不是"小产权房"，能办下正经房产证，但是，村民门没有分到一分钱，村干部却坐上了奥迪车。有村民找到康叔，表示气愤，要他出头，康叔叹口气说："我过时了。"他就总是一个人跑到小中河钓鱼。

三儿对康叔的描述，使我对这个前村干部产生出兴趣，就求他把我介绍给康叔，跟康叔有叙谈的机会。三儿先打预防针："你有那个心，康叔未必有那个意。他倔着啦。"搁不住我一再央求，有一天下午，三儿又陪我去小中河柳堤散步，又遇上康叔跟那儿钓鱼，三儿就把我介绍给康叔："这是个作家。"康叔扫了我几眼，笑笑说："那怎么不跟家里坐着，到这儿戳着？"许是见我听了有些尴尬，就又笑说："管你是坐家里的站家里的，你这人面善，愿意跟我聊聊？想聊什么？"我和三儿就跟他在身旁杂草覆盖的土墩上坐下，康叔把鱼杆斜插进软土里，比姜太公还自在，跟我有一搭没一搭聊了起来。我说我想听本地故事。康叔指指河对岸，那边有片向日葵，有个秫秸搭的窝棚，水边有一大片茭白，我问："窝棚里有人吗？是在看守什么呢？"三儿代答："看茭白呢。转日莲东边还种了好些。是南方来的农民，租借了这些湿地，种藕、种茭白、种芋头……以前俺们村没种过这些玩意儿。以前西边高地上种瓜，生产队搭的窝棚，住里头的是看瓜的。"康叔就说："正想讲个窝棚看瓜的故事。"他讲了起来：

三儿你知道咱村老秦家，你叫秦六叔的，虽说他们全家迁外地了，你该还记得，他那闺女，跟你差不多大，二十几年前，聘出去了，办喜事的时候，你们家也去随过份子的，你小子那时候就爱喝一口，那天怕是喝得不老少。

秦六叔聘闺女之前，来家里找我，我老伴招呼他喝茶抽烟，他哼哼叽叽的，我老伴就知道，他是有话想单独跟我说。

老伴端过茶避出去了,我问他:"你怎么回子事? 谁踩了你脖子?"他说:"康哥,我这闺女的对象,怕不合适,你要给作主,让他们断了!"我说:"《刘巧儿》演多少年啦? 你也能唱上几句。都改革开放了,还兴干涉子女自由恋爱? 你自己老顽固不算,还拉上我,我可是戏里那个马专员,能干破坏自由恋爱的事儿? 你闺女那对象,我也照过几面,挺好的嘛,长的跟你倒有几分相似……"没等我说完,他脸唰地红了,脖子筋颤,舌头打绊,更让我奇怪,只听他嘴里咕噜一阵,一个劲地问我:"果然长得像我? 像我?"我就感觉到,他肚子里有戏。

秦六还是个小伙子的时候,夏天队里派他到窝棚里看瓜田。每天就那么平平淡淡地过去,没什么人去偷瓜,獾猪也没去拱过。可是有那么一天晚上,他刚睡下,就听见门帘外头有响动,他还没来得及爬起来查看,就见一个人弯腰进了窝棚,他忙用手电筒照,那人站直了,只把手护着脸。秦六蹦起来,大声吼:"你偷瓜偷进窝棚来了! 想是还想抢我? 没门儿!"那人把手放下,他才看清,是个女的,估计比他大不了许多,文文静静的,不像个坏人。那女的就跟他说,是外村迷了路的,实在没办法,才来找他帮助。就问她是哪个村的? 含含混混,不想说个明白。这时候听见雨点打在窝棚顶上的声音,那女的就央求,能不能让她在里头避避雨,等雨停了天亮了,再离开。秦六心软,就答应了。窝棚里很小,秦六就抱着被子坐到一角,这时候才发觉自己只穿了个小裤衩,忙把褂子抻过来披上。那女的就在进口边坐下，双臂交叉护着自己肩膀。外头雨渐渐大了，寒气进来，那女的直哆嗦，秦六就把被子扔给她，自己赶紧穿上裤子。那女的接过被子捂着自己上身，眼睛总盯着秦六看。后来秦六眯眯瞪瞪坐着睡过去了，一阵鸡叫把他惊醒，睁开眼，那女的已经走了。

后来有好多天，秦六又在寡淡的日子里过，一是觉着那晚的事未必真有，二是就开始想那女人。他说自那天才知道，有的女人离近了，有股特别的肉香。就在他快把这事认准是场梦的时候，有天晚上，天上悬着大月亮，他刚打开铺盖，也没先有什么声响，一扭头，那女人又来了。他又惊又喜又怕，问："你是真的？"那女人笑："怎么不是真的？我给你送好吃的来了。"打开一个白布小包袱，里头是六个白面蒸的红糖馅三角，在那个年月，是太难得的美味啦！秦六一连吃了三个，留下三个以后再吃。那女的看着他吃，只是笑。秦六问："你究竟哪村的？"女的说："兴许以后你能知道。"女的走了，他也没追出去。

那时候还在搞运动。我也还不是队长。队长是老陈，他前些年过世了。秦六很老实，他白天见着老陈，就跟他汇报了，说晚上窝棚来了个女的，也没怎么样，怕是个鬼吧。老陈说："有这样的事？"琢磨一阵说："你就先回来种大田吧，我去窝棚呆几天。鬼是没有的，别是阶级敌人的鬼把戏。"老陈就去那窝棚呆了五个晚上，一点特别的动静没有。就又让秦六去窝棚。

一个月牙斜挂的晚上，那女的忽然又来了。这回，一定是那个女的不放过秦六，秦六自己说，是他再不能放过那女的。他们就发生关系了。

后来就拔秧收瓜，窝棚就闲着了。一年以后，有天有人招呼秦六，说大队部有你的信。那时候邮递员送信来不管谁的，都搁大队部，得消息自己去取。秦六从没得到过别人寄来的信。好在也没人细究细问，秦六取了那封信，到这小中河边僻静的地方，拆开看了。是那女人写来的。那女人说是从窝棚里他的记事本上知道他姓名的。感谢他让她怀了孕。她会记恩一辈子。生了一个胖小子。这样丈夫公婆就都对她好了。她会把那儿子好好带大。她在信封右下角只留了个县名和公社名，没有具体到大队更不知是哪个村。那时候写这样的信，得是个大胆的人。留下这样的信，就更得胆大了。秦六记住了那大地名，把那信连同信封都撕得碎碎的，扔进了小中河里。

听完秦六的这个段子，我就知道，他担心的是什么了。他那长大成人的闺女，交的那男朋友，正是当年那个借种的女子所在县的人。那个县在河北，跟北京挨着。听到我说跟他闺女对象照过面，觉着那小伙子长得像他，他慌得不行。

刘作家听到这些，怕会不以为然，这不是人家秦六叔的隐私吗？怎么拿来说事儿？接下来我要告诉你，秦六去年跟我联系上了。他的故事有圆满的结局，他说不在乎讲出去了。

当年秦六没有阻拦住闺女的亲事，也没有道理阻拦。后来跟亲家们见面了嘛，那个亲家母怎么看怎么不是当年来窝棚的那个女子，言谈话语里也没可疑之处。但是秦六好几年心里窝着疑惑，也不敢轻易对人说，只跟我私下叨唠过：女婿那出生年月，怎么掐算怎么像是自己播的种；外孙子都两岁半了，怎么还不能利落地说话？亲家母为什么爱蒸糖三角吃？

社会变化大。农民离了土。咱们村出去的还不算多。秦六女婿是他们那县里考上清华的理科状元，后来更到美国留学，成了个博士，还在那边的一个研究所混到事由，媳妇接去了不说，还让双方父母轮流去美国团聚，秦六叔也开了洋荤，见识过美国了。可惜秦六婶得癌去世，没能享到这福。在那边，许是受到影响，什么都能说开，就把他的担忧，跟女儿女婿说了，女儿女婿不觉得人家借种有多荒唐，反而觉得很浪漫，说是可以拍电影。但是他们的大儿子确实显得缺心眼儿，就是智力发育落后，这是不是由于兄妹通婚造成的啊？于是，女婿就跟秦六一起，去做了那个DNA检测，结果证明，他们完全不可能是父子关系。秦六那大外孙的智力发育落后，经过人家那边医生来回检查，认为不是什么问题，有的人就是开窍得晚嘛！前年美国经济不景气了，秦六女婿愿当"海龟"，在上海一家公司找到新饭碗，全家游回中国，又把秦六接到上海一起住。

只是不知道，秦六那个婚外的儿子，跟他的父母，现在活得怎么样。也许哪一天，忽然找到咱们村，说是想见秦六，跟他一起做个 DNA 检测，那就不知道现在的头儿的，当不当回事儿？我反正是不在其位，不谋其政了。

康叔讲的窝棚奇缘，很值得玩味。我还想听更多的故事，天却暗了，西边现出一个好大的月亮。康叔收起渔具，推着自行车，跟我们一起往柳堤外头走。小中河泛出阵阵腥味儿，团团蜉蝣在柳树下飞，有时撞到人脸上，怪痒痒的。我从旁细观，康叔确实超级魁梧，但是背却微驼了，他头发已然花白，面容大气，眉间脸颊几条刀雕般的深皱纹，令人觉得非常地刚毅。

三儿替我说出心里的想法，就是我还想再听他讲更多的故事。康叔道："你以为我真不知道作家怎么回事儿？就希望多掏澄些素材，写些个启发人的文章。可如今文章好写吗？"我说："要写严肃的，难。如今知识分子分好些派，主要是左、右两派。两派都要下笔的跟他们一个调。"康叔问："那你怎么写呢？"我说："只能不管左右牵制，对现实，好处说好，坏处说坏。"康叔说："凭良心，这就对了。"我说："有时候，管文章的人又出来说，这个不对，那个不对。"康叔笑："跟我退休前的情况一个样，做实事的，说实话的，上下左右总有人说你不对。"三儿替我央求："这回村的路上，您就随便再讲一段吧。"康叔说："想起这么一段，你们听了别嘬牙花子！"他讲的是：

三儿该还记得,村里的老地主,过去都直呼他名,如今他过九十了,大家都管他叫汤老爷子,如今住在村里敬老院,咱村敬老院还是我当权那时候建起来的,经我手送终的老人有十八个呢。那天我拿些大桃儿去敬老院,汤老爷子把我叫过去,又大声说谢我。他总记得那时候开斗争会,我不许揪他的人对他发狠,我的道理是你把他的胳膊撅坏了腰弄坏了,他怎么下地干活儿?对他劳动改造不利,对生产不利嘛!又说感谢我给他摘帽子,我不得不一再跟他说:"是邓小平、胡耀邦,是改革开放新政策,给全国所有地富都摘了帽,我不过是召集村民大会宣布一下罢了!"不再讲究什么出身背景以后,汤老爷家的儿女许是以前被压抑得太久,得机会冲出去,那股子猛劲儿,三儿你们这样的贫下中农子弟,大多赶不上了,几乎全发了财,他们不愿意再在这个村里住,个个在城里,要么外地,置了大房子,有的跟秦六的女婿一样,富到外国去了,个个也都孝顺,都要把汤老爷子接去享晚福,偏这汤老爷子一脖子犟筋,说汤家在这村传到我是第五代了,你们六代七代走我不拦,我是要老死在这儿,埋在这村义地的,我不走,何况现在大家伙对我都好,当年斗我的那些事儿早忘了。就这么个老头,还挺硬朗,说话利落,他跟我说:"怎么耳朵里总灌进气不忿的话,说空气呀河水呀全污染了,又特别是腐败,简直是不像话到了快炸锅的地步儿!"我跟他说:"服侍你们的胖嫂子二嘎子们,难免脱离工作叨叨叨,就当听喇喇蛄叫呗,你们的任务,就是在这儿颐养天年，看看电视，打打小牌，要么闭眼晒晒太阳，哼段《空城计》《花为媒》什么的，那些个问题，且不用你们操心！"你们猜汤老爷子怎么说？他说："以前国家出了事儿，把我揪出来批斗，好像就解决问题了。彭、罗、陆、杨成黑帮了，斗我，说我是他们的社会基础；后来打倒刘少奇，斗我更凶了，我是他复辟资本主义的社会基础，批来斗去的，我心里都服了；可冷不丁又批林彪，批林批孔嘛，我又成了林彪、孔老二的社会基础；又忽然说邓小平搞右倾翻案，我咋又成了他的社会基础呢？……所以前两天听他们又说到腐败，我就想，要不，你们再把我揪出去批斗一顿，'阶级斗争，一抓就灵'么！我不能总这么在敬老院吃闲饭啊，好歹我当过那么多年的靶子，再为社会当靶子作回子贡献，我自愿啊！……"

听到这里，我哭笑不得。康叔的脸色却严肃起来，他停住脚步，朝我偏过头，两眼盯住我，问："你今儿别回答，回去想透了，下次三儿再陪你来见我，把你的思考告诉我：如今的腐败，根子在哪里？什么是腐败的社会基础？"我心里咯噔一下，茫然中，却对康叔由衷地肃然起敬。

没等我缓过神，康叔蹁腿上了车，只听得一声："你们慢慢溜达吧。"他已经骑车往堤头而去。我望着他那远去的模糊的雄壮的背影，心里泛出复杂的滋味。

再望西天，月亮升高了。

非常遗憾的是，我下一次从城里来到温榆斋的时候，三儿告诉我,康叔竟在十多天以前,突发心肌梗塞,溘然去世了!

和三儿又一次来到小中河边,回想起那一天跟康叔的交谈,他最后提出的那个意味深长的问题,我竟还没有想透。但心里仿佛揣了个明亮的圆月,有种乐观的期待,正可望接近澄明。

2012 年 4 月 18 日　温榆斋

你在东四第几条？

　　北京东城的东四北大街和朝阳门内北小街之间，有许多条东西向的胡同，其中与我少年时代关系最密切的，是东四头条胡同以及往北依次编号的二条直至十二条胡同。你如果查阅现在的北京地图，会发现还有东四十三条和东四十四条，那是1965年北京市政府重新命名街巷时，将十二条北面历史上另有名称的胡同合并改称的。

　　一直想有机会，乘坐直升飞机，从南往北，鸟瞰那十几条胡同。那是北京古城残留的机理，半是绿荫半是灰瓦，还会有鸽群飞翔、鸽哨悠然鸣响吗？还会有孩童自制的"屁股帘"风筝，拖曳着飘带浮现吗？那胡同的槐荫下，可还有抖空竹的嗡嗡声？那些四合院里的地栽花，可还是那么姹紫嫣红？……

　　我是八岁时随父母来到北京的，在北京长大成人。我家虽然不住在那些以编号某条命名的胡同里，但是我的小学、初中同学，多有住在那里面的，放学后，回家前，我会跟随同学，去那些"条"里玩耍，古人有"十二栏杆拍遍"之说，套用一下，我是"十二胡同踏遍"。

北京胡同的人居状况,久远的不去说了,以我所知,大概在 1938 年,有过一次空间再分配,一些国民党官僚、富人、知识分子,南迁了,空出的院落,有的就被日本人和汉奸强占。到 1946 年,又有一次变化,日本人跑了,汉奸的房产被没收了,国民党的接收大员又霸占了不少院落,当然,也有不少抗战时南迁的家庭又回到这里,重新收拾旧家园。到 1950 年,胡同人居空间再一次大改组。一些国民党官僚、富人、知识分子跑到台湾去了,若干空下来的上好的院落,还不是一般的四合院,有的有两三进,有的还附带具备亭台楼阁和太湖石、金鱼池的花园,被分配给新政权的高级干部居住;也还有很多精致的四合院、三合院,居住着一般北京老居民;许多人怕想象不到,那时候最早衰落的胡同大院,是某些满清遗族的,里面居住的主人,走在胡同里,会是灰头土脸、旧衣蔽衫的模样,我上小学时就见有群同学跟在一个满脸蛛网般的细琐皱纹,所剩不多的花白头发在脑后扎着辫子的老太婆,起哄地喊叫:"大格格!格格大!"那格格的生命穿越过几次社会巨变,还顽强地存在,但是她那前门在这"条"后门在那"条"的格格府,里面的软件凡值点钱的全变卖光了,硬件陆续出租给别人,但到后来完全没有钱维修,租户要么搬离,要么绝不再付房租,于是,格格便将整个院落交给了新政权的房管所,自己只保留三间北房,享受永远免房租的待遇,房管所将大院近百间房屋加以不同程度的修整,按方位优劣面积大小以不同价位出租给住户,这就解决了不少一般城市居民特别是城市贫民的住房问题。但是那时候就有只交纳得起最低廉租金的底层人士,选择了原格格府大门的门洞居住。于是在同一条胡同里,也就呈现了从地位最高生活最富裕,到中产小康,到比较清寒,直至相当贫困的人士并存的社会生态。

1954 年,我正上中学,放学后,就背着书包,跑着跳着,随同学去那些"条"里玩耍。那些同学有的并不是同班的,只因一块儿玩得好,有的就会把我带进他家住的院里,记得一位同学是某首长的小儿子,他家客厅里摆着一圈苏联式样的沙发,大得吓人,全罩着灰黄色卡其布的套子,坐上去并不怎么柔软,但是能让我产生特殊的快感,就是那样的沙发以前只在苏联电影里看到,记得斯大林坐的就是那样式的沙发。他会拿些父亲从苏联带回来的包着花花绿绿糖纸的大块硬糖请我们吃。他家有从苏联弄来的幻灯机,能放映一些那时候中国未必译制过的根据电影制成的幻灯片,记得有一部是《雾海孤帆》,幻灯片上有俄文字幕,他请了好几个同学去看,虽然学校里教俄文,大家只会些简单的俄语,看不懂,就瞎猜,这过程里有的就抬上了杠,最后主人赌气停止了放映,大家不欢而散。还去过另一"条"里另一家,是个小四合院,砖雕影壁边栽了棵三季都挂满红叶的鸡爪枫,留下的印象至今如在眼前。他家的客厅里的沙发,跟后来看到的话剧《雷雨》布景里的很相似,与那种苏联式沙发的情调完全不同,那同学的母亲那时候穿着暗绿的旗袍，头发上又箍一根颜色一样的缎带，端出一碟北京的小点心——酥八件招待我，同学就拿出一个有中英文对照的漂亮画册给我看，上面画的说的是耶稣诞生在马槽等等，他们全家都是基督教徒，我听过他妈妈弹钢琴，他和他姐姐合唱圣诗。

但是，后来跟我玩得更好的，是另一个外班同学，他虽然跟我同届，却比我足足大了四岁。

我跟他交往是由于一个偶然事件。我那时背着书包跑动，总发出一阵咣啷咣啷的脆响，那是因为，我中午带饭，用的是一个美制饭盒，1947年前后，国民党统治区有不少所谓"美军剩余物资"流入市场，一些中国市民也就购买来使用，那种军用不锈钢饭盒就是其中一种，扁圆形，当中有个凹槽，一个长手柄用完后正好翻过来将盖子扣住，因为吃完午饭以后里面有把不锈钢勺子，所以搁在书包里一颠动，就咣啷咣啷发响。那天我跟几个同学在某"条"某宅门外的上马石上拍"洋画"，玩完了我背起书包要回家，又咣啷咣啷响起来，这时忽然就有一个比我高一头的家伙从旁揪住了我，我虽然没跟他来往过，却知道他绰号"鼻毛"，他鼻子很大，鼻孔特别宽，里面确实长满黑毛，他那时已经不上学，整天在胡同里鬼混，他把我揪得一趔趄，跟我吼："把你那咣啷咣啷给我！"我试图挣脱他，跟他说："那是我带饭的饭盒，不能给你。"显然他注意我那饭盒已经很久了，因为有的时候我会在比如说拍洋画的间隙，取出饭盒吃剩下的东西。他就把我的书包硬抢过去,把里头的东西全倒在地下,那饭盒也就咣啷咣啷落到地上。他命令我:"把饭盒捡起来给我!"那一刻,我是遇到了生命中此前没遭遇过的严重危机。

正在这时候,救我的人来了。我知道他绰号"大乔锛儿",那天他光着膀子,一身结实的腱子肉,他也不说什么,走到"鼻毛"跟前,伸手就一拳头,把"鼻毛"打翻在地。"鼻毛"跳起来,乱骂,冲过去跟他拼命,他从容应战,显然,"鼻毛"只有横劲,并没什么真功夫,而"大乔锛儿"显然跟什么师傅学过。赶过来围观的一群孩子们形成一个直径忽长忽短的圆圈,喊什么的都有,只觉得眼花缭乱,忽然"大乔锛儿"已经将"鼻毛"点穴擒住,"鼻毛"叫疼求饶,"大乔锛儿"就命令他把我的书包重新装好,"鼻毛"满口答应,可是"大乔锛儿"一松手,"鼻毛"就冲出围观圈,一溜烟地跑了,我自己早把书包装好,"大乔锛儿"拍着我的肩膀说:"以后还来这块儿玩,有我,谁也不能欺负你!"

"大乔锛儿"一家,就住在那个原格格府的门洞改造成的屋子里。他父亲原是拉排子车(一种人力运货的大板车)的,后来成为蹬平板三轮的,给人运货挣点"脚钱",他母亲眉眼有些像那时候风靡一时的电影《祖国的花朵》里的那个老师,也就是电影演员张圆,但是头发总蓬乱着,常听见她在屋门外的大槐树下扯着嗓门喊"大乔锛儿"的弟弟们回家吃饭,那嗓音却绝不像电影里的张圆,非常地粗犷而且沙哑,还常口吐脏话,虽然听多了能够明白,那是她对家人示爱的一种方式。"大乔锛儿"除了三个弟弟,还有一个比弟弟们大的妹妹。跟"大乔锛儿"交往后,他从未请我进过他们那个门洞,我曾琢磨过,就算格格府的门洞比较大,他家六口人,可怎么住得下呢?

"大乔锛儿"这绰号究竟什么意思、怎么来的,我始终没问过,那时候同学间取绰号,有的能说出由头,有的实在无厘头,不必深究。但我很快就发现,不仅胡同里的孩子们,就是部分大人,一提起"大乔锛儿",总有种敬畏感,据说更有人背地后称他是"镇十二条",当然不是指他只能镇住东四十二条这一条胡同,表达的意思是从东四头条一直到东四十二条,青少年打架,没人能打得过他。当然,从学校里的某些老师,到派出所的民警,都对他非常警惕,他有流氓嫌疑。但是,后来被派出所薅进去的,是"鼻毛","大乔锛儿"除了有时打架,并没有"鼻毛"那些偷盗抢劫、猥亵妇女的行径,而他每次打架,细究根源,都有抱打不平的因素,虽然也被民警训诫过,倒没有什么非得把他拘起来的事由。

"大乔锛儿"爱到什刹海去游泳,那地方离他住的门洞,以及我住的钱粮胡同,说近不是太近,说远也没远到哪里去,有时候,我会陪他去什刹海,我不敢下水,他跳进去游,我给他看衣服。头一回,他在水里游着,忽然龇牙咧嘴,叫喊:"水草绊脚啦!"扑腾一阵,把我吓个半死,结果他又忽然往上一蹿,哈哈大笑，原来是故意逗我，后来他再来这一套，我就双脚蹦着喊："沉吧沉吧沉吧！"

入秋，"大乔锛儿"在星期天，常会拉着一个小轱辘车，去东直门外农民砍过的白菜地里，给家里拾地里剩下的白菜帮子，有时还挖出菜根来，都装到小车里，拉回他们那个门洞。我陪他去过几次。很惊异于那样的东西他们家也煮来吃。熟了，我就不叫他"大乔锛儿"了，就叫他乔哥。我那时候就喜欢读小说，到1956年初中毕业前，我已经读了许多西方名著的中译本。乔哥知道我读得多，就让我讲些给他听。常常是，在东直门外的菜地旁、护城河边的树荫下，我把新看完的小说讲给他听。记得我讲过英国作家托马斯·哈代的《卡斯特桥市长》，那部小说充满悬念，情节发展常出人意料，我讲得也很有技巧，该简化的简化，记不清的地方就瞎连缀，他听得津津有味，一次讲不完，分几次讲，他后来承认，其实他们家存的菜帮子已经不少，本来不用再去捡了，只是为了听《市长》，他积极得让他妈妈惊奇，连连拉着小骨碌车往城外去。我讲了那个市长当年落魄时喝醉了酒，把自己老婆和女儿卖给了一位海员，多年过去，母亲带着女儿找回来了，原来海员的船一去不返，市长发现自己的老婆女儿找回来了，市民们没发现，就装出爱上了外地女子，向原来老婆求婚，这样一家三口又获得了幸福，但是好景不长，老婆得病死了，临死留下一封信，嘱咐他一定要等到女儿结婚那天，再拆开来看，谁知市长是个急脾气,丧事一办完立刻拆看了,呀,信上说的是,那女儿并非跟他生的,当年的那个早得病死了,这个是跟海员生的!看过信以后,他对那女儿态度大变,那女儿觉得奇怪,偏那女儿爱上了市长的竞争对手,他痛心疾首,当他在悔恨心情中打算跟女儿和好时,忽然那女儿的亲生父亲出现了,原来那海员虽遇难却并未死……乔哥听完整个故事,这样说:"好听!不过,全是瞎编,人世间哪有那么多巧事?你就学着瞎JB编吧!"

我跟乔哥的密切交往随着初中毕业而结束。我考上的高中在另一方向,难得再去那十几个"条"里转悠。乔哥没有再上学,他到东郊一座国营大工厂当了工人。

后来是"大跃进"时期,胡同里也垒起土高炉,家家户户捐锅搜铁,炼起了钢,说是要赶上英国超过美国。再后来物资匮乏,凭票证购买东西。我和许多人一样,变得奇瘦,偶尔想起乔哥,他那么个大食量的人,还能保持住饱满的胸肌吗?怕也成了麻杆儿了。再后来供应稍有好转,我在什刹海边看到有人野泳,乍看以为是乔哥,细观不是。于是到了1966年的夏天。我偶尔路过东四某"条",发现胡同里撂着抄家扔出来的东西,分明是苏联式的沙发,已经被暴雨淋得惨不忍睹,不由想到那家人的幻灯机和《雾海孤帆》等幻灯片,大概都被砸了烧了吧?至于人呢,我已经看到街上贴出的打倒某某的大标语,他那小儿子,我当年的同学,该怎么跟他划清界限呢?又经过某"条",有个当地"红卫兵"举办的"破四旧"展览,展出的罪物里,有暗绿色的旗袍、砸裂盖子的钢琴,和我曾经翻看过的中英文对照的画册……

　　大约是 1967 年夏天,我路过久违的有门洞屋的那一"条",正想着,会不会有乔哥走出来呢? 却惊讶地发现,出来的是一个憔悴的老头,他家本是住在那胡同里的一个规整的四合院里的,因为是资本家,所以把他家轰进了那个门洞屋。

　　我走出那条胡同,不承想那边来了个骑自行车的人,离好几米就叫着我的名字,定睛一看,竟是乔哥,还是非常健壮,他那自行车后座上,横坐着一位妇女,怀里抱着个孩子。这次邂逅,乔哥非常兴奋,跳下车给我介绍他的媳妇,问我:"你呢? 孩子几岁了?"我没答言,他猜出答案,又问:"有对象吗? 哥给你介绍个毛泽东思想宣传队的!"我高兴不起来,讪讪的,想寒暄完就离开。乔哥却不放过我,把我带到他家。原来 1966 年下半年,胡同的居住生态又有一次大变化。若干原来由一家人居住的四合院,全住进了别的人家。政治身份不好的,有的干脆被轰回了老家,有的就像那个资本家,给轰到了门洞屋里,街道居委会的造反派,将胡同里的居住空间进行了再分配,分配的原则完全依照阶级成分,乔哥一家属于城市贫民成分最好,因此搬进了某"条"里的一个四合院,而且住上了三间北房。其实乔哥自打到东郊工厂当工人,就一直住在厂里宿舍,先住集体宿舍,娶妻生子以后,筒子楼里有间小屋,只是偶尔回家看看,现在家里住房条件大改善,心情非常怡悦,家里也有了可以住下的空间，就频繁地回家来团聚。乔大妈一见我，就拍下巴掌，大声叫出我的名字，她刚蒸好一条"懒龙"，就是用面裹上东西，盘在蒸锅里好几圈，蒸好了切成一段段的分食，那天她蒸的"懒龙"里没有肉，只有猪油拌过的茴香，递一块让我趁热吃，我在两只手里倒腾几次，不那么烫了，再吃，觉得非常可口。乔大妈又端着盘子，给东、西、南儿家送去自己的"懒龙"请品尝。乔哥对我说："这院原是东屋那家的，两口子都是什么研究所的，说是自己攒钱买的。你想，劳动人民攒得起那么多钱吗？臭知识分子，三四口人住这么个院子，也好意思！"他刚说到这儿，大妈拿着空盘子回来了，数落他："人家并不是反革命，在他们那个什么所，也算不上反动学术权威，这院子确实是人家用历年工资攒下来买的，咱们住进来，人家也没哼一声儿，干什么还糟贬人家？"我说有事，告别，乔哥把我送到院门外，我悄声跟他说："我现在是中学教师，属于'旧学校培养的学生'，也属于'臭'的范畴，还执行过修正主义的教育路线……"他好像没有想到过，有些吃惊，拍拍我的肩膀，亲切地说："那你就好好地改造思想吧！"正说着，他父亲蹬着三轮过来了，车上是两个新的大板箱。他提醒他爸我是当年同学，他爸毫无印象，对我了无兴趣，只跟他商量如何给他妹妹和大弟弟准备到农村插队的东西。

　　1968 年，我所在的学校进驻了"毛泽东思想工人宣传队"，简称"工宣队"。所派驻的人员，正来自东郊的国营大厂。

后来跟"工宣队"的某几位比较熟了，就道出乔哥的大名，说中学时同届不同班，问他们认不认识？他们就说，那能不知道？是比他们那个厂还要大的厂的"革命委员会"成员，他们都听过他"活学活用毛泽东思想"的"讲用报告"，口才可好哩！我就暗中掂掇：倘若乔哥率队来我们学校，他会格外关照我吗？又忽然想起，"鼻毛"现在怎么样呢？在流逝的岁月里，我们这些胡同里玩大的孩子们，又将经历些什么世道变化、荣辱浮沉？

1976 年唐山大地震，当晚北京也塌了些房。人们搭起"防震棚"，作为临时居所。我去东四某"条"看望一位同事，与乔大妈邂逅，他们住在同一片"防震棚里"。乔大妈那么多年以后还是一见就能叫出我的名字。她告诉我，乔哥的二弟三弟也"上山下乡"，不过不是到农村生产队"插队"，而是去了黑龙江生产建设兵团，"屯垦戍边"去了。而乔大爷，她老伴，前几年得肺气肿过世了。跟她住在"防震棚"里的那七八岁的孩子，是乔哥的儿子，她的孙子。她说乔哥媳妇后来又生了个闺女，跟他们在厂里住，厂里也搭"防震棚"，但是乔哥他们不去住，就还在那筒子楼里照睡不误，"我们'大乔锛儿'命硬，他什么都不怕！可惜你来晚一步，他下午给我送菜来了，刚骑车走人。我今儿个还是蒸的'懒龙'，你吃了再走！"我感谢她的热心肠，告别后，我想，"大乔锛儿"，听来生疏了，他会偶尔想起我来么？

1979 年起,到 1982 年,是不是可以称为"落实政策的岁月"? 又在那些"条"里走动,那个曾放映过《雾海孤帆》幻灯片的院落,曾又住进过"四人帮"的某"干将",他被赶出去了,又成了新时期某领导干部的住宅,不知道这位干部家有没有上中学的孩子,是否也好客,会邀请同学进入那神秘的空间? 那个被赶到门洞居住的资本家,又搬回了他原来的院子;乔哥家搬进的那个院子,也终于物归原主,当年由居委会造反派安排,强行入住的各家,房管所分别作了安置,乔大妈和她的儿孙,被安置到"条"外建造的一种简易楼里居住,面积比当年的门洞大许多,没有厅,但是有两间屋子,有自己的厨房和厕所,厕所是"死闷子",关上门必须开灯,上头有个达于屋顶的通气孔,里面是"亚洲式蹲坑",但能冲水,蹲坑对面勉强能放下个洗衣机,至于洗澡,那就只能去澡堂子,要么在家里用大澡盆凑合。他家当年住的那个门洞,连同左右的空间,都被腾空,准备着恢复当年格格府的面貌,里面原来开设的街道工厂,也都迁出,格格已经去世,被落实政策的不是人而是府第,据说要成为一处文物保护单位。那个信基督教的同学,他家的院子也归还了,后来全家移民到了澳大利亚。胡同里的生存空间又一次进行了洗牌。不可能照顾到方方面面,于是,胡同里的大多数院落,还是成为了杂居院。那些从胡同里出发,去"上山下乡"的"知识青年",陆续回到胡同,许多这种"知青"的家庭,立刻面临着现实的困境,就是房子不够住。即如乔哥家，一家伙妹妹和三个弟弟全回来了，顿时感到拥挤度不比门洞轻松。比较起来，他家还算好的，有的杂居院里，开始叫做搭建"小厨房"，后来其实盖出的空间并非行使厨房的功能，而是居住，乃至婚房的功能，那几年以后，许多胡同院落进入大门后，只剩下通向院里最后一层住房的通道，仅能容下两个推自行车的人谨慎交错而过。在胡同私搭小屋的空间扩展过程里，许多原来和睦的邻居因一尺半尺的延伸而引发出纠纷，反目还是小事，有的竟闹出人命。我亲爱的北京胡同啊，如东四头条至东四六条，在元代就基本形成了，胡同里的那些国槐，有的已经需要两人才能合抱，入夏浓荫蔽日，蝉声如歌，多少生命在这些空间里歌哭闪灭，我童年、少年、青年时代熟悉的那些人士，你们还将演出些什么人生戏剧？

最诡谲的戏剧果然上演了。那是 1986 年，忽然，有个台湾来的男子，由某机构的人士陪着，找到东四某"条"的居委会，居委会的干部乍见他，口中不由呐出："这不是'大乔锛儿'吗?!"他当然不是"大乔锛儿"，他也不姓乔，但是，他却实实在在是"大乔锛儿"的亲哥哥！

原来，他的父亲，是居住在东四某"条"大宅院的少爷，跟丫头偷食了"禁果"，先生下他，又生下"大乔锛儿"，兄弟两个，只差两岁，他生在 1936 年，"大乔锛儿"生在 1938 年。1937 年卢沟桥事变后，他父亲随他爷爷奶奶一大家子南下，后来辗转到了重庆，离京时，抱走了他，却将他生母和弟弟，赶出了家门。这是不是很像曹禺的《雷雨》里所写的周朴园和鲁侍萍的情形?但是后来"大乔锛儿"他妈嫁给了拉排子车的憨厚人,而不是《雷雨》里鲁贵那样的烂人。"大乔锛儿"和他哥哥的生父后来在重庆当了一个小官,正式娶了一个太太,生育了一女二子。他们的祖父母相继亡故。1945年抗战胜利,他们的父亲从科长升为了处长,迁到南京。1949年,"大乔锛儿"的哥哥和弟妹随父亲到了台湾。父亲后来的仕途并不腾达,辞官经商,也并不怎么成功。在台湾,父亲娶的头一个妻子得病死了,后来又娶了第二个妻子,是个说闽南话的妇女,又生育了一子二女。但是第二任妻子是结过婚丧偶的,嫁他们父亲时,带来了一女一子。"大乔锛儿"哥哥原以为自己乃父亲第一个妻子所生,但是,万没想到父亲病重弥留时告诉他,他另有生母,姓甚名谁,而且,更还有一个比他小两岁的亲弟弟。于是,处理完父亲的丧事后,他就转道日本,来至北京,到达他落生的那个空间,寻觅他的生母和胞弟。居委会的干部很快就将他带到了乔大妈眼前,他喊了声"亲妈",就跪在生母面前,抱膝痛哭。乔大妈倒还镇定,只默默地落泪,那一年,这个哥哥已经满五十岁,而"大乔锛儿"逼近四十八岁。

那一年,我到杂志社任职,在我一个人的小办公室里,忽然"大乔锛儿"找上门来,我们已经很多年没有见过面,而且,坦率地说,我已经将他淡忘,他坐在我对面,立刻把他家发生的这出活剧讲给我听,我不禁感叹:"世上竟有如此的事情!"

他淡淡一笑："记得吗？你跟我讲过，那个英国的什么市长的故事，那时候总觉得故事都是瞎编出来的，现在才知道，瞎编，有时候也编不出来呀，真的事情，比小说里写的，还更让人一个劲地发愣！"他知道我那时候已经因为写小说出了名，就建议我拿他们家的事情编小说。我问："你见到你哥，激动吗？"他不回答，只问我："能在你这儿抽烟吗？"我点头，他点燃一支烟，默默吸了好几分钟，这才说："头回跟他见，只想着他可是打台湾来的，咱们言语行为不能出错。要说激动，那是回我工厂那边自己家以后，老婆孩子睡瓷实了，一个人到窗户边抽烟，胡思乱想的时候。原来我那些"知青"的弟妹，跟我是同母异父，真是同父同母的，就这么一个亲哥哥啊！我们打扮、作派那么不同，可是，别说外人见了觉得模样雷同，就是我们面对面，也总有照镜子的感觉。又想，若是我小时候人们就知道有这么回事儿，那我就属于有海外关系，而且是跟打跑到台湾的国民党反动派有关系，那我还进得到国营带保密性质的大工厂吗？后来还能以'红五类'自豪吗？我们家还能搬进人家研究员的私家小院，住进那院的北房吗？我妈是不是就得挨斗呢？她挨斗，我保护得了她吗？我是不是也得去斗她，或者跟他一起被斗呢？我能进入工厂的'革委会'，风光一时吗？……"我说："过去的已经过去了。现在人们哪会再有那样的偏见？而且，据我所知，现在有的人，还特羡慕有海外关系，包括有港、台关系的人呢。"他叹口气说："是呀，都以为外边回来的,比咱们有钱,我们大哥给妈妈家,嫁出去的妹妹家,娶了媳妇另过的大弟弟家,当然还有我们家,都给买了电视机,可是两个还跟妈妈住的弟弟就不满意,说为什么不也给他们买?可以不买,那也该把电视机的钱给他们各一份。大弟弟的媳妇后来又跟妈妈抱怨,说怎么给买的是黑白电视,不买彩色的?又怀疑单给我们家买了彩色的尺寸大的,说大哥偏心……"

后来的很多年里,虽然我时不时会经过东四的那十二个"条",特别是早已经拓展为大马路的"东四十条",却再没有遇到过"大乔锛儿",我们没有保持联系,各自继续着平行线式的人生跋涉。

2005年,忽然"大乔锛儿"通过曲里拐弯的法子,联络上了我,却同时告诉我一个噩耗,就是他的母亲,我唤乔大妈的,前几天病逝,将在东四某"条"的一个宅院里,举行悼念活动,邀请我参加。我如约前往,按地址找到,是一个半旧的三合院,原来,"大乔锛儿"他哥哥经过考证,认为那就是当年他们父亲住过的空间,系他们爷爷家大宅院的一个侧院,便买下了那个院子。逝去的毕竟是他们父亲的第一位夫人,尽管当时没有名分,但毋庸置疑,当时的两个年轻人有着炽烈的爱情,而如父的长兄,毕竟就是这位女子生下来,因此,尊她为"大妈",理所当然,本着这样的共识,"大乔锛儿"他大哥带来了在台湾,以及从台湾又移民到美国、加拿大的弟妹们,齐聚北京,为这个有着戏剧性经历，而一生并不想演戏的女性，来举行集体的哀思。"大乔锛儿"和他的弟妹们当然也都到场。不算这些人的配偶和后代，光是兄弟姐妹，就有十四个之多，其中有同父同母的，有同父异母的，有同母异父的，有既不同父也不同母但从伦理上来说应是兄弟姐妹关系的，但就"大乔锛儿"和他哥哥而言，那十二个弟妹似乎都跟他们隔了一层，他们长时间并肩拉手，又紧紧含泪拥抱，毕竟他们是同父同母的嫡亲手足啊！那回追思活动他们请来的其他非亲朋友不多，我置身其中，耳边听到既有北京土话、普通话，也有闽南语，甚至英语，感慨万千。

"大乔锛儿"他们工厂早就解体。他"买断工龄"后，跟几个"哥儿们"一起到各处商品楼盘售卖安装分户取暖的设备。有次他们到一处新楼盘的大户型去给人家安装，那一身名牌的主人腆着个肚子，要不看鼻子真认不出来了，可是人家先叫了声"大乔锛儿"，"大乔锛儿"定睛一看，呀，"鼻毛"！也不知这家伙怎么发的！"鼻毛"似乎完全忘记了那年"大乔锛儿"对他的狠揍，对"大乔锛儿"极表友好，收工后，还送给"大乔锛儿"一瓶特供酒。

前两年"大乔锛儿"忽然给我手机发来短信，表示愿意跟我联系。他是怎么打听到我手机号码的呢？疑惑未消，我就给他回拨电话。他告诉我已是"古来稀"的年纪了，但总还不愿意闲着，现在揽了个"瓷器活儿"，就是跟他哥哥合作，向台湾及其他地方的海外人士,推销东四头条至十四条的四合院,当然也包括三合院及不足一院的零散平房。后来我到网络上查阅,那些"条"里的平房,平均价位已经达到一平方米六万多,有的规模比较大的新规整出来的两进带垂花门的四合院,报价是一亿人民币。我估计,"大乔锛儿"和他的哥哥未必自己注册了中介公司,应该是帮正规的中介公司"猎头",即利用他们的人脉,网猎到有愿望也有财力购买"条"中四合院的海外买主,而从中获取佣金。"大乔锛儿"自己,也在某"条"里,租住了一所小院。

如今的"大乔锛儿",活动的空间,又跟童年、少年时代一样,集中到那十二"条"胡同里了。当我敲着这篇文章时,常常停下来悬想:依然腰板硬朗胸肌鼓胀的乔哥啊,你此刻在东四第几条?

2012 年 5 月 15 日　绿叶居

杉板桥无故事

提起成都，我首先想起的是杉板桥。一般说普通话的会把"杉"发音为"山"，但是在成都这个地名要读成"沙板桥"。顾名思义，那里应该曾有座用杉木板搭成的桥。

有人可能会发问了：你在不止一篇文章里说，你出生在成都的育婴堂街，育婴堂就是养生堂，这甚至是你从秦可卿入手，揭秘《红楼梦》的一个私密的心理契机，按说一提起成都，应该首先想起育婴堂街才对哇？那我就要告诉你，母亲在那育婴堂街生下我不久，就把我和兄姊带回安岳县老家躲日本飞机轰炸去了，从此再没到育婴堂街居住过，因此，关于育婴堂街，在我的生命记忆库里，并没有什么实际的影像，那只不过是个神秘的概念罢了。2006 年我 64 岁时才找到育婴堂街，街名依旧，却完全没有半个世纪前的任何遗痕，怀旧的思绪，也就无可依托。

成都有杜甫草堂，有武侯祠、望江楼、青羊宫……那些空间风景美丽，生发出无数的故事，杉板桥是否风光旖旎、有美丽的传说呢？我四十年前第一次去那里，到前三年去那里，那个空间变化很大,从狭窄的小马路,开拓成了六车道的宽马路,但是,从来不是成都的观光区,我甚至去跟当地的老居民打听过,有没有什么著名的历史事件发生在那里? 有没有什么比如说追求自由恋爱婚姻的凄美悲剧,或者月夜书生遇到白发长髯的仙人传授秘籍,又或者狐仙狐魅千奇百怪的喜剧、闹剧以杉板桥为背景被世代口头传授过? 他们都摇头。

成都东郊的杉板桥,是个没有故事的地方。

然而于我,杉板桥是个亲切的空间。我的二哥二嫂一家,在那里居住逾半个世纪。二哥,在我们家族天伦里,是个枢纽性人物。

我 1993 年出版的长篇小说《四牌楼》,其写作过程,与钻研《红楼梦》而且开始发表研红文字,是同步进行的。向曹雪芹"偷艺",我的《四牌楼》,也采取了"真事隐,假语存"的手法,书里的蒋氏家族,出场的诸多人物,大体与我们刘氏家族对应,之所以化刘为蒋,是因为我祖母一系姓蒋,这样地"隐真托假",心理上觉得不算"离谱"。读过《四牌楼》的一些朋友,乃至我不认识,只是从网上见到反应的读者,多有对其中一些人物留有印象,发出议论的,如定居美国的李黎,她本身也是小说家,前些时还跟我说,从她家书架上取下《四牌楼》,重读其中那段情节:书里的蒋家父母"文革"被抄家,其女儿保存在父母家中的青春期日记,也被抄走,那有着许多青春爱情隐私的文字,竟被抄家的"造反派"逐句检索,看其中是否有"反动言论"，后来"文革"结束，落实政策，将那日记发还，那日记主人，被书中"我"称为"阿姐"的，发出凄厉的惨笑……这让李黎感到极为震撼。书中"阿姐"有惊心动魄的故事，"小哥"也有，他那大学时一起登台唱京剧的好友，"文革"中不堪凌辱，最后在武汉长江大桥跳江，"小哥"悲痛欲绝……有网友称读了那一段"心潮难平"。书中"我"和那"蓝夜叉"的故事，被法国汉学家戴鹤白选出译成了法文出了单行本，也是很富故事性的。但书里所写的"二哥"，艺术形象相比较却是苍白的，无故事，太平淡，而这个书里角色的原型，就是我家实际存在的二哥。

二哥无故事。

难道，文字，只是用来铺陈故事的吗？难道，阅读，只是为了获得跌宕起伏的情节快感吗？在《你在东四第几条？》那篇里，我讲述了一个人一个家族的带有传奇性的经历，那么，在这篇里，我要写的不是悬念，不是奇突，而是那些至今温暖着我的生命的普通与平淡，那一种琐屑而重复着的生存常态，那是最值得珍惜，最应该延续的啊！

我马上忍不住要写出水豆豉的气息。许多人熟悉那种黑色的完全固态的豆豉，而不知道什么是水豆豉。那是成都人喜欢的一种食品，它是金黄色的，以黄豆为原料煮透发酵制成，成品的水豆豉大都已裂分为单瓣，在滑润的浆液里，伴随着比豆豉瓣小许多的辣椒片、蒜渣，发散出一种特殊的味道。热带水果里不是有榴莲吗？有人形容它闻起来是臭的，吃起来却香甜无比；那么我要说，水豆豉的气息有人会觉得不雅，但若喂一勺到他嘴里，多半在咀嚼吞咽后，要求再多吃几勺。水豆豉在我的童年时代，母亲制作出一大罐，我们会当作类似果酱一样的零食吃，当然，用水豆豉拌米饭、佐面条，也很合适，有时候就不必再准备别的菜来下饭了。

1971年暑假，我和怀孕的妻子，很艰难地从北京来到成都，为的是再从成都，去往安岳县看望被遣散到那里的父母。二哥家是我们在成都的唯一落脚点。二哥二嫂在1968年结婚，二嫂所在的抗菌素工业研究所早在1965年就从上海迁到了成都，选址就在杉板桥。二哥原在北京轻工业设计院，为了避免两地分居，就调到成都进入二嫂他们那个所工作，开始连独立的宿舍都没有，后来终于分到了简易楼里一个小小的单元，他们就在那里生儿育女。记得那宿舍虽然属于杉板桥地区，却还有一个更小的地名，是麻石桥，印象里1971年的时候，那里确乎有条小河，河上确实有用麻石，即粗糙的石料，铺砌的一个简易的桥梁，也问过，更没有故事，那河下的水，蜿蜒地流淌，再往东，就是杉板桥，再往下游，可能就是跳蹬河，最后是否流进了锦江？锦江就有故事了，至少锦江饭店有故事，但那就跟我要回忆的空间没有关系了。

1971年暑假的成都行，说实在的，在二哥二嫂他们那个小小的空间以外，感受到的只是混乱、惊恐、闷热、不便，但是，当我们从破旧阴暗的火车站，转乘几趟拥挤不堪的公共汽车，终于找到杉板桥街口的麻石桥，进入他们居住的宿舍区时，心里不那么发紧了，记得当时街边栽种着梧桐树，路边有泛着腐臭气息的小水沟，沿着沟边匍匐着妻子不认得，而我能在昏暗的光线下辨认出是藤藤菜（现在多称空心菜），那应该是当地农民种的；我们按着楼号门牌，找到了二哥家，二哥把我们迎进屋，立即就有水豆豉的气息袭来，对我来说，无比亲切，对我妻子来说，后来她跟我坦白，颇感刺鼻。那时供电不足，电压不稳定，有时还会停电，二哥他们屋里光线很晦暗，但是跟着就响起二嫂亲热的招呼声，她从厨房捧出一大钵水豆豉，说是专为我们制作的，自家还没有吃，先让我们尝新。那时他们的女儿才三岁，儿子则刚满百日不久，还在襁褓里不时啼哭。他们当时那个红砖砌的简易楼，显得单薄、粗糙，但是分给他们的毕竟有两个居室，有自己的厨房和厕所，我们在那里安顿下来，觉得不啻是一种享受。也确实是享受，伴随着水豆豉刺激起的食欲，我连吃两碗饭，妻子也很快接受了那闻起来怪怪的成都食品。而水豆豉里所包含的，是浓酽的亲情。正是这种亲情，支撑着我们这个家族的成员，穿越了那些充满狂热、躁动、仇恨、暴力的岁月。

二哥是维系家族亲情的关键人物。

父亲所在的张家口解放军外语学院，经过惨烈的武斗以后，近乎解体，教职员工后来一律用闷罐子车运到湖北襄樊的"五·七干校"，又在那里进行了梳篦刮头似的"清理阶级队伍",父亲被批斗,最后也实在给他戴不上什么敌我矛盾的帽子,就保留他的工资待遇(那倒不低,他是行政 12 级,据说 13 级以上就都算"高干"呢),将他遣返回原籍安岳,还不是在县城里面,是在一个僻远的镇子上。递解他的人员,带着父亲和母亲到了成都,允许二哥跟他们见面,二哥就提出来跟着他们到那个镇子去,帮助年过花甲的父母安家。到了安岳县城,二哥就跟递解人员说,母亲当年,在安岳温家巷购有一个小院,如今里面住的几家非亲即友,应该可以腾出两间屋子给他们使用,这样比安插到交通更其不便的镇子上,生活总归方便一点,经过二哥的努力,递解人员和安岳县方面也就同意我们父母就留在温家巷居住。二哥重亲情,孝顺父母,善待弟妹,他特别继承了母亲的那份温和、沉静的性格,他出面办事,因为总是绝不冲动,能够以柔克刚,也就往往能将事情按尽量好的方面去发展、落实。

父母在安岳温家巷住下后,倍感寂寞,尤其父亲,对现实不理解,又无处无人可以一起讨论,镇日郁郁不乐,母亲毕竟还要张罗每日三餐,倒显得生活还算充实。因此,1974 年,我又从北京经由成都去往安岳看望二老,那时除了妻子,还有两岁多的儿子随行。记得那年从成都开往安岳的长途汽车,还是带"大鼻子"的那种,现在某些表现旧时代的影视里,会出现那种老式的木窗框汽车。那时候多数人都有营养不良的问题,瘦子多胖子少,但掌握"听诊器、方向盘"的人士还是比较吃香的,那天开车往安岳的司机就比一车人都胖,上车的纷纷给他送些东西,我坐在他旁边,也送了他两个北京带来的苹果,他接过去也不说"谢谢";那时候汽车上的窗玻璃差不多都砸碎了,方向盘上头吊着个木牌,上头写着"禁止吸烟",但那司机开车前的第一件事就是把烟斗衔在嘴里,点燃,车子上路后,不断地吞云吐雾;我想到自己一家三口都在车上,不免有些担忧,特别是车子开上盘山道时,整个车体嘎啦嘎啦响,我逮个机会问司机:"师傅,这路好险,不会出问题吧?"他漫不经心地回答我:"啷个不出问题?前天还翻下一车人去!"他用烟斗一指,哇,右边悬崖下,那翻下解体的车身还在那里被骄阳晒着……探望完父母,又到二哥家小住几日,把种种见闻讲给他,也包括那司机的表现,二哥说:"倒是个很好的素材,如果拍电影,这个细节可以用上。"我又告诉他,在安岳县城,我去理发馆理发,那里有怎样的一种风扇呢?就是用许多把葵扇,缝合成一面墙那么大的一个扇体,然后以滑轮、绳索,连到理发椅背后的椅子腿旁,理发师傅一边给人理发,一边可以用脚踩动机关,使那一面墙的大扇子扇出凉风……二哥就说:"怎么没有电影导演运用这个场景呢?太有味道了啊!"

二哥自己无故事,但是他知道许多故事,特别是电影故事。他这一辈子有个始终未能实现的梦想,就是当一个电影导演。他的童年时期,父亲在广西梧州海关当职员,每个周末,必带大哥和他去电影院看电影,大哥淘气,另有爱好,往往还借故不去，二哥是忠实的小观众，管是什么电影，都看得津津有味。他记得那时期看到过许多卓别林、基顿演的美国无声片，还有最早一版的《金刚》，国产片里，父亲喜欢胡蝶，凡她演的电影必带二哥去看，胡蝶在《姊妹花》里一人分饰贫富迥异的姐妹二人，那时二哥虽小，也过目不忘。梧州时期的电影，全是无声片，后来父亲调任重庆海关，全家随往，先是住在城里，周末就带子女看电影，那时有声片取代了无声片，而且美国电影很多，没有配音译制，是在银幕一侧，竖立一道窄幕，用幻灯打出竖写的自右往左换行的中文对话，据说请来翻译的，是些大学里的教授，译得一般都比较准确，但有时不免失之于文诌诌，如"君试思之，此举毋乃孟浪乎？"美国好莱坞那一时期拍出的电影，凡运到重庆放映的，二哥几乎全都看过，如今还能一一道出片名、情节及那些当年的明星名字。再后来，就进入抗战时期，头两年，全家还在重庆，电影看得少了，那时候会去看一个长江歌舞团的演出，那个歌舞团是模仿上海的明月歌舞团的，团员多为小女孩，穿短裙、长筒袜，留"妹妹头"，再扎个大蝴蝶结，一群出来，右手搭别人左肩，左腿一齐朝右踢出去，咿咿呀呀地唱什么"我听得人家说，说什么？桃花江是美人窝，桃花千万朵，比不上美人多……"但也会唱"我的家在东北松花江上"或"万里长城万里长，长城内外是家乡"，更有《义勇军进行曲》和"我们在太行山上"，那时候国共合作，一般庶民不觉得国共的词曲作者有多大区别，反正唱抗日的歌曲就都很兴奋,二哥曾有一册歌本叫《叱咤风云录》,每首都是抗战主题,他首首都唱过。再后来,进入抗战最艰难的相持阶段,父亲坚守重庆,母亲带着孩子们先到成都再到安岳乡下躲避日机轰炸,自然也就无电影演出可看了。抗战胜利后,母亲带着子女回到重庆与父亲团聚,这时家从城里搬到了南岸狮子山,也就是我在《雾锁南岸》里写的那处空间。那时虽然大哥、二哥、小哥、阿姐因学业及其他原因不常在南岸家中住,但一旦放假聚齐,一家人还是有许多的文娱活动,如全家进城去看上海迁渝的厉家班的京剧演出,去看电影,如战后好评如潮的国产电影《一江春水向东流》《八千里路云和月》等;也有时候就在南岸家里,父亲、二哥轮流操琴,小哥唱梅派青衣《生死恨》的唱段,阿姐则仿孟小冬唱"八月十五月光明呀呃哦……"我那时会在大人们膝下胡乱比划。

是的,我家属于小资产阶级,家里充溢着如此这般的小资情调。这一阶级的文艺家和作品,以我的见识,早的,如苏曼殊、李叔同,稍晚的,如王鲁彦、丰子恺,瞎子阿炳就经济状况应该算无产阶级吧,但他那曲《二泉映月》,跟李叔同填词的《送别》:"长亭外,古道边,芳草碧连天;晚风拂柳笛声残,夕阳山外山……"跟丰子恺的漫画《人散后,一钩新月天如水》,那情调,都是相通的,就是虽然拒恶,但"不以暴力抗恶",而只是痴痴地坚守良知、良心、良能、良善,其实早在20世纪30年代初就有过电影《天伦》,有过《天伦歌》,弘扬中国传统文化中

"老吾老,以及人之老;幼吾幼,以及人之幼"的伦理道德境界,用现代白话来说,就是"把对个人的爱推及于人类"。那《天伦歌》以柔曼的曲调唱出:"白云悠悠,江水东流……浩浩江水,霭霭白云,庄严宇宙亘古存,大同博爱,共享天伦!"

小资产阶级,他们的生活,他们的情调,是脆弱的,特别是在社会大动荡、大变革、大转型的时期,常为主流挤压排斥、强行改造,自身也容易因外界诱因而父子反目、兄弟阋墙,或因政治而决裂,或因财产而分崩。我家作为小资产阶级中的一个社会细胞,却能穿越百年的社会震荡,难得地维系着温情,未见癌变,确属不易。而二哥,是坚守传统孝悌之道的典范。阿姐早年在哈尔滨东北农学院上学,读完本科又读研究生,二哥当时在吉林开山屯造纸厂,先是技术员,后来是车间主任、工程师,薪水并不高,却坚持月月给阿姐汇去生活费。1976年10月"四人帮"被捕,社会开始转型,我在1977年因发表了短篇小说《班主任》而出了名,进入1978年,就在这全家都能好起来的情势下,大哥先在广州因癌症不治逝世,父亲不久又突发脑溢血在安岳溘然撒手人寰,大悲痛袭来,我却未能赶回安岳治丧,小哥和阿姐也未能去,只有二哥,从成都匆匆赶往安岳,操办父亲后事,将母亲接到成都赡养。后来他又只身将父亲骨灰带回刘家可追溯的最早祖居地,龙台场高石梯,起坟安葬。后来小哥又从湖南设法调到成都一所大学任教,与二哥汇齐在成都。母亲辗转在北京我家、阿姐家和成都小哥家居住过,最后还是回到二哥家。母亲去世,二哥依然是操办后事的主力。父母留下的现金,以及尊母嘱将安岳老房卖掉后所获,加在一起,二哥跟小哥、阿姐、我均分,我们弟妹全表示二哥二嫂应多分一些,最后二哥也就略多分了点。没了父母,没了大哥,二哥也就是长兄了,所谓"长兄如父",一点不假。2008 年,小哥在医院动一个大手术,出了医疗事故,本来不该就走的,却在术后出现心力衰竭,他在临终前一直念叨:"我要见哥哥,我二哥……"他老伴非常理解,见二哥就等于见父母,跟家族告别,二哥赶到他床前,握住他手,他含笑仙去。2011年二哥二嫂来北京跟我和阿姐欢聚,我的一个表姐和她的两个女儿也来了,大家议论中都不尽感叹:现在的"80 后"、"90后",还懂得手足情么?电视上报纸上,那些一家人为争房产、争拆迁款,甚至只是争公租房的承租权,而撕破脸、斩亲情的报道,看下来真不禁要感叹人伦浇漓,还有多少人记得并看重"天伦笃睦"的古训呢?我家二哥无故事,然而如此这般无故事,而只是默默、殷殷地维系着天伦心线的二哥,对于当下的社会来说,不是越多越好吗?

二哥的一生,应该说还是顺遂的。他英语自学成材,而且以造纸专业为核心,幅射出去的相关化工医药类学科知识,都能很快融通把握,因此,在"文革"后期,那时候四川已经进口美国的化肥生产设备,既能听说英语又能把握相关技术知识的人才实在难找,相关部门发现了他,就借去与美国来的工程师合作，既当翻译，也参与专业讨论。改革开放以后，所里多次派他出国参加抗菌素的国际研讨会，退休后，他被多家药厂聘为顾问，在向美国出口药坯等项外贸交易中，如何通过美国的 FDA 申请、检查，获得批准，二哥成了这方面的一个专家。他多次去往美国、意大利、法国，最羡慕他的，是还去过南美，他在巴西里约热内卢基督山，以那著名的伸臂构成十字的耶稣雕像为背景拍的照片，一直陈列在我的书橱里，看见时我总为他高兴。尽管他有自己的专业，退而不休，但他心底里对电影的爱好，仍是那么强烈。"文革"前他就精读了乔治·萨杜尔的《电影艺术史》，也曾购买过最早一版的《中国电影发展史》，改革开放后，更购买阅读了乔治·萨杜尔的《世界电影史》和更多的电影历史、理论书籍。

二哥 1950 年至 1960 年一直在偏远的开山屯造纸厂，厂区有个电影院，他当时还担任工会的文娱干事，电影院归工会管，他学会了放映，那十年里所有在那个电影院里放映过的电影，国产片，苏联片，东欧及社会主义国家的片子，以及其他国家的片子，他一部不漏全看过。1960 年他调到北京，到 1966 年上半年，我们兄弟二人每逢周末总要一起活动，或逛公园，或看电影和剧场演出。聊电影，成了我们体现兄弟情深的一大方式，其乐无穷。即使在"文革"文化专制最严厉的岁月，在我探亲来到成都杉板桥时，在他家那小小的空间里，吃完水豆豉，我们还是要聊电影。我们不管《五·一六》通知里怎么下的断语，对国产电影，觉得好的依然叫好，比如《青春之歌》的段落节奏，《小兵张嘎》的黑白画面的唯美追求，《聂耳》里黄宗英演一女配角的功力……对于译制片我们也有共同的评价，比如《牛虻》里上官云珠为琼玛的配音，《白痴》里张瑞芳为娜斯塔霞的配音，都堪称绝。我们会议论到意大利新现实主义电影的早期代表作《偷自行车的人》和晚期绝响《她在黑暗中》，会议论到印度电影《流浪者》、东德电影《马门教授》、保加利亚电影《当我们年轻的时候》、法国电影《没有留下地址》、英国电影《哈姆雷特》（劳伦斯·奥利维主演，孙道临配音）……听到我们兄弟二人在那边津津乐道，二嫂和我妻子一旁不免侧目，担心我们犯政治错误，其实我们兄弟二人绝非政治动物，我们对电影的评价全在自己的艺术直觉，全凭良知良能，比如那时候《北国江南》被批判，有的人是"凡被批判的一定要暗中叫好"，我们却直到改革开放此片被平反以后，仍觉得是部失败之作；苏联解体后，我们并不以为以前所看到的表现苏联现实生活的影片都该弃之如敝屣，像《生活的一课》《没有说完的故事》《雁南飞》《莫斯科不相信眼泪》等，还应该算是上乘之作。回顾这些杉板桥小空间里的"电影龙门阵"，我就越发感觉，我那成名作《班主任》的诞生，二哥也有一份功劳，《班主任》通过青少年阅读的心态勾勒，对"文革"斩断了当下一代与之前的四种文学（《牛虻》所代表的外国文学、《辛稼轩词选》所代表的中国古典文学、《茅盾文集》所代表的中国现代文学、

《青春之歌》所代表的 1949 年以后至 1965 年的当代文学）的联系，深表痛心，发出了"救救孩子"的呐喊，这创作心理的积淀，也包括着我与二哥在那昏暗岁月昏暗空间里，对外国电影、中国早期电影、中国 1949 年以后电影的不能全盘舍弃的情愫。

改革开放以后，先是录像带，后来是光盘，大大丰富了人们的观影视野。二哥因药品出口到美国出差，他不仅胜任专业英语，更能用英语与美方人士聊电影，他对好莱坞从早期到二战后影片、导演、影星的熟悉，令美方人士大为惊叹："你比我们一般美国人知道得还多！"十年前，在中国还买不到格里菲斯的《一个国家的诞生》《党同伐异》的光盘，在美国，那样的无声片光盘也绝非到处可得，他却踏破铁鞋地寻觅，后来终于得到，回到杉板桥家中，放映来看，觉得是人生之大乐。20 世纪 80 年代，所里新盖出宿舍，二哥家从马路这边，迁到马路那边，仍是杉板桥，楼区大多了，也有了绿地、彩亭，分到的单元也大了，到 90 年代，所里又盖出高资楼，二哥二嫂均为所里资深专家，分到了更好的单元，又迁居一次，这次的单元有两个卫生间，起居室连餐厅有四十平方米，二哥先是置备了最大尺寸的背投式彩电，最近又置换成最大尺寸的液晶彩电，主要不是用来看电视节目，而是用来放映电影光盘。2012 年美国奥斯卡的获奖片里，《艺术家》是向无声片致敬的，《雨果》实际上是法国电影艺术开拓者梅里爱的传记片，二哥看完跟我煲电话粥,聊卢米埃尔兄弟发明电影后最早的《火车进站》《园丁浇水》,到梅里爱固定机位拍摄的《月界旅行》,到爱森斯坦娴熟运用蒙太奇的《战舰波将金号》,到杜甫仁科的诗化电影《海之歌》……一直讨论到科波拉如何从"暴力美学"转型到《雨果》的"童心叙事"。我告诉他手头有《早安,巴比伦》的光碟,是从侧面表现格里菲斯拍摄《党同伐异》的艺术片,成都恐怕难找到,会给他寄去,他高兴地期待着。

成都杉板桥啊,那里有二哥一家,有维系我们家族天伦之乐的关键所在。我珍惜杉板桥。于是乎,仿佛又有一种特殊的气息袭来,啊,那是二哥二嫂在联袂为到达的亲人制作臊子面!小哥在世时,去他们那散心,留饭时做过,我去探望,他们做过,阿姐去,他们做过,表妹们去,也做过……那臊子的制作,用成都话说,十分"婆烦",买来上好的猪肉馅,要不惮烦地再用刀来回地剁,剁得碎碎的,剁好了,再用植物油炒,需掌握好火候,千万不能糊锅,然后适时地将已剁得极碎的笋尖丁、木耳、香菇、虾米、大头菜、葱花、火腿丁等,拌好了,倒进去,略加翻炒,果断起锅。这样制作出的臊子,拌在面里,可以想象,会形成怎样的美味!手足情,天伦乐,尽在杉板桥二哥家的臊子面的香气中,教我如何不想他!

2012 年 5 月 13 日　北京绿叶居

吹笛不必到天明

被春雪融尽了的足迹

　　大约是 1985 年的夏天，我从琉璃厂海王村书店出来，顺人行道朝南走，忽然迎面的慢车道上，一个清瘦的中年男子骑自行车过来，他先认出我，到我跟前，便刹住了车，招呼我："心武！"

　　这一声招呼，事隔二十六年了，却似乎还在耳畔。是一种特别具有北京味儿的招呼，"武"字儿化得极其圆润。其实招呼我的人并非地道的北京人，他祖籍本是浙江萧山，大概因为全家迁京定居年头多了，因此说起话来全无江浙人的平舌音，倒满像旗人的后代，往往将一种亲切感，以豌豆黄似的滑腻甜美的卷舌音自然而然地表达出来。豌豆黄是一种北京美食，据说当年慈禧太后最爱，就如她将京剧调理得美轮美奂一样，豌豆黄也在满足她的嗜好中越来越悦目可口。

　　那天不过是一次偶然的邂逅。我去琉璃厂买书，他那时住在琉璃厂南边不远的虎坊桥，也许只是骑车遛遛。完全不记得他招呼完我以后，我们俩说了些什么话了。但是那一声"心武"，却在岁月的磨砺中仍不失其动听。

我是一个敏感的人。往往从别人并不明确的表情和简短的话音里，便能感受到所施与我的是虚伪敷衍还是真诚看重。我从那一声"心武"，感受到的是对我的友好善意。

那天招呼我的，是兄长辈的诗人邵燕祥。

早在 1955 年，也就是一声"心武"的招呼的再三十年前，邵燕祥于我就是一个熟悉的名字，我背诵过他的篇幅颇长的诗《到远方去》，那时候不仅他那一代的许多青年人，充满了建设自己祖国的激昂热情，就是还处在少年时代的我，以及我的许多同代人，也都向往着到远离北京的地方，去建设新的工厂和农庄。还记得那前后邵燕祥写了一首题目完全属于新闻报道的诗，抒发的是架设了高压输电线的喜悦豪情，现在的青少年倘若再读多半会怪讶吧——这也是诗？但那时的我，一个爱好文学的少年，读来却心旌摇曳，那就是我这个具体的生命所置身的地域与时代，其实每一个时空里的每一个具体生命，都无法逭逃于笼罩他或她的外部因素，其命运的不同，只不过是他或她的主观意识与外部因素相互作用所产生的效应不同罢了。

那时候看电影，苏联电影多半是莫斯科电影制片厂出品，开头总是其厂标，一个举铁锤的健硕工人和一个举镰刀的集体农庄女庄员，以马步将铁锤镰刀交叉在一起，形成一个极具冲击力的图腾。中国国产电影仿照其模式，片头在持铁锤镰刀的男工女农外，增添一个持冲锋枪的士兵，随着庄严的音乐徐徐从侧面转成正面。因为看电影多了，因此我和许多同代人都能随时将那片头厂标曲哼唱出来。后来就知道，那首曲子叫做《新民主主义进行曲》，是由老革命音乐家贺绿汀谱成的。新民主主义，至少在1955年以前是一个非常响亮的主义，毛泽东曾撰《新民主主义论》，记得那时我父亲——他是一个被新海关留下并予以重用的旧海关人员——每当捧读《新民主主义论》的时候都会一唱三叹，服膺不已，我那时候还小，不大懂得，却印象深刻。还记得那时候老师是这样给我们解释五星红旗的：大的那颗星星代表共产党，团结在其周围的四颗星，则分别代表着工人阶级、农民阶级、小资产阶级和民族资产阶级。

想到这些，不是无端的。与那时所有的人皆相关，包括邵燕祥。

邵燕祥少年时代就左倾，那时的左倾，就是倾向共产党，多半还不是领袖崇拜，而是服膺于新民主主义的纲领，在"新民主主义进行曲"的旋律下，建设一个光明的新中国。

但是没过多久，新民主主义的提法就式微了，要掀起社会主义革命的高潮，还要跑步进入共产主义。国产片片头的工农兵塑像还保留着，却取消了《新民主主义进行曲》的伴奏。到后来，老师跟学生解释国旗上五颗星的象征意义，也就不再是我儿时听到的那种版本。《社会主义好》的歌曲大流行，《新民主主义进行曲》被抛弃淘汰。

一首歌,抛弃淘汰也就罢了。但是人呢? 活泼泼的生命呢?

建设当然也还在建设,与天斗,与地斗,却都还不是第一位的,提升到第一位的是人斗人。到我15岁那一年,就有不少我原来熟悉的作家、诗人、艺术家,被从人民的队伍里抛弃淘汰掉了。在被批判的诗人名单里,赫然出现了艾青。紧跟着我被告知,还有一些诗人也成了社会主义革命的对象,其中就有邵燕祥。多年以后,我读了邵燕祥回忆那一段生命历程的《沉船》,有两个细节给我的印象最深,一个细节是当他刚参加中国新闻代表团访问苏联回来不久,本来似乎更要"直挂云帆济沧海",却猛不丁地就遭遇"飓风"而"沉船",他在自己的宿舍里闷坐,对面恰好是大立柜上的穿衣镜,他望着自己的镜象,头脑里不禁浮出"好头颅谁取之"的意识;还有就是他写到有一场对他的批判会是在乒乓球室召开的。我曾当面问他:"怎么会在乒乓球室里召开批判会?"他没想到我会有如此一问,说他那样记录不过是白描罢了。我的心却在阵痛,敢问人世间,自有乒乓球这项运动,设置了供人锻炼游嬉的专用乒乓室后,在何处,有几多,将其用来人斗人?

生命是脆弱的。生存是艰难的。穿越劫难活下来是不容易的。

1975年,我从任教的中学借调到当时的北京人民出版社文学室当编辑,当时在文学室的一位女士叫邵燚,她负责编诗歌稿件。我们相处半年以后，才有人跟我透露，她原名邵燕祯，是邵燕祥的妹妹。这让我想起了《到远方去》，想起了新民主主义时期的高压输电线，觉得自己有了接触邵燕祥的机会，暗中兴奋。但是我几次试图跟邵焱提起邵燕祥，她虽满脸微笑，却总是一两句话便岔开。1976年10月以后，政治情势发生了变化，1978年出版社同仁一起创办《十月》丛刊，我那时忝列《十月》"领导小组"，就跟邵焱交代，跟邵燕祥约稿，无论诗歌散文都欢迎。邵焱仍是满脸微笑，过几天我问起约稿的事，她的回答很含蓄，好像是"现在行吗"一类的疑问句。我隐隐觉得，是邵燕祥还要再观察观察，包括观察《十月》究竟是怎样的面貌。后来与他接触，证实他的确不是个急脾气，而是凡事深思熟虑，一贯气定神闲的性格。

后来进入改革开放时期。邵和我先后被调入中国作家协会，他在《诗刊》，我在《人民文学》，他忙他的，我忙我的，见面不多，谈得很少，但我总还感觉到他对我的善意。我记得他曾将邵荃麟女儿邵小琴一篇回忆亡父的文章刊发到《诗刊》上，我问他：邵荃麟是文学理论家、翻译家，并非诗人，而邵小琴写的也不是悼亡诗，你怎么不介绍到《人民文学》发而偏在《诗刊》发呢？他也不解释，只是告诉我："邵荃麟在1957年保护了人啊，要不那时中国作协的运动会更惨烈！"后来他又几次跟我说起邵荃麟"保人"的事。这说明邵燕祥对爱护人、保护人的行为深深崇敬。我心中不免暗想，倘若那一年邵燕祥是在邵荃麟够得着的范围里，是不是也有幸被保护下来，只"补船"而不至于"沉船"呢？人世间基于正直、仗义而冒风险保护别人不至沉沦的仁者，确实金贵啊！

到了 20 世纪 90 年代，邵燕祥和我都赋闲了。后来通知他，还把他的名字保留在中国作协的主席团里，他坚决辞掉了。再后来又一届会议，我收到一份表格，是保留全国委员需填写的，我退了回去，注明应将此名额付予合适的人选，结果中国作协当时一把手通过从维熙兄打电话转达我：名单已上报无法更改，但我可以不填表不去开会。这样我们都自在了。就有几次结伴去外地旅游。2001 年我们同去了奉化、宁波、普陀、杭州。回京后燕祥兄将几张照片寄我并附一信：

心武：

鄂力已将他的照片寄来。我们拍的也冲出加印四张奉上，效果尚可。

此行甚快，值得纪念。唯发现你平时欠体力活动，似宜注意。不必刻意"锻炼"，散步（接地气，活血脉）足矣。

绣春囊为宝钗藏物，亦"事出有因"之想，可启人思路，经兄之文，始知世间有人如此细读红书。顺祝
双好

燕祥

九，一九，二〇〇一

信中所提到的鄂力，是京城许多老一辈文化人都熟悉的民间篆刻家，我是从吴祖光、新凤霞那里认识他的，后来也成了忘年交，他以我私人助手的名义帮助我十几年，那次南游他也是燕祥、文秀伉俪的好游伴（现在的网络语言称"驴友"）。燕祥自己坚持长距离散步已经很多年了，他很早就习惯在腰上挂一个计步器，严格要求自己完成预定的步数，这和他写杂文一样，在时间、地点、人物、事件的引述上一丝不苟，尤其是原来某人某文件是怎么说的，后来如何改口的，总凿凿有据，虽点到为止，必正中穴位，读来十分痛快。我老伴去世前，不怎么能欣赏燕祥的诗，却总对他发表在《新民晚报》《夜光杯》上的杂文赞叹，有时还念出几句或一段给我听，然后对我说："看看人家！"意思是让我"学着点"，但我却总自愧弗如，学不到手，其中最关键的一点，是燕祥兄有积攒、查阅历史资料的超强意识与意志，所以能做到言必有据，他的反诘句，也就格外具有尖锐性与精确性。

这封信里提到的关于《红楼梦》研究的一个新奇怪的观点，并不是我提出的，我只不过是在一篇文章里引用，并表达了一番感慨罢了。在曹雪芹笔下，王夫人抄检大观园的起因，是傻大姐在大观园里的山石上拣到了一个绣春囊，所谓绣春囊就是绣有色情图画的香袋儿，富贵家庭的小姐按礼是绝不应拥有的，就是个别丫头行为不轨得到了，也该藏在身上不令旁人看到。在曹雪芹笔下，后来有个情节，就是从二小姐迎春丫头司棋的箱子里，搜出了她表哥给她的一封情书，里面提到了香袋，这应该是司棋拥有绣春囊的一个证据，但毕竟曹雪芹并没有很明确地交代出绣春囊究竟是何人不慎遗落到山石上的，因此后来就有研究者提出多种猜测，清末有位徐仪叟，他就发表了一番惊世骇俗的见解，认为那绣春囊是薛宝钗收藏的。燕祥兄写这封信前大概正看完我发表在报纸副刊上的相关文章，因此即兴提起，他并不认为绣春囊为薛宝钗所藏的说法荒唐，反而觉得"事出有因"、"启人思路"，我觉得他并非是在参与红学研讨，而是多年来阅世察人有所悟，深知人性的深奥莫测，世上就有那么一种表面上温良恭俭，而内里藏奸的人，也许就在你的身边，不可不知，不可不防。

燕祥兄几年前动了手术，心脏搭了四个桥。预后良好。现在他仍坚持每天按预定步数散步。我曾为《文汇报》撰写过《宗璞大姐噇饭图》《维熙老哥乒乓图》《李黎小妹饮酒图》，都是随文附图，一直想再写一篇《燕祥仁兄计步图》，成文不难，难的是如何画出他腰别计步器散步的那悠闲淡定的神态？前些时跟他通电话，他告诉我耳朵开始有些失聪了。在流逝的岁月里，有多少值得记忆的声音积淀在了他的心底里？相信还会化作诗句，以有形无形的乐音，浸润到读者的心灵。

燕祥兄从 1990 年 4 月到 1991 年 6 月，写成了组诗《五十弦》，前面题记里用了曹雪芹的话："忽忆及当年/所有之女子……"可知是一组情诗，或者其中许多首都是献给过去、现在、未来岁月里，他始终深爱的谢文秀的。不过我读来却往往产生出超越男女爱情的思绪。其中第二首：

> 曾经 少年时
>
> 全部不知珍惜
>
> 一次回眸 一次凝睇
>
> 一阵沉默 一次笑语
>
> 一回欢聚 一回别离
>
> 当时说成是插曲
>
>
>
> 人生如歌
>
> 随早潮晚潮退去
>
> 最值得追忆的
>
> 是再也听不到的插曲
>
> 被风声吹散的断句
>
> 被星光点亮的秘密
>
> 还有渐行渐远的
>
> 被春雪融尽了的足迹

我已过了童年、少年、青年、中年，进入老年。我懂得珍惜生命中小小的插曲，即如那年在琉璃厂，燕祥兄迎面骑车而来，见到我亲热地唤我一声"心武"。他可能早忘怀了，我却仍回味着这小小的插曲。他现在在电话里仍然用同样的语气唤我"心武"。在共同旅游中他应该是看到我许多的缺点，他仍不拒弃我，总是尽量给我好的建议，对我释放善意，包容我。就有那么一位他的同代人，也跟他一样有过"沉船"的遭遇，后来我在《十月》也是积极地去约稿，后来也在一口锅里吃饭，二婚的时候我还为他画了一幅水彩画，他见了我故意叫我"大作家"，我那时也没听出其中的意味，后来，他竟指控我"不爱国"，甚至诬我要"叛逃"，若不是大形势未向他预期的那样发展，他怕是要将我送进班房，或戴帽子下放了吧，人生中此种插曲，虽也"随早潮晚潮退去"，许是我这人气性大吧，到如今，到底意难平。插曲比插曲，唯愿善曲多些恶曲少些。

人生的足迹，印在春雪上，融尽是必然的。但有一些路程，有些足迹，印在心灵里，却是永难泯灭的。于是想起来，我和燕祥兄，曾一起走过，长长的路，走到那头，又回到这头，那一次，他腰里没别计步器。

2011 年 4 月 15 日　温榆斋

相忆于江湖

有封信是这样开头的：

心武：

  我猜想，你该从兰州返京了。

  选择在北戴河给你写信，说明即使美丽的海滨浴场有多么迷人，我仍然没有忘记你……

不要误会，这不是情书。这封信写在 1981 年 8 月 10 日。这封信用了一个《中国文学》杂志的信封，现在已经没有《中国文学》这个杂志了。那时候，有一个外文局，出版外文的《中国文学》杂志，开头只有英文版，后来我知道增加了法文版，里面选译出一些中国作家的作品，还有印制得非常精美的彩色插页，刊登中国画家、雕塑家、摄影家的作品。那时候的中国作家，作品能在《中国文学》上译刊，是春风得意的事情，似乎意味着自己走向世界了。如果《中国文学》能给你搞个专辑，那就更是"春风得意马蹄疾"了。后来外文局又将《中国文学》刊发过的译文编成多人合集,再进一步出"熊猫丛书",推出个人作品集与中篇小说、长篇小说的单行本。但是,花很多钱,找很多人(请了不少外国专家),翻译出版的这些杂志、书籍,似乎在国外并不怎么讨好。我就亲耳听到不止一位西方的汉学家郑重其事地跟我说:"译得不好。"有的更说:"选的不好。"因我不通外文,因此,那时外文局组织翻译出版的中国文学作品究竟选得好不好、译得棒不棒,以及那些跟我说选的译得都不好的西方人说得对不对,我只能对双方都存疑。1981年写信人用《中国文学》的信封(想来并非刻意而是当时顺手使用),劈头又提到北戴河海滩,里面又提到我去了兰州——那次西北之行还去了嘉峪关、酒泉、敦煌——这些符码,都显示出那时如我们这样的中国作家总体处境相当不错。

那是改革开放初期。一些被当作"牛鬼蛇神"的老作家获得解放;一些1957年遭难的作家不仅将他们那时的"毒草"以《重放的鲜花》出版,更不吝篇幅刊发出他们的新作;一些"知识青年"从插队的农村、"屯垦戍边"的"兵团"返城,并迅速成为文学新人;一些原来属于"地下文学"的作品,也开始在"官方刊物"上作为"搭配"亮相;有些作家开始走出国门到西方访问……但是,对于中国文学究竟应该如何向前发展? 作家应当如何写作? 对陆续冒出来的那些新、奇、怪的"眼生"文字如何评价? 却看法分歧。本来分歧是再自然不过的事情,文艺上的分歧,美学观上的分歧,就让它一万年甚至更久地分歧下去,不但是正常的事,也是有趣的事,先贤蔡元培先生就说"多歧为贵,不取苟同",百花应当齐放,百家争鸣中有几家也可以不参与争鸣,自说自话,如果人类到某一天,美学观念划一了,作品全都"正确"了,"好"得一致了,那么,究竟是人类的进步,还是末日的征兆?但是,当时就有那么一些人,总把美学观念政治化,对于热情支持新的文学潮流的人士,从政治上去"上纲上线",于是,便在改革、开放的阳光下,铺展开乌云,在处境好转的文化人心灵上,投下阴影。

那 1981 年 8 月 11 日从北戴河写信来的人士,就遇到这种情况。他且不去倾诉他的苦恼,而是对我那时的遭遇予以声援抚慰:

> ……在读《立体交叉桥》时,我就想给你写信,我要郑重地告诉你:你写出了一部好的作品。……在 1981 年可以预期的文学淡季中,"立交桥"上升起了一颗明星!有人谴责它"格调不高",你完全可以不用理睬。
>
> 这些一贯的"高格调"的说教,我以为现在可以套用一个曾经被人用烂了的公式——被某些偏见所反对,恰恰说明你是正确的。

关于《立体交叉桥》我在《神会立交桥》一文里已经回忆得很充分,这里不再赘述。但是,显然写信的人的那个预期并不灵验,《立体交叉桥》这个作品没有成为"明星",三十年过去,于我更无非敝帚自珍罢了。写信的人接下去提到的作品,则即使在三十年前,也未曾引起过更多的人注意,然而他却很有感慨:

> 至于《最后一只玉鸟》,我首先要告诉你的,是我的惊奇。我没有和你深谈过,我也忘了是否在玉女峰下、九曲溪畔,和你谈过一只鸟的消失所给予我的心灵的沉重的打击,只是在《北京文学》新年漫语中,偶尔述及,你竟从这透露出来的一线微光中,探索了,而且捕捉了我的全部的内心世界……从偶尔触及的"一"中,作家可以准确地把握到"万",这是作家的特殊本领。《玉鸟》当然是你"瞎"编的,但是你获得了我的灵魂……

《最后一只玉鸟》这个短篇小说,写一位诗歌评论家每天在宿舍附近的树林里散步,不时会遇到一只鸣啭的玉鸟,但是,有一天,他目睹两个青年人拿着猎枪,只是因为烦闷无聊,就将那只玉鸟打死了,从此再无类似的玉鸟到那片林子里去。小说的叙述文本主要由诗评家的心理活动构成,全篇笼罩一种忧伤的调式,并且当中嵌入了若干舒婷的诗句。1981年春天,我,写信人,孔捷生,李陀,由那时《福建青年》杂志的负责人陈佐洱邀请安排,到福建"采风",其实就是游山逛水,从闽北一直游到闽南,在厦门鼓浪屿与舒婷会合,大家相处得很好,收获也很大,对于作家来说,游山逛水也没有什么好惭愧的,也是开阔眼界、滋养心灵、激活灵感的一种方式,当然,不能总是游山逛水,深入各行各业的生活,特别是走到劳动者之间,体味民间疾苦,探索心灵秘密,更加必要。《最后一只玉鸟》就是福建行回京后的作品,另外还有以鼓浪屿为背景的短篇小说《她有一头披肩发》。从福建回来以后,又随冯牧去了兰州那边,同行的有公刘、宗璞、谌容,从兰州回来我写出了短篇小说《相逢在兰州》。

来信者接着向我倾诉他的遭遇及心理状态:

> 我仍然受到肆无忌惮的攻击和毁谤,登峰造极的恶劣文字,是发表在最近的《泉城文艺》的一篇,海内学人读此莫有不气愤的——包括不同意我的观点的人在内(为了不让这种丑恶的文字破坏了我的宁静的工作环境,我至今还不愿意读它),我对此坦然,我准备看看这类丑剧演到什么时候、什么程度才收场。

然后,他再回到对《最后一只玉鸟》的读后感上:

> 你的支持——一种运用文学形象的特殊手段的支持——给了我信心。同样,我也会全力支持你近来所作

的一切探索……我觉得你的创作正挺进在一条宽广的大路上……

三十年过去,如今新一代作家,可能很难理解那时我们的心情。那时的"攻击和毁谤",基本上都是政治性的,那时候还没有形成如今这样多的社会空隙,如今人家不把你收进社会的主体结构,不把你当成砖瓦,你有很多的机会成为"社会填充物",在"正经砖瓦"的缝隙里成为"黏合剂"甚至"共生物",那时候就还不是这样,如果哪怕是一篇公开发表的文章宣布你"反动",无论你原来已经拥有了怎样的社会影响,都存在着立即被抛出主体结构之外,陷于无话语空间的可能。写到这里,我想许多读者应该能够猜出这封信是谁写给我的了。对了,是北京大学中文系教授、著名的诗歌评论家谢冕。那时候《诗刊》退回他的稿子。作为一个《诗刊》的老作者,一个资深的诗歌评论家,在那时候不仅对谢冕本人是个刺激,对我这样的与诗界不相干的写作者来说,也深受刺激。记得那时候我在一个会上作了这样的发言:"《诗刊》当然可以退任何作者的稿件,任何作者不能以为自己的稿件是必须刊发的。任何其他的刊物也是一样。但是,现在我有两个问题,第一个问题是:退回这位作者的这篇稿件,是因为这篇文章写得不好,没达到发表水平吗?据《诗刊》内部的人士告诉我,文章写得很有水平,也有文采,也没有'问题'(指政治问题),之所以退稿,是因为作者别的文章被认为有'严重问题',因此,这个人的任何文章,就都不宜发表了。这种动辄给人从政治上定性,剥夺其发表权的做法,难道是合理的吗?第二个问题,被退稿的人,能另办一个公开出版的诗歌刊物吗?又不能。有人说《诗刊》是党办的,那么,就意味着它是公器,不是党内一派的私器,现在党确定了改革、开放的路线,有的人的观点,我以为属于极左,你固然可以发表你们的观点,别的支持文学新观念、新尝试的人的观点,应该也可以发表——我还不说是应该优先发表,因为那是与改革、开放配套的!"我那发言,也不过是发发牢骚罢了,起不了作用的。后来谢冕又可以在《诗刊》上亮相,是大的政治、社会格局的推进决定的。

谢冕的这封信,反映出三十年前,改革、开放初期,文学发展中,新观念、新尝试所遇到的阻力,以及所形成的文化人的心理状态与文化生态。那时诗歌的观念创新与新诗潮的涌动,格外引人瞩目,先后有三位诗评家及时写了文章,因文章题目里都有"崛起"字样,故后来被称为"三个崛起",构成所谓"三个崛起事件",其中一篇《崛起》的作者就是谢冕,可能因为在"三个崛起"的文章作者里,谢冕有着革命军人的历史,又是共产党员、大学教授,是资深文化人、著名诗评家,因此某些自认为是"正确而坚定的布尔什维克"的文化官员和文化人就特别痛恨他的"丧失立场"吧,使他在那时候很在风口浪尖上煎熬了一阵。

这封信，也反映出，那时候的一些文化人，如我，如谢冕，我们并没有深谈过，但是同气相求，当时代浪涛的相激相荡将我们抛到同一种困境中时，能够相濡以沫，互相激励，互相声援。三十年前那些雨丝风片，如今回想起来，有若许亮光，若许暖意，也有若许混沌，若许惆怅。

那以后我和谢冕再无来往。我们同在一个江湖。相忘于江湖，是我们各自的幸运。说明我们都能游到自己喜欢的水域，尚能从水中获得氧气，不必在一个近乎干涸的小坑里互相以吐出的泡沫苟活。我们又经历过若干风浪，乃至大风大浪，各自又都存在了下来，继续在江湖里游动，寻找意义，享受乐趣。

2010年4月，应台湾新地文学社邀请，我们同往台湾去参加一个文学活动，在台北的开幕式上，马英九去了，还发表了讲话。开幕式是在台湾大学里举行的。参加会议的华文作家来自世界各地，我不善交际，见到老朋友不知从何说起，见到新面孔愿微笑了事，我虽保留了谢冕这样一封信，你看我敢使用朋友二字吗？我们只能算是老熟人吧。我们在台湾不要说没有深谈，浅谈都没有。开幕式进行完，大家吃完盒饭（台湾叫"便当"），凑巧台湾大学文学院前院长齐益寿先生招呼谢冕和我，一起去浏览台大校园。如是我们三个一起在那校园漫步。每到一处，齐先生就介绍那楼、那树、那湖的名称及相关趣事，其间也有他不说话的时候，按说在那样的情形下，我与谢冕应该可以有些交流,但是,没有,他没有特别注意我,我也没特别提醒他:我们三十年前曾经颇为亲密,我还专门以他为模特写了小说,我们还通过信。

人不仅是社会存在,更是家庭存在,更是个体存在。那次台湾方面邀请大陆作家,皆是邀请夫妇同往,唯独我是一个人去的,我 2009 年丧妻成了鳏夫;我去后,有人告诉我,谢冕夫妇前几年有丧子之痛;我原来以为在去的人当中,自己在个人生活上最苦,这才知道有更比我苦的,丧子之痛,何况是事业正在精进中的英年,竟然一旦夭折,那父母心中的痛是任何文字也无法形容的吧,也不该去形容。我理解了谢冕一路上的若有所失和若有所思。

直到在岛上转了一圈,整个活动结束,在台北桃园机场等候乘飞机返回北京,我才和谢冕夫妇有了交谈。我们互相询问又各自谈及生活中的一些琐事。这种对另外生命的真实而细致的关切,乃是人际交往中最可宝贵的,我感到如丝丝阳光照射到自己生命的叶片,正形成光合效应。

记得我在少年时代,觉得十几年简直是不可想象的漫长岁月。也是,十几年足以发生惊天动地的变化。红军长征开始于 1935 年,那是共产党革命的最低潮,到 1949 年就夺取到了政权,统共不过十四年。现在从农村朋友送回的纸箱子里发现的谢冕这封信,却弹指已是三十年前的旧物了!"三十年河东,三十年河西",原以为不过是夸张的修辞,现在却觉得只不过是一种白描。原来不少文化人觉得有"政治上纲上线"的精神压力，现在有的人可能还有，但现在许多文化人感受更深的是市场的压力，这种压力既是物质的也是精神的，"你写的这个叫座吗？""你的书能畅销吗？""你能引来高点击率吗？""你能登上作家富豪榜吗？"我和谢冕既然仍在这个江湖里，也必须面对这种新的压力，当然，他的压力主要是如何在评论工作中应对以上一类"前提"，我的压力主要是如何摆脱"销量"、"榜单"的诱惑。因为一封旧信的发现，我意识到，既要相忘于江湖，也要相忆于江湖。忘记有时是必要的减法，而记忆更多的时候是"从一知万"。

2011 年 1 月 23 日　温榆斋

吹笛不必到天明

电子邮箱里忽有古尧邮件。他奉上一首改字临江仙,是从宋代词人陈与义那里化来的:

> 忆伯爵厅厅中饮,坐中师生豪英。长沟流月去无声。杏花疏影里,吹笛到天明。
>
> 四十余年如一梦,此身虽在堪惊。闲登小阁看新晴。古今多少事,渔唱起三更。
>
> 【注】伯爵厅,兰特伯爵西餐厅,厅中饮虽是一年前,师生之份已有四十余年。

阅后,轻易不再感动的我,不禁愣神良久。

其实四十年前我在中学任教时,古尧并不是我班上的学生,只是偶然的机缘,我们对上了话,后来我结婚搬到一个小杂院居住,他成为常客,据他后来说,我跟他的闲聊,形同宝贵的授课,先不说什么灵性开发,仅举小小一例:我告诉他美国西海岸的旧金山,按音译是圣·弗朗西斯科,为什么许多中国人又称它三藩市呢？因为早期被运到那边修铁路的华工，多是广东人，粤语将圣·弗朗西斯科快读，缩音即如三藩，至于为什么又称旧金山，新金山又在哪里？我也有一番说词。在当时那种封闭禁锢的社会环境里，古尧听了我诸如此类课堂上绝无的杂言碎语，竟如聆梵音。古尧那时常感叹："什么时候，我能到美国看看呢？"

三十年前，古尧的向往竟化为了现实。那在他九岁时死去的父亲得到彻底平反。他的母亲官复原职。古尧上完大学，获得美国方面的奖学金，可以去读硕士。父亲的平反虽然大快家人之心，却并无经济补偿，母亲那时候薪金应付一家日常开销不成问题，积蓄就还很微薄。古尧来找我。那时候我是北京市文联专业作家。古尧说去美国留学，万事具备，只欠东风，东风就是一张飞往美东的单程机票。我和妻子忙问他那机票需要多少钱？他说支援他2000元人民币就行。我和妻子不禁对望一眼，都绽出了微笑。妻子就去另屋取来一个信封，递到他手中，我说："刚领到的，长篇小说《钟鼓楼》获茅盾文学奖的奖金，正好这个数。"古尧接过去，也不道谢，只是笑："巧巧巧！"如今茅奖奖金已经是五十万了，但我不以当年的2000元为少，因为那笔奖金玉成了一个有为青年及时赴美。

古尧飞去美国，攻读一种很冷僻的学科，叫什么分析物理，和20世纪80年代，他们那一茬（多是五〇后出身的）改革开放初期的留学生一样,勤工俭学,洗盘子、送外卖、摘苹果、搞搬运……吃尽苦头,终尝甜头。他先后获得硕士、博士学位,并谋到一份高端研究的工作。其间他回国几次,一次是和对象成婚并将她接到美国,一次是他母亲去世回来奔丧,都蜻蜓点水般到我住处来小坐,第一次回国时他就将当年的机票钱还给了我,我说正好作为他结婚的礼包,他坚拒。

2006 年我应华美协会和哥伦比亚大学之邀赴美讲《红楼梦》,和定居在休斯敦的古尧取得联系,他热情邀我到得州一游。我从纽约飞到休斯敦,刚走出活动通道,就见他站在通道口迎候我,见面第一句话是:"我父母双亡,你来,就是家长的待遇。"他开车接我到他家,他妻子女儿都热情接待。住的是两层独栋小楼,后院是游泳池。畅叙种种,泳池嬉戏,又一起到姚明开的餐馆品尝"姚妈红烧肉"。古尧驾车,带我去得克萨斯州首府奥斯汀,那里有短篇小说圣手欧·亨利的故居。后来我们又去了因肯尼迪被刺而闻名的达拉斯,和有条河流贯穿全城的圣·安东尼奥。我们游玩得非常开心。但是美国那时经济下滑,古尧陪我参观宇航中心,他脖颈上挂有工牌,可以免费,因为他所参与的研究项目,属于宇航中心管辖,但就在他兴致勃勃地给我讲解时,接听到电话,让他立即上交工牌,他匆匆离去,他再回来的时候,已经是购票进入了。见我忐忑不安,他安慰我:"我们那个项目被撤销了。谁让经济不景气呢。其实一个月前已经通知了,我没跟你说。没想到恰在这个时候收我工牌。"接着他有句"京骂",但脸上仍笑嘻嘻的。

送我返纽约,古尧跟我说:"你别惦记我。等我一个'伊妹儿'吧。"

他的那个"伊妹儿",一等就是七年。美国经济复苏很慢。古尧到处求职,不断碰壁。尽管宇航局方面赔偿的遣散费不少,毕竟不能坐吃山空。天无绝人之路。终于古尧一个简短的"伊妹儿"告知我:"获得大学物理教授教职。假期将到北京。"于是有2014年冬他来京的相聚。他住我家。老伴已逝,我是鳏夫。他是孤儿。鳏夫孤儿,并不落寞。随意挥洒,言谈无忌。约了当年他同班并一起到农村插队的同窗,也是当年就跟我交往的,在一家以慕尼黑啤酒和德式香肠为招徕的西餐厅欢宴。那晚我和古尧醉中相扶而归。

古尧和我谈及后来的留学生,20世纪90年代出去的,大体还是他们80年代出去的那个路数,但是这个世纪去留学的,多有家长陪同,或数家人委派一人陪同,有的刚入学就买好了房,更开上了新车,只有叫外卖的哪有送外卖的,融入那边社会快,失却民族传统也快,我和古尧谨慎置评,却也一同感叹岁月流逝中的人事变迁。

古尧近日发来的改字宋词,我觉得未免过于悲凉。我原来把伤感当作提升心灵的助力,现在却很怕伤感。"杏花疏影里,吹笛到天明",这意境不大能接受,笛声虽好,哪耐持续到天明？月光里有阵笛音，然后就消停，就"长沟流月去无声"，更能稳固我内心的平静。让我们常葆人性中的良善。经历过太多，期望就免奢。

2015 年 11 月 6 日　绿叶居

远去的风琴声

1950年冬,我随父母从四川迁来北京,插班上学成为一个问题,住家附近的公立学校插不进去,只好先上私立小学,先上的那所私立小学就在我们住的胡同里,但是它因陋就简,竟然连风琴也没有。我上学的事情由母亲操办,她经过一番努力,终于把我送进了公立的隆福寺小学,那小学离我家稍远,母亲带我去报到那天,刚进校门,就听见音乐教室里传出风琴的声音,母亲颔首微笑,她认为风琴伴着童声齐唱的地方,才是正经的小学校。

这里所说的风琴,不是手风琴、口琴,当然更不是管风琴,而是指那种立式的踩踏板用手指按琴键发出音响的管簧乐器。它外形跟钢琴很相似,但钢琴是键盘乐器,虽然也有小踏板,弹奏时是要用手指敲击琴键,发声原理不同,乐感也不同。

那时候学生还不称教课的为老师,而是称先生。有天放学我就随口说起:"'小嘴先生'教我们唱《二月里来》啦!"我觉得那首歌很好听:"二月里来好风光,家家户户种田忙,只盼着今年收成好,多打些五谷交公粮……"我在城市里长大,想象不出"种田忙"是什么景象,更不懂什么是"交公粮",正想跟妈妈问个明白,妈妈却先批评我:"不许给先生取外号!"我就辩解:"又不是我给取的! 同学们背地里都这么叫她,她嘴巴就是特别小嘛!"妈妈说:"我记得她姓因,你就该当面背地都叫她因先生!"我就笑了:"咦吧! 妈妈,你也咬不准人家那个姓啊! 她姓英,不姓因!"我们四川人,分不清韵母 in 和 ing,一般都只发 in 的音,另外,也分不清声母 l 和 n,一般只发 l 的音。母亲虽然早年曾在北京生活过,但毕竟母语是四川话,我们全家到北京以后在家里也是讲四川话,这就使得我们的普通话虽然都讲得不错,但一遇到有这两个韵母和声母的字眼,还是难免露怯。

"小嘴先生",现在回忆起来,是一个美丽的女子,她的嘴,是名副其实的樱桃小口,有趣的是她偏会唱歌,唱的时候小嘴张得圆圆的,声音非常嘹亮。她总是踏着踏板按着风琴教我们唱歌,时时扭过头来望望我们,这时我就特别注意到,她那张小嘴真的很厉害,发出的声音往往会压倒全班同学的合唱。

她有时候会让某个学生站起来独唱,不一定是把整首歌唱全,多半会让你唱几个音节,通过纠正你的唱法,来教会大家把歌唱好。上到六年级的时候,有次她就点我的名,让我唱《快乐的节日》。那首歌第一句是"小鸟在前面带路,风啊吹着我们"。我站起来,闭紧嘴,就是不唱。"小嘴先生"就问:"你为什么不唱啊?"我说:"要唱我就唱《我们的田野》。""小嘴先生"更惊讶:"那又为什么呢?"有个同学就故意学舌:"小了在前面带路!"他就知道我发不好"鸟"的音。"小嘴先生"明白了,微笑地看着我,对我说:"不要慌。不要怕。要敢张口。要敢咬字。对了,老早我就教过你,叫我英先生,不要叫我因先生,跟着我说:(她吐字用力而且很慢)因为,英雄,印刷,影子……这次,再跟我说:小鸟,了解,列宁,树林……"我心理抗拒,咬嘴唇,一些同学看"小嘴先生"很尴尬,忍不住笑了,"小嘴先生"却一点不生我的气,对我说:"好的,刘心武同学,欢迎你唱《我们的田野》!"《我们的田野》那首歌的歌词:"我们的田野,美丽的田野,碧绿的河水,流过无边的稻田,无边的稻田,好像起伏的海面……"直到后面才有一句里出现"雄鹰",绝少 in、ing 和 l、n 的困扰,我就唱得格外舒畅,唱到第三句后,"小嘴老师"就去按风琴伴奏,后来又示意同学们一起合唱,唱完了,她对大家说:"今天刘心武唱得真好,我们都为他鼓掌吧!"同学们就鼓起掌来,有几个男生还故意在大家的掌声结束后,再拍响几声。《我们的田野》成为那时段我最喜欢的歌曲。

1984 年,那时我已经成为一个作家,应邀到联邦德国(西德)访问,我带去了根据自己同名小说改编拍摄的电影《如意》的录影带,我所参加的那个活动允许我另带一部中国电影放映给大家看,我毫不犹豫地从电影局借出了谢飞导演的《我们的田野》,那是部表现中国"知青"命运的电影,以我们童年时代熟悉的歌曲《我们的田野》的旋律贯穿始终。我所带去的两部电影录影带投影放映时，观众不多，但映后反响都不俗。就在放映《我们的田野》过程里，我忽然忆起了忘记很久的"小嘴先生"，耳边响起她循循善诱的声音——"跟着我说：因为，英雄，印刷，影子……再跟我说：小鸟，了解，列宁，树林……"在异国他乡，那幻听勾起我浓酽的乡愁。

直到20世纪80年代，小学校象征之一，仍是风琴伴奏下童声齐唱的音韵。1985年我回四川，在一个翠竹掩映的山村留宿了一夜，那个村落在丘陵最高处，村屋大多以石头作础、竹墙糊泥刷粉、茅草作顶，室内就是泥土地面，床边桌下会拱出竹笋，看上去很美，但城里人多住几日就会感到不舒服。我是借住在乡村小学的那排房子里，跟一位什么都教的山村教师同室而眠。那一夜我睡不踏实，是因为不适应，他却为什么也辗转反侧、失眠许久呢？原来，第二天，会有一架风琴运到学校来，而他，兴奋之余，却又惶恐，因为他一直都是吹口琴教学生唱歌，并不会按风琴，他曾来回走一百多里去县城，在那里新华书店里，买到一本教授风琴演奏法的书，书已经几乎被他翻烂，但毕竟还要在实物上实践，才能真的演奏成功啊！那天午前，山下一阵"嘿咗嘿咗"的号子声，我停下水彩写生，忙去观察，只见那老师和队里的几位壮汉，正把用麻袋片裹妥的一架风琴，顺着弯成几折的石梯坎，往上面小学校抬来，那矮黑精壮的老师，满头满身全被汗水打湿，但是一双眼睛里，抑制不住快乐的光芒。不仅是孩子，凡当时在村里的男女，全都迎上去，那架风琴的到来，形成了山村的一次节日！第二天早晨，我随小学校师生，以及围观的村民，在那老师的风琴奏起的国歌旋律中，看学生干部将一面国旗，升起在毛竹制成的旗竿上，那老师的演奏还不怎么达标，但其声响却十分庄严。下午我离开的时候，教室里传来老师按着风琴带领学生齐唱《大海啊故乡》，节奏不那么准确，每一句师生耐心地唱过重来，当我走出很远，还能听见他们那质朴的歌声。

　　1987年，那时候还没有出道的杨阳来找我，说要把我的一个短篇小说《非重点》改编拍摄成电视剧，那年头，单本电视剧是常规的存在，像我的长篇小说《钟鼓楼》改编拍摄成八集的连续剧，就认为是很长的篇幅了。《非重点》的故事讲的是一位家长千辛万苦把自己的儿子转到了重点学校，结果却发现那非重点学校的班主任老师非常优秀，儿子跟那老师难舍难分令他惊诧之余内心震动。杨阳那时候在我眼中还是个小姑娘，她的处女作杀青以后请领导审查，坐在后排的她不禁有些紧张，她后来告诉我，当播放到四分之三时，她发现审查者摘下眼镜，掏出手帕揩眼角，于是她心里一块石头落了地。那以后杨阳的作品接踵推出，斩获许多奖项，现在已经是资深的影视名导了。上个月我们约着见面，聊起来，我就说现在还记得她在那剧里有一段，是老师踏着风琴引领孩子们唱歌，她说正是在那个节点上，当年的审片者眼睛潮湿，她是刻意用风琴伴奏的稚气童声来烘托师德之美。但是杨阳告诉我,现在如果剧里要出现那样的风琴,得让剧务去找专门的道具公司租借了,那种公司出租几乎一切当下已经淘汰掉的旧日物品,包括第一代电视机,第一批被称作"大哥大"的手机,第一拨台式电脑……等等。是呀,现在小学校的音乐教室里,钢琴已经取代风琴多年了。

我从2005年到2010年,应邀到央视《百家讲坛》录制播出了《刘心武揭秘〈红楼梦〉》系列讲座共61集,到现在其视频和音频不仅可以方便地从电脑上获得,也可以通过手机收看收听,影响还是蛮大的,坦率地说,还是挺有成就感的,

但是,就在前些天,我在微博上看到这样一条反应:"听刘老说,绛珠仙草追随神瑛侍者下凡,只修得一个驴体,哇塞,吓了我一跳!"想说的是"女体"却让人听成"驴体",什么发音啊,见此条微博立即脸热。其实我在讲座里,in、ing不分,l、n不分的地方还有不少,但以此处的错音最为搞笑!蓦地就忆起了英先生,她当年是何等苦口婆心地教诲我啊,我现在能以"毕竟乡音最难改"为自己辩护吗?英先生如果健在,该往百岁去了,岁月会流逝,生命会衰老,立式风琴会式微,远去的风琴声难以复制,但那以真善美熏陶人心灵的师德,却是永恒的光亮。

2015年教师节前　绿叶居

抱草筐的孩子

这个题目,我三十年前在稿纸上用钢笔书写过,因为有别的事打岔,没成文。1981年,我曾到运河边农村一友人家小住,其间目睹了一群割山草的孩子们之间的小纠纷,那群孩子里,有个孩子割草割得最多,其余的孩子免不了边割边玩,独他只顾割草,往回返的时候,有几个孩子就不乐意了,因为进村的时候,少不了有大人看见他们一行,表扬那孩子勤奋事小,家长知道了责备自己事大,其中个头最高的那个孩子就命令那草筐装得最满的孩子:"我们背回去,你抱回去!"其余的孩子全都哄然赞同,那孩子就果然抱起草筐,跟那些背着草筐的孩子一起回村。那段路相当远,抱草筐的孩子用力抱着那满筐的草,身子后倾,汗珠子掉地上碎八瓣,脸憋得通红,其余的孩子一会儿赶到他前头说风凉话,一会儿故意落后背着草筐乱吼乱唱。我那天正好在草坡上画完水彩写生,收拾好画夹等物品,随着观察了一路,进村时,那抱草筐的孩子引得村口大人们的称赞,他将草筐放到地下时,我见他一路上牙齿已经快把嘴唇咬破。其余的孩子则一哄而散,各自将不满或仅半筐的草背回家里。我当晚就跟留住的朋友说,我要写篇散文《抱草筐的孩子》,赞颂那孩子的韧性与耐力,而且预言,这孩子今后必定比其余那些孩子出息大,“嚼得菜根,百事可成”,也无妨说成“抱得草筐,百事可成”了。

这篇散文那时未能写成,今天却在电脑上用键盘敲击起来。我三十年来写的小说多是都市生活,这个素材一直没有利用进去。其实三十年的岁月风云,早把我这一记忆消磨得几乎星渣全无。要不是前几天坐出租车,“的哥”主动唤出我的名字,跟我攀谈,也不会终于写出这么个题目的文章。“的哥”当然是从电视讲座节目里跟我先“重逢”的。他提起当年我在运河边画水彩画的情景,那时他们几个割草的孩子还凑到我身边围观,挡住了光线,我让他们散开别来打扰。他说那时他就听学校里的老师提到我的名字,一直记住没有忘,以后在晚报上见到署这个名字的文章,就觉得是“熟人”,愿意“瞜兮瞜兮”(北京土话,看看之意)。他讲起那天一群孩子里只有一个是抱着草筐回村的。我就端详他,难道他就是那抱草筐的孩子?当年十来岁,如今四十郎当岁,不惑之年了啊!他看出我的眼神,笑了:“我不是抱筐的,我是背筐的,是我挑头逼他抱回去的!”我不由叹道:“你就是那个个头最高的坏小子啊!”他嘿嘿地笑:“正是洒家。”我不免问起那抱草筐的孩子,一定大有出息了吧?他叹口气说:“您绝对想不到,我们那一群里,独他混得最糟,前两年陷入传销陷阱,让人勾引到外地差点回不来家，这阵子又赌博成瘾……您想象得到吗？您说，他原来品质比我们都好，怎么长大成人以后，倒混不出个样儿呢？我们这些'坏小子'，虽说没有当官的、发大财的，总还都有了份比较稳定的营生，过上了比他健康、安全的生活……您学问大，您给解释解释，可别拿'人都是会变的'那样的淡话来忽悠我啊！"他把我送到目的地，我也答不出来，只是发愣。他留下手机号码，希望我以后还坐他的车。

现在回想，就有三十年前不曾有过的思绪，当年那孩子面临那样的局面，他完全可以抗拒，就算其余孩子对他群殴，他奋力反抗，也无非弄个鼻青脸肿，且不说我可能会及时介入，回村后更会有明理的大人出来主持公道。再说他也可以坚持要求大家一起抱筐回家。他是太容易被人控制了。人在群体中难免要受控，但这控制的"游戏规则"应该是所有参与者共同来制定，而且应该"世法平等"，各人自觉遵守契约，不能强势者例外。这样想来，他成年后为传销的邪魔控制，又在经济困窘中被赌局控制希图一夜暴富，也就并不奇怪了。亏得当年我没有写出那立意为表扬他忍耐力的文章来。我祈盼他的生活尽快归于正轨。我也为三十年过去，我能有对那小小一幕人生场景有新的思考而欣慰。人性深奥，文学应是对人性孜孜不倦的探究。就人性深处的弱点而言，自己有时候是不是也成为了一个"抱草筐的孩子"呢？

2011 年

父亲的咳嗽声

　　一位从大西北来北京上大学的小伙子,有一回来我家度周末,饭后我们坐在沙发上一起听音乐,我放送的是一盘西洋古典大提琴曲集。音箱中传出缕缕婉转柔美的乐音,茶几上小玻璃缸中的水蜡烛荧然闪动,我发现他眼睛里渐渐透出了泪光。在乐声中,我们开始了一场令双方难忘的交谈。

　　我问他,这音乐为什么让你感动? 他说,不懂音乐;尤其不懂这种古典音乐;听大提琴专辑更是头一回;但是,不知为什么,听到这样的旋律,忽然想起了一些以往并不曾有意存放在心里的东西……

　　我问那是什么东西?

　　他说,比如说,父亲的咳嗽声……

　　我心里一动。问:在乐音里,怎么无端地想到了咳嗽声? 咳嗽,应属于非乐音的一种噪声啊!

　　他说,是的,咳嗽不仅是噪音,而且是病态的音响……

　　然而,他就是忽然想到了咳嗽声,父亲的咳嗽声。他对我说,他父亲是个老矿工,45岁前一直在井下作业,45岁后成为了偶尔下下井的统计员,现在也还不到法定的退休年龄,却被动员提前退休了。他从小就听惯了父亲的咳嗽声,在高考复习期间,父亲并帮不上他的忙,一切生活上的照应,也都出自母亲,父亲往往只是坐在一旁,手里用捆扎包装箱的废带子,编扎着造型拙朴的手提篮,眼睛,时不时地朝温习功课的他望上一眼,偶尔父子目光相遇,双方便都赶紧移开,而这时父亲必然会咳嗽几声⋯⋯

我说,你父亲一定有职业病吧?那是不是叫"矽肺"?

他说,矿上很注意防治"矽肺",但像他父亲这样的老矿工,即便还不足以戴上"矽肺患者"的帽子,但那肺叶里气管里,总还是比常人多些个除不掉的粉尘⋯⋯不过,他说,在他复习期间,父亲在他旁边的那些咳嗽声,却不一定都是呼吸道里的粉尘作怪⋯⋯常常是,忙进忙出的母亲会过来嗔怪父亲:"你怎么回事儿?咯咯咯地在这儿闹人!你不知道人家现在不能分心?去去去!钓鱼去!找你的老哥儿们杀棋去!⋯⋯"父亲有时只好放下没编完的篮子,快快地踱出去了⋯⋯然而往往是,他在解题的过程中,忽又瞥见一旁父亲的身影,父亲注视他的目光便倏地闪开,同时是一串咳嗽的声音⋯⋯

他说,整个报考大学的全过程里,母亲说过许多暖他心窝也令他焦虑的鼓励与期盼交织的话语,父亲却几乎从未正面接触过这一话题⋯⋯他确曾在私下腹诽过父亲的木讷与低智⋯⋯他一度对父亲的咳嗽声心生烦厌⋯⋯

音箱里的大提琴声韵浑厚而又幽婉……他沉默了好一阵,才接着说,他终于如愿以偿地接到了来自北京的录取通知书,上火车的那天,父母在火车开动前,一直守在车窗前,母亲有道不完的叮嘱……忽然,父亲挤到母亲前面,从胸兜中,掏出一个纸包来,递到他的手中;他听见母亲说:"该给的我都给了! 这是你攒了好久的买鱼竿的钱,你就留下谁能怨你? 你这人真是! 倒好像是当妈的小气了似的! ……"说时火车已经开动,他打开纸包,父亲那浓厚的体臭袭入他的鼻腔,他鼻子一酸,抬头要看父亲,却已难见面影,不过,他分明听见了父亲极其畅快的一阵咳嗽声! ……

听到这里,我仿佛也听到了他父亲那深情的咳嗽声,这沁入魂魄的咳嗽声,竞赛过了乐手超凡的演奏,或者说,那大提琴的优美旋律,与一位最最平凡的老矿工的心灵悸动,融为了一派人世间最可珍贵的天籁……

是的。我们往往会忽视人世间那些最不起眼、最不动听,却其实是至为宝贵的亲情显示,而一旦我们在人生的跋涉中念及那些已不在眼前也不在耳畔的至亲至爱的细微而纯朴的存在,心弦为之瑟瑟颤动时,我们才痛楚地意识到,不管我们有多么坚强,有多少庄严而神圣、沉重而严肃的东西作为了生命的支柱,可是我们依然还是需要一些温柔的东西,拙朴的东西,特别是来自亲人、朋友的往往是最琐屑的,甚至是默然的一份关爱!

他想到了父亲的咳嗽声……你也许想到了爷爷那任你小手抓扯的胡须……而我忽然想到了当年同宿舍学伴在夏日为我晾晒过的枕头,那天当我在外狂欢兴尽归寝时,枕头发散出了阳光那清新甜美的气息……

1997.5.28

兔儿灯

　　冰心老前辈去秋 90 寿诞，前往她家祝贺的要人、闻人及亲朋好友不少。报纸上发表了消息还有照片，她女儿吴青曾来电话问我为何一整年都不去同老人家聊聊，我半开玩笑地说自己晦气得很，去了怕对人瑞无益。吴青责我"孤拐脾气"。其实我是觉得冰心老前辈仿佛一株巨大的榕树，飞去朝仪瞻仰栖憩啜露的鸟儿甚多，我这一阵心脏正闹事，头发掉去不少，一只落翎的病鸟，在她一生结识接触的鸟群中该不占什么位置，所以从此不去也罢。

　　虽没有去看望冰心老前辈，却还是时常挂记着她。还常从同辈朋友那里听到她讲的一些妙语。所以今年元旦之前，我就寄了一张自绘的贺年卡给她，上面不过是"敬祝安康"的简单贺辞。没想到两天后便接到了她的短简，是用圆珠笔写的，笔锋依然刚劲有力，而且是一句逼近一句的六句话。

　　她的第一句话是："心武：感谢你自己画的拜年片！"这倒平常。第二句是："我很好，只是很想见你。"这自然令我感动。然而我的"孤拐"本性仍使我觉得"心领"也就够了。因为一天到晚跑上她家去见她的人依旧很多,拜在她门下自认干儿的我就知道好几个,我想光他们也就很可慰她寂寞(如果感到寂寞的话),我还是不必去添热闹。她短简上的第三句话是:"你是我的朋友中最年轻的一个。"这当然更使我受宠若惊。记得1984年的时候,我去看望冰心老前辈,那时候吴文藻老先生还健在,她问起我的年龄,我说42岁,吴青就说:"呀,娘正好大你一倍!"当时两位老前辈都笑了。不过如今我已年近半百,自我感觉是风过叶落,繁花满枝的青春期已翩然远去,所以纵使有冰心老前辈这句话,我也还不打算去见她,她要是见到心目中"最年轻"的那并不年轻的面目,该多扫兴啊!然而她短简上接下来的第四句话是:"我想和你面谈,可惜我不能去你那里。"这句话的冲击力就大了。本来我心里飘过了"给她老人家回封信吧"的念头,这句话一入眼,如同风扫残云,"孤拐"劲儿荡然无存了,必须郑重对待她老人家的约请。然而,我的优柔性格,决定了我并无迅即安排这项拜望的心理节奏。冰心老前辈料事如神,所以她下面紧跟着的第五句话是:"我的电话×××××××(未经她老人家允许,我不好在此直录号码,请读者诸君见谅)有空打电话约一个时间,如何?"其实她知道我有她的电话号码,但她不惮烦地又写了一遍给我,你说我若再不给她拨电话,那不成了个悖情悖理的怪物了吗? 短简的最后一句话才是"你过年好!"然后是签名和日期。

我拨了电话,吴青接的,约好隔一天的下午去见她。

　　那天下午去了，吴青开门就告诉我，"娘就等你，没约别的人。"冰心老前辈见到我，倒仿佛我们头天才见过似的，也不提我的贺年卡和她的短简，只是随便闲聊。没聊几句，来了位记者，跟吴青熟的，老前辈也记得，跟我也不是生人。吴青说他是凑巧遇上了我，老前辈开玩笑地说："别是故意来听我们聊天的啊!"我说："一有记者，我就聊不起来了。一生误我是记者啊!"自然也是玩笑话。大家戏谑一番，吴青把记者朋友请到另室活动，冰心老前辈遂同我娓娓闲聊起来。

　　我感觉冰心老前辈挺喜欢我。其实我毛病很多，她不知道罢了。每次见面，她总同我回忆些往事。有一回她讲起童年时在烟台，一天傍晚，她一个人大着胆子上山去找她父亲。她父亲是海军军官，正在那山上的炮台值班；她因为从小就男孩子般顽皮大胆，所以穿越蒿草丛生的小径时全不害怕；她只觉得身后有个黑影，呼呼喘气地跟着她，也没回头看，一心只顾跑向父亲；父亲闻声跑下来迎她，用手中一块石板，赶走了那跟在她身后的黑影，她扑到了父亲怀里，父亲告诉她跟在她身后的是一只狼，她也并无"后怕"，只觉得幸福而快乐！我记得她早年的散文中曾用数百字写到此回上山情景，却并未写及狼的细节。她说至今也还未在文字中写过，但那狼的黑影她至今仍记忆犹新。我问她何以她父亲手中正好有块石板？她说那是军中用来记事的，我立即悟出那是一块用化石笔书写的黑石板。又有一回她讲起第二次世界大战结束后，暂居巴黎,那时罗浮宫前的圆形大花坛中,满栽着大朵的郁金香,一共有 4 种颜色,使她留连忘返。冰心老前辈的这类闲聊,短短的话语,却总能勾出我丰富的想象,犹如银幕荧屏上的画面,有拉远推近仰视俯观慢动速过定格翻卷一类的效果。我很惊叹这样一位世纪老人用三言两语传达出如许浓酽意象的才能!

这一回见面,冰心老前辈向我回忆起幼年时在福州家中过元宵灯节的情景。她说那时她家宅院外的街上就有灯市,"花市灯如画",真是一点也不错! 有各式各样的灯,圆的、方的、菱形的、扇面形的……十二生肖的、神佛的故事的,千奇百怪,花样叠生,走马灯犹如一台戏文,莲花灯仿佛可结莲蓬,那真是最让她兴奋的日子! 她说长辈们总要送她灯笼,她常常是带着 8 盏灯在天井中悠游。我便问她:"您两只手,怎么提得了 8 盏灯?"她慈祥地笑笑,告诉我:"一手提一盏外,右手总还要牵一盏灯。记得有一次牵的是个兔儿灯……"她这么一说,我脑中立即出现了一个不足 10 岁的冰心姑娘,手中提的 2 盏灯朦胧不明,而右手所牵着那盏带小辘轳的兔儿灯,却生动而分明地闪动着灯光,映照着浏海下红扑扑的脸蛋和一双清澈的眼睛!

我们自然还聊到很多别的事。一般来说,人老了,往往对远古的事反记得真真的,对近前的事倒常常忘怀,至少在同我闲聊时,我觉得冰心这位比我故去的双亲诞生得还早的世纪同龄人竟超出了这个规律,她不仅记得我母亲是1988年秋天去世的,记得我妻子体弱,且记得我儿子已考上了大学,学的是工科。但冰心毕竟是老了。她同我聊天中途站起来扶着不锈钢的支架去卫生间时,我发现她的脊背已然弯驼。吴青后来告诉我,那支架是从美国弄回来的,可以调整高度,但冰心本人不让调高,说人老了背驼是自然雕塑师的作品,不必人为扭转,而且支架矮一点重心往前靠,移动起来也较为省力安全。

这回我同冰心老前辈闲聊了2个多小时,她还兴味盎然。她同我聊天从无半句训诫或劝告,我也从未向她请教过什么创作问题或处世经验。她乐于同我聊聊,我也乐于同她聊聊,如此而已。我怕她累着,便起身告辞,她也不留,叫过吴青,让把她为我留着的早签好名的《冰心文集》第五卷(1990年2月上海文艺出版社第一版)交给我,并说:“不值得都看。在我只有一篇希望你看,我在目录上作了记号的。”又嘱咐吴青拜托人家中午送来的大螃蟹给我2只。吴青告诉我那螃蟹是家乡福州一位杂志社的编辑一早乘飞机特给老人家送来的。到了厨房,我见一共只有5只,都肥大而且活着,便对吴青说不要给我了,吴青说:“老人家说了给你我就一定要给你,你也一定要带走,并且说了给2只你就不能只拿1只。”我只好带走了那2只肥螃蟹。冰心老前辈对我这只落翎鸟如此厚爱,这让我过意不去!

回到家,翻开《冰心文集》第五卷目录,找到记号,翻到那篇文章,一口气读了。我想那确是值得单指定我这个"朋友中最年轻的一个"细读的一篇文章。冰心老前辈的娓娓闲谈,以及这篇淡淡落笔的短文,于我都如同春风般骀荡,春水般明澈,春雨般滋润,春草般新鲜,使我粗糙的灵魂,多少增添了些磨炼的勇气和精致的向往。

等到远望柳树有绿雾成团的感觉时,再去拜望冰心老前辈吧,那时定会再次听到兔儿灯般令人回味无穷的话语!

1991 年 1 月 24 日深夜于北京安定门寓所

福　哥

　　下午外出采购，从商场出来，提着好重的两大兜物品，返家路上，决定到福哥那儿歇一下。

　　福哥的铺面，正好在商场与我家的中点。他开的是个修补汽车轮胎的作坊，除修补轮胎也还兼营些别的项目。

　　我走进去时，福哥正坐在桌后，与坐在对面的两个小伙子下象棋。

　　"好消停呀！"我进门大叫。

　　福哥见是我，眉毛上扬，很欢迎的样子。但他站起来后，眉毛下落，眉梢落得过了分，说："嗨，好半天了，没活儿！"

　　那两个小伙子是他的雇工，前不久他才下决心正式雇工；我见那两个小伙子都是细高挑儿，脸也都瘦长，不由说："是哥儿俩吧？"

　　一个就笑说："我们俩，离得远着啦！"

　　原来一个来自甘肃，一个来自延边。他们现在就住在作坊间后面的小房间里，那小房间也是福哥的住房，两个雇工住上下铺的一架铁床，紧挨着是福哥自己的单人床，福哥在附近胡同里还有一间住房,雇工后,他媳妇就和他女儿都到那边去睡。

福哥把我让进后面小房间,当心的方桌上,堆着许多馒头,福哥问我:"吃吗?"我知道这不是客气话,我如果想吃,拿起一个便啃,他会高兴的。福哥得意地说:"我蒸的,你看多暄!"我点头:"碱下得不多不少,白得爱人!"但我多少有点虚伪——有几只苍蝇正爬在馒头上,我面对那些馒头绝无星点食欲。

福哥打开屋角的冰箱,把晾凉了的馒头放进去,刚说要给我沏茶,徒弟——也就是他的雇工——来报告他,来活儿了。

来了两辆车,一辆大载重,一辆小轿车,都要补胎。

福哥不客气,立即去接应、指挥,我落了个自便,坐到福哥的床上,发现他枕边撂着一本书边已摸黑的《谋略大全》。取在手,翻了几页,一笑。

……踱出小房间,去看福哥他们补胎。那手艺似乎很简单:把取出的内胎先在一个大水池(是用半个大汽油桶做的)里浸一下,然后取出逐节压挤,判断何处坏了该补,再将该处用钢锉锉平……补时是将轮胎的相应部位夹在一个福哥自制的电烙压器上,压上后需过些时候才取出;福哥是那种来了活自己同雇工一起干的老板,他们的活路里体力劳动的成分很浓,特别是将轮胎撬下来时,几乎全身都要用力……

福哥又把我请到小房间里,望着我,说我一定又熬了夜,眼睛下头黑成个蛾子；我说腰痛颈酸，他便让我趴在他床上，给我按摩，捏各处穴位，趴着捏完又让我反坐在椅子上，继续地捏。他的手极有力，在他不过是"轻轻"，我却胀麻不已，有时他下力稍大，我便痛得"哎哟"大叫，那声音一定像是有人杀猪，福哥便笑，停住，问我怎么那么娇气？我便鼓励他更放肆地将我的各个关节、穴位都揉捏开、刺激到……同以往一样，福哥这样"折磨"我一番后，顿时我便浑身舒坦，接连几天都会睡上好觉，只是胃口也会因之变大——那是一种非我所求的"副作用"，很妨碍我减肥。

……徒弟来叫他，我随他出去……一位主顾来取胎，说是所要的价钱（20元）太贵，人家雍和宫那边，才要10块钱……福哥脸上笑着，话却一句比一句硬，大意是说原来您来的时候跟您说得清清楚楚，您这个型号的胎，在这儿补我得多收点钱，原因是什么什么，当时一再跟您说让您考虑考虑，如嫌贵您就凑合开到雍和宫那边补去，那儿没有什么什么，自然比这儿便宜，是您自个儿乐意在这儿补的，现在您又嫌贵，我们补完了，难道再给您捅破了不成？您要自己心里头过得去，您一分钱甭给，走人，您要想给钱，我还是一分钱不掉价！……这时的福哥，显示出生意人的本色，令一旁的我，叹羡交集。

那位主顾是个出租车司机，虽满脸的不痛快，到了还是按原价交了费。

……我告辞，福哥送我到大街上，就在他店铺前的街边上，一个老头正蹬来个平板三轮，在那儿向路人推销几种过期杂志，说是"一律一块一本"，我不免朝他那摊开的杂志望望，其中的一种是《中华儿女》，去年第三期，封面上有我的相片，我暗暗一笑；福哥并不清楚我所从事的一切，我没送过他我的书，没告诉过他我发表过什么文章，当然更不会让他看这本《中华儿女》，我今年一月去了趟台湾，回来只跟他说出了趟差，也没告诉他，他也都浑然不觉……对于他来说，我是个住在立交桥和护城河对面那高层楼里的一个偶尔到他那里坐坐、聊聊，不讨厌，或许还让他有几分喜欢的泛泛的朋友而已；他并不喜欢文学，订得有报纸，却从不看副刊那一版……

我就跟福哥在那老头的平板三轮前分了手。

我会在某一篇小说里，把福哥化为一个角色吗？

不知道。

对于福哥，我知道得还太少。

福哥的妻子，是个独眼。坏掉的那只眼，没有安假眼，没安，是因为没法子安——因工伤而毁掉的，不仅是眼球，还有眼眶——坏眼就总用一方纱布胶布挡住，当她用那只孤独的好眼盯着我时，虽是满脸的和善，我却总觉得有一股冷气，她比福哥大好几岁，比我还大，而福哥比我要小四岁。

福哥的女儿已经初中毕业，目前正在公共汽车公司接受短训，很快就会在公共汽车上卖票。

迄今我对福哥最好的一个印象，是有一天傍晚，他和那两个雇工，一起在立交桥的人行道上放风筝，放的是一只传统的"沙雁"，放得很高很高，经再三指点，我仰起脖子寻觅了很久，才在暗下来的高空中，发现了一个很小很小的蚁点，正是那只"沙雁"，心中很是欣悦，福哥和他的两个雇工，在晚霞照映下，显得——他是格外魁梧，小伙子们是格外英俊；他们脸上，全放着光，显示出由衷的快乐与天然的和谐。

　　得便，我还要去福哥那里坐坐。

1995 年

远去了，母亲放飞的手

一

在内心的感情上，我曾同母亲有过短暂，然而尖锐的冲突。

那是一直深埋在我心底的，单方面的痛怨。母亲在世时，我从未向她吐露过。直到写这篇文章前，我也未曾向其他最亲近的人诉说过。

二

1988年仲春，我曾应邀赴港，参加《大公报》创办五十周年的报庆活动。其间，我去拜访了香港一位著名的命相家。我们是作为文友而交往的。他不但喜爱文学，而且也出版过文学论著。当然他的本职是算命、看风水。据说海内外若干政界、商界名流都找他看过相。他也给普通人看相，但要提前很久预约。我另一年过港去找他，他就正在接待一对普通的夫妇，他们是来给两岁的孩子看相，而他们的预约，却是在近三年前——母亲刚刚怀孕不久时，便来登记过的。1988年那回，我们见面时，他不仅给我算了后半生的总走势，还给我列出了流年命势，近五年内还精确到月。至少到目前为止，他的预言，竟都一一应验。这且不去说它。最让我听后心旌摇曳的，是他郑重地说："你这一生中，往往连你自己都意识不到，母亲放飞的手远去了，你是笼罩在母亲的强烈而又无形的影响之中；相对而言，你父亲对你却没多么大的影响。"他这是在挪用弗洛伊德那"俄狄浦修斯情结"（所谓"恋母弑父情结"）吗？这位命相家朋友，他的命学资源，是中西合璧的，单告诉你，他说得最流利的语言，除了粤语，便是法语，其次是英语，书房里堆满了哲学书，包括外文的，你就可知他并非一般的"江湖术士"者流，因此他对我说这话，显然也并不是简单地套用弗洛伊德学说，他确是一语中的，我的心在颤抖中大声地应和着：是的。也许我并不那么情愿，但每当我在生活的关口，要做出重要的抉择时，母亲的"磁场"，便强烈地作用于我，令我情不自禁地迈出步去。

三

我的童年和少年时代，一直生活在母亲身边。但也仅是"到此为止"。我读张洁在她母亲去世后，以全身心书写的那本《世界上最疼我的那个人去了》，产生出一种类似嫉妒与怅惘的心情。不管有多少艰难困苦，不管相互间爱极也能生怨，她们总算是相依为命，濡沫终老，一个去了，另一个在这人世上,用整整一厚本书,为她立下一座丰碑,去者地下有知,该是怎样地欣悦!

而我和母亲生活在一起时,因为还有父亲,有兄姊,他们都很疼爱我,所以,我在浑噩中,往往就并未特别注重享受母爱,"最疼我"的也许确是母亲,可是我却并无那一个"最"字横亘心中。

1942年,抗日战争最艰苦的岁月,母亲在四川成都育婴堂街生下了我,当时父亲在重庆,因为日寇飞机经常轰炸重庆,所以母亲生下我不久,便依父亲来信所嘱,带着我兄姊们回到偏僻的老家——安岳县——去"逃难",直到抗战胜利,父亲才把母亲和我们接回重庆生活。雾重庆在我童年的记忆里形成了一个模糊而浪漫的剪影。我童年和少年时代真切而深刻的记忆,是北京的生活,从1950年到1959年,我的八岁到十七岁。那时父亲在北京的一个国家机关工作,他去农村参加了一年土改,后来又常出差,再后来他不大出差,但除了星期天和节假日,他都是早出晚归,并且我的哥哥姐姐们或本来就已在外地,或也陆续地离家独立生活,家里,平时就我和母亲两人。

回忆那十年的生活,母亲在物质上和精神上对我的哺育,都是非同寻常的。

物质上,母亲自己极不重视穿着,对我亦然,反正有得穿,不至于太糟糕,冬天不至于冻着,也就行了;用的,如家具,跟邻居们比，实在是毋乃太粗陋；但在吃上，那可就非同小可了，母亲做得一手极地道的四川菜，且不说她能独自做出一桌宴席，令父亲的朋友们——都是些见过大世面、吃过高级宴席的人——交口称誉，就是她平日不停歇地轮番制作的四川腊肠、腊肉、卤肉、泡菜、水豆豉、赖汤元、肉粽子、皮蛋、咸蛋、醪糟、肉松、白斩鸡、樟茶鸭、扣肉、米粉肉……"常备菜"，那色、香、味也是无可挑剔，绝对引人垂涎三尺的，而我在那十年里，天天所吃的，都是母亲制作的这类美味佳肴，母亲总是让我"嘿起吃"（四川话，意即放开胃吃个够），父亲单位远，中午不能回来吃，晚上也并不都回来吃，所以平时母亲简直就是为我一个人在厨房里外不惮烦地制作美味。有的了解我家这一情况的人，老早就对我发出过警告："你将来离开了家，看你怎么吃得惯啊！"但我那时懵懵懂懂，并不曾去设想过"将来"。生活也许能就那么延续下去吧？"妈！我想吃豆瓣鱼！想喝腊肉豆瓣酸菜汤！"于是，我坐到晚餐桌前，便必然会有这两样"也不过是家常菜"的美味……那时我恍惚觉得这在我属于天经地义。附带说一句，与此相对应的，是母亲几乎不给我买糖果之类的零食，我自己要钱买零食，她也是很舍不得给的，偶尔看见我吃果丹皮、综果条、关东糖……之类的零食，她虽不至于没收，却总是要数落我一顿。母亲坚信，一个人只要吃好三顿正经饭，便可健康长寿，并且那话里话外，似乎还传递着这样的信念：人只有吃"正经饭"才行得正，吃零嘴意味着道德开始滑落——当然很多年后，我才能将所意会到的，整理为这样的文句。

母亲在"饲养"我饭食上如此令邻居们吃惊，被几乎是一致地指认为对我"娇惯"和"溺爱"，但跟着还有更令邻居们吃惊的事。那时我们住在北京东城一条胡同的机关大院里，我家厨房里飘出的气味，以及母亲经常在厨房外晾晒自制腊肠，等等形迹，固然很容易引起人们注意，而各家的邮件，特别是所订的报刊，都需从传达室过，如果成为一个邮件大户，当然就更难逃脱人们的关注与议论，令邻居们大为惊讶的是，所订报刊最多的，是我家——如果那都是我父亲订的，当然也不稀奇，但我父亲其实只订了一份《人民日报》，其余的竟都是我订的，上小学和初中时，是《儿童时代》《少年文艺》《连环画报》《新少年报》《中学生》《知识就是力量》……上高中时，则是《文艺学习》《人民文学》《文艺报》《新观察》《译文》《大众电影》《戏剧报》……乃至于《收获》与《读书》。订那样多的报刊，是要花很大一笔钱的，就有邻居大妈不解地问我母亲："你怎么那么舍得给一个幺儿子花这么多钱啊！你看你，自己穿得这么破旧，家里连套沙发椅也不置！"母亲回答得很坦然："他喜欢啊！这个爱好，尽着他吧！"其实邻居们还只注意到了订阅报刊上的投资，他们哪里知道，母亲在供应我买课外读物上的投资，还有我上高中后，看电影和话剧上的投资，更是一个惊人的数字。从1955年到1959年，我大约没放过当时任何一部进口的译制片，还有在南池子中苏友协礼堂对外卖票放映的苏联原版片（像《雁南飞》《第四十一》就都是在那里看到的）。又由于我家离首都剧场不远，所以我那时几乎把北京人艺所演出的每一个剧目都看了。为什么我要把这方面的投资都算在母亲身上？因为我家的钱虽都来自父亲所挣的工资（他当时是行政十二级，工资额算高的），可是钱却都由母亲支配，父亲忙于他的工作，并且他有他的一个世界，他简直不怎么过问我的事。有一回我中学班主任来我家访问，他竟问人家我是在哪一所中学上学；母亲全权操办我的一切事宜，因此，如果母亲不在我的文艺爱好上，如同饭菜上那样"纵容"与"溺爱"我，我当年岂能汲取到那么多（当然也颇杂芜）的文化滋养呢？

就在母亲那样的养育下，我身体很快地达于早熟，并且我的心态也很快膨胀起来——我爱好文学，但我并不觉得自己只是个"文学青年"，只应尝试着给报刊的"新苗"一类栏目投习作，我便俨然成年作者自居，煞有介事地胡乱给一些很高档的报刊寄起稿件来，不消说，理所当然地有了一大堆退稿，但竟终于在 1958 年，我十六岁，上高二时，在《读书》杂志上发表出了我的第一篇文章：《谈〈第四十一〉》。

在我来说，那当然是很重要的一桩事。在我母亲来说呢？"养兵千日，用兵一时"，难道她不欣喜若狂吗？

不。母亲或许也欢喜，但那欢喜的程度，似乎并没有超过看到我在学校里得到一个好分数一类的常事。

母亲1988年病逝于成都。她遗下一摞日记，1958年是单独的，厚厚的一本，几乎每天没有间断，里面充满许多我家的琐事细节，我找来找去，我的文章第一回印成铅字这桩在我来说是"天大的事"，她硬是只字未提。

我的母亲是个平凡之极的母亲，但她那平凡中又蕴含着许多耐人寻味之处。

她对我的那份爱，我在很久之后，都并不能真正悟透。

四

1959年，我在高考时失利，后来证实，那并非是我没有考好，而是另有缘故，那里面包括一个颇为复杂的故事，这里且不去说；我被北京师范专科学校所录取，勉勉强强地去报了到，我感到"不幸中的万幸"，是这所学校就在市内，因此我觉得还可以大体上保持和上高中差不多的生活方式——晚上回家吃饭和睡觉。固然学校是要求住校的，而且师范院校吃饭不要钱，但那时也有某些不那么特别要求进步，家庭也不那么困难的学生，几乎天天跑回家去，放弃学校的伙食，跟我一个班的一位同学就是如此。

我满以为，母亲会纵容我"依然故我"地那样生活。但是她却给我准备了铺盖卷和箱子，显示出她丝毫没有犹豫过，并且也不曾设想过我会耍赖——她明白无误地要我去住校，告诉我到星期六再回家来。我服从了，心里却十分地别扭。

那时，经历过浮夸的"大跃进"，国家进入了"三年困难时期"，学校里的伙食可想而知，油水奇缺；母亲在家虽也渐渐"巧妇难为无米炊"，但父亲靠级别终究还有一些食油和黄豆之类的特殊供应，加以母亲常能"化腐朽为神奇"，比如说把北方人往往丢弃的鱼头、猪肠制作成意外可口的佐餐物品；所以星期日回到家里，那饭菜依然堪称美味佳肴，这样再回到学校食堂，便更感饥肠难畅。

母亲不仅把我"推"到了学校，而且，也不再为我负担那些报刊的订费，我只能充分地利用学校的阅览室和图书馆，那虽只是个专科学校，平心而论，一般的书藏量颇丰，因此也渐渐引得我入了迷，几个月后，我也就习惯乐于在图书馆里消磨，逢到周末，并不回家，星期日竟泡一天图书馆的情形，也出现了几次。

不过，母亲每月给我的零花钱，在同学中，跟他们家里所给的比，还是属于多的，因此那时我在同学中，显得颇为富有，有时就买些伊拉克蜜枣（那是那时市面上仅有的几种不定量供应的食品），请跟我相好的同学吃。

1960年春天，有一个星期六我回到家中，一进门就发现情况异常，仿佛在准备搬家似的……果不其然，父亲奉命调到张家口一所军事院校去任教，母亲随他去，我呢？父亲和母亲都丝毫没有犹豫地认为，我应当留在北京，我当然也并不以为自己应当随他们而去，毕竟我已经是大学生了，问题在于：北京的这个家,具体地说,我们的这个宿舍,要不要给我留下?如果说几间屋都留下太多,那么,为什么不至少为我留一间?

那一年,父亲他们机关奉调去张家口的还有另外几位,其中有的,就仅是自己去,老伴并不跟去,北京的住房,当然也就保留,很多年后,还经历了"文革"的动乱,但到头来,人家北京有根,终究还是"叶落归根"了。那时,即使我母亲跟父亲去了张家口,跟组织上要求给我留一间房,是会被应允的,但父亲却把房全退了,母亲呢,思想感情和父亲完全一致,就是认为在这种情况下,我应当开始完全独立的生活。

在我家,在我的问题上,母亲是绝对的权威。倘若母亲提出应为我留房,父亲是不会反对的。母亲此举也令邻居们大惑不解。特别是,他们都目睹过母亲在饭食和订阅报刊上对我的惯纵,何以到了远比饭菜和报刊都更重要的房子问题上,她却忽然陷我于"无立锥之地",这还算得上慈母吗?!

父母迁离北京、去往张家口那天,因为不是星期日,我都没去送行,老老实实地在教室里听课。到了那周的星期六下午,我忽然意识到,我在北京除了集体宿舍里的那张上铺铺位,再没有可以称为家的地方了!我爬上去,躺到那铺位上,呆呆地望着天花板上的一块污渍,没有流泪,却有一种透彻肺腑的痛苦,难以言说,也无人可诉。那一天,我还没满十八岁。

五

我想一定会有人笑话我：十七八岁开始独立的人生，这有什么稀奇！在1949年以前的岁月里，有的人十五岁左右就参加革命了！而"文革"当中，多少青年人上山下乡，"老三届"里最小的一批（"老初一"），他们去插队或去兵团时顶多十六岁。是的，我也曾在心底里检讨过自己的娇懦与卑琐，所以一直不敢袒露那一阶段的心曲。但现在时过境迁，我已年过半百，自己对自己负全责的生活磨炼，也堪称教训与经验并丰，因之能以冷静地跳出自己，从旁来观察分析我从少年步入青年，那一人生阶段的心理成熟过程，现在更能从中悟出，父母，特别是母亲，对子女，特别是对我，在无形中所体现出的那一份宝贵的爱。

每一个人都会有自己独特的生命体验。但绝大多数人的生命历程又往往可以从大体上来归类。在1949年以前的年代里，很多青年人参加革命，或是因为家里穷得没饭吃，或者是家里小康或大富，自己却觉得窒闷，因而主动投入革命，离家奋飞。而"文革"中最大多数的知识青年，他们的离家上山下乡，是处于一种不管你积极还是消极还是混沌的状态，总之要随风而去的潮流之中。但是在相对来说是不仅小康而且亲情浓烈的家庭里，在相对来说属于和平时期的社会发展阶段，一般来说，父母就很容易因为娇惯与溺爱子女，而忽略了培养他们独立生活的能力，甚至于到了该将他们"放飞"的时候，还不能毅然地将他们撒出家去，让他们张开翅膀，开始相对独立的人生途程。20 世纪 80 年代以降，许许多多的小家庭都面临到这样一个看似简单，实际却并不那么简单的问题，结果是出现了不少心性发育滞后的青少年，引发于社会，则呈现出越来越具负面影响的若干伦理问题、道德问题、社会生态平衡问题与民族素质衍化等一系列问题。正是在这样一种新的人文环境中，我才突然觉得，从这样一个新的角度，来加深对我母亲的某些方面的理解，不仅对我自己，对我的儿子，能有新的启迪，并且将其写出，也许对 20 世纪 90 年代的母亲们，亦不无参考价值。

六

其实我也在不少文章中写到过母亲，只是没有像张洁那样，专门写成一本书。我回忆过母亲的慈蔼，她的宽于待人，她那让我回忆起来觉得简直是过了分的诚实，以及她因体胖行动起来总是那样的迟慢，还有她对《红楼梦》中人物与细节的如数家珍，她几十年如一日地坚持记日记，她曾在一次日记里用这样的句子结束了全家的颐和园之游："归来时，已万家灯火矣！"这在外人看来一定觉得极为平常的文句，在偷看它的我（那时十一岁）来说，却经历了一次情感与诗意的洗礼……

可是在我对母亲的回忆里，不可能有相依为命、携手人生的喟叹。不是因为家贫难养，不是因为我厌倦了父母的家要"冲破牢笼"（我的情绪恰恰相反），甚至也不是因为社会的大形势一定要我和父母"断脐"（固然那时阶级斗争的弦已越绷越紧，却并没有影响到我的起码是"适当地靠父母"，比如说在父母离京时为我谋得"留房"），而是因为父母一致地认为，特别是母亲的"义无反顾"，要我从十八岁后便扇动自己的翅膀，飞向社会，从此自己对自己负全责，从自己养活自己，到自己筑窝，自己去娶妻生子，去开创我的另一世界。

父母对我们每一个子女，都这样对待。我大哥 1949 年前就离家参加了解放军，二哥十六七岁便离家求学，学造纸，1950 年分配到延边一个屯子里的造纸厂当技术员，另一个哥哥大学毕业也到很远的地方工作，姐姐也是一样，总之，我们全都在二十岁前，便由父母坚决地放飞。在后来的岁月里，我们在假期，当然也都回到父母家看望他们，他们后来也曾到过我们各自的所在，我们的亲情，不因社会的动荡、世事的变迁而有丝毫的减退，父母对放飞后的我们，在遇到困难时，也总是不仅给予感情上的支撑，也给以物质上的支援，比如我 1971 年有了儿子后，父母虽已因军事学院的解散，被不恰当地安置到僻远的家乡居住，却不仅不要我从北京给他们寄钱，反而每月按时从那里往北京我这里寄十五块钱，以补助我们的生活，每张汇款单上都是母亲的笔迹，你能说她这都仅是为了"养孙子"，对我，却并没有浓酽的母爱吗？

可是父母，特别是母亲，在"子女大了各自飞"这一点上，坚定性是异常惊人的。

我的小哥哥，曾在南方一所农村中学任教，忽然一个电报打过来，说得了肺结核。当时父亲出差在外，一贯动作迟缓的母亲，却第二天便亲自坐火车去他那里，把他接回北京治疗，竭尽心力地让他康复；在那期间，哥哥的户口都已迁回了北京，病愈后，在北京找一份工作，留在家里并无多大困难，但母亲却像给小燕舐伤的母燕，一旦小燕伤好，仍是放飞没商量，绝不作将哥哥留在身边之想，哥哥后来也果然又回到了那所遥远，而且条件非常艰苦的农村中学。有邻居认为这不可思议。但母亲心安理得。

母亲可以离开子女，却不能离开父亲。除了抗日战争期间，因"逃难"，母亲一度与父亲分居，他们两人在漫长的生涯里，始终厮守不弃。1960 年，父亲调到张家口，那是"口外"，其艰苦可想而知，有人劝母亲，留在北京吧，政策未必不允，而且，过些年父亲也就该退休，正好可以退回北京家中，何况北京有我，师专毕业，分配都在北京，正好母子相依，岂不面面俱到？母亲却绝无一分钟的动摇。她一听到调令，便着手收拾家当。她随父亲到了塞外，在那里经历了"文革"的洗礼，其间该军校所有教员一律下放湖北干校，就有某些随军家属，提出自己有独立的户口，并非军校工作人员，要留下来安家，经动员无效，也只好安排，这样后来军校彻底"砸烂"时，一些教职工，反得以回到未下放的家属那里，生活条件较为改善，但我母亲照例绝不作此考虑，她又是连一分钟的迟疑也不曾有，坦然地随父亲上了"闷子车"，一路席地而坐，被运到了湖北干校……对于母亲来说，夫妇是不能自动分离的，无论遇到什么情况，也无论哪怕是短暂的分离可能带来某种将来的"好处"，她都绝不考虑，那真是无论花径锦路，还是刀山火海，只要一息尚存，她都要与父亲携手同行，在每个可能的日夜。这是封建的"嫁夫随夫"思想吗？这是"资产阶级的恋爱至上"吗？或许，这仿佛老燕，劳燕双飞，是一种优美的本能？

把母亲的绝不能与父亲分离，与她对成年子女的绝对放飞，相合来看，现在我意识到，这样的母亲，确实很不简单。或者，换个说法：这本是一种最普通的母亲，但，起码在我们现在置身其间的社会环境里，反倒不是那么普通了。

七

以我的"政治嗅觉"，直到1966年春天，我还是万没有料到会有一场疾风暴雨的"无产阶级文化大革命"迫在眉睫。我在北京一所中学任教，当时不到二十四岁，却已经有了近五年的教龄，教学于我颇有驾轻驭熟之感。中学是一个很小的天地，那时离政治旋涡中心很远，我除了教书，就是坐在学校宿舍里读书，写一点小文章投寄报纸副刊，挣一点小稿费，还有就是去北海、中山公园等处游逛。姚文元那篇批判《海瑞罢官》的文章，一发表于上海《文汇报》，我就在学校阅览室里读了，心中有一点诧异，却也仅只是"一点点"，其他老师似乎连阅读的兴趣也没有，谁也没想到那文章竟是把我们所有人卷进一场浩劫的发端；我投给《北京晚报》的小文章，有时就排印在副刊的"燕山夜话"旁边，但我既没有什么受宠若惊之感，更无不祥之兆，因此当几个月后暴怒的"红卫兵"质问我为什么与"燕山夜话""一唱一和"时，我竟哑然失声……

就在那个春天，我棉被的被套糟朽不堪了，那是母亲将我放飞时，亲手给我缝制的被子，它在为我忠实地服务了几年后，终于到了必须更换的极限。于是我给在张家口的母亲，写信要一床被套。这于我来说是自然到极点的事：那时我虽然已经挣到每月五十四元的工资，又偶尔有个五块十块的稿费，一个人过，经济上一点不困难，我偶尔也给母亲寄上十块二十块的，表示孝心，我不是置不起一床新被套，但我不知道该到哪儿去买现成的被套，买白布来缝？那是我难以考虑的，这种事，当然是问母亲要。

母亲很快给我寄来了包裹，里面是一床她为我缝制的新被套，但同时我也就接到了母亲的信，她那信上有几句话令我觉得极为刺心："……被套也还是问我要，好吧，这一回学雷锋，做好事，给你寄上一床……"

这就是我文章开头所说的，与母亲的一次内心里的感情冲突。睡在换上母亲所寄来的新被套里，我有一种悲凉感。母亲给儿子寄被套，怎么成了"学雷锋，做好事"，仿佛是"义务劳动"呢?!

当然，在那样的岁月里，这是很细微很卑琐的一件事情，何况很快就进入了"文革"时期，这对母亲的不悦，很快也就沉入心底，尘封起来了。

在"文革"过去以后，因为偶然的原因，母亲在关于那床被套的信中所说过的话，又曾浮到了记忆的上层。于是默默地分析：她那是因为受当时社会"语境"的熏陶而顺笔写出？是因为毕竟乃一平凡的老太婆，禁不住为一床被套"斤斤计较"？还是她对我，说到头来并没有最彻底的母爱？

也曾有几回，在母亲面前，话到嘴边，几乎就要问出来了，却终于又吞了进去。吞进去是对的。也曾设想，是母亲当年一时的幽默。母亲诚然是一个有幽默感的人，但她同时又是一个从不拿政治词语来幽默的人。

现在我才憬悟，母亲那是很认真很严肃的话，就是告诉我，既已将我放飞，像换被套这类的事，就应自己设法解决。在这种事情上，她与我已是"两家人"，当然她乐于帮助我，但那确实是"发扬雷锋精神"，她是在提醒我，"自己的事要尽量自己独立解决"。回想起来，自那以后，结婚以前，我确实再没向母亲伸过这类的手，我的床上用品，更换完全由我自己完成，买不到现成的，我便先买布，再送到街道缝纫社去合成。

母亲将我放飞以后，我离她那双给过我无数次爱抚的手，是越来越远了，但她所给予我的种种人生启示，竟然直到今天，仍然能从细小处，挖掘出珍贵的宝藏来……谁言寸草心，报得三春晖！

八

父亲于1978年突发脑溢血逝世。父亲逝世后，母亲在我们几个子女家轮流居住，她始终保持着一种独立的人格尊严，坚持用自己的钱，写自己的日记，并每日阅读大量的书报杂志，在与子孙辈交谈时，经常发表她那相当独到的见解，比如，她每回在电视新闻里看到当时的美国总统卡特，总要说："这个焦眉愁眼的人啊！"她能欣赏比如说林斤澜那样的作家写的味道相当古怪的小说……她的行为也仍充满勃勃生气，比如收认街头纯朴的修鞋匠为自己的干儿子，等等。

母亲于1988年深秋，因身体极为不适，从二哥家进了医院，她坚持要自己下床坐到盆上便溺，在我们子女和她疼爱的孙辈都到医院看过她后，她在一天晚上毅然拔下护士给她扎上的抗衰竭点滴针，含笑追随父亲而去。她在子女成年后，毅然将他们放飞，而在她丧偶后，她所想到的，是绝不要成为子女们的累赘，在她即将进入必得子女们轮流接屎接尿照顾她病体的局面时，她采取了不发宣言的自我安乐死的方式，给自己无愧的一生，画上了一个清爽的句号。

九

　　静夜里，忆念母亲，无端地联想到两句唐诗："唯怜一灯影，万里眼中明。"那本是唐人钱起为日本僧人送行而写的，营造的，是一个法舟在海上越飘越远，那舟窗中的灯，却始终闪亮在诗人心中的意境。我却觉得这两句诗恰可挪来涵括对母亲的忆念。她遗留给我的明心之灯，不因我们分离的时日越来越长而暗淡熄灭，恰恰相反，在我生命的途程中，是闪亮得愈见灿烂，只是那明心之光润灵无声，在一派肃穆中伴我始终。

　　　　　　　　　1994 年 12 月 20 日，绿叶居

铺床的少年

远远，还记得吗？那天傍晚雷声隆隆，豆大的雨点砸到窗玻璃上，你立刻去拨电话，121是气象预报台，一个事先录制好的声音不带感情地宣布，当晚和第二天都有中到大雨……

我们当机立断，拿上伞，去往胡涛家。

第二天是高考的头一天。不知为什么给你和胡涛派定了铁路二中那样一个考场。离我们家很远。倘是晴天，第二天可以起个大早，骑自行车去。但面对已然来临的中到大雨，我们必须应变。

远远，还记得我们出了地铁站后，一股邪风袭来，把我那把伞的伞面吹翻了吗？我和你都淋湿了，我们又换乘了公共汽车，下了公共汽车又蹚着雨水走了一段路，这才到了胡涛他们那条胡同，找到他们住的小院，踩过前院湿漉漉的落叶，来到后院他家门前……

胡涛家没有灯光。我和你伫立在那扇油漆剥落、玻璃格子里面拉上花布帘子的门前，犹豫着。胡涛家没有电话，我们无法事先通知他们。邻居家却都透出蜂蜜般的灯光，门窗缝隙里还传来电视中朦胧的对话声与配乐声……显然，为保证胡涛明天能精神饱满地考好，他们全家都提早睡下了。

你鼓起勇气敲门。敲了三遍，灯亮了，有人走到门那边，警惕地问："谁？"

……把我们迎了进去，一间家具陈旧而异常整洁的客厅。胡涛果然已经上床。他奶奶也从床上起来了。胡涛爷爷住院了，胡涛爸爸在医院里照顾他。不一会儿胡涛妈妈也来了——她和胡涛爸爸住在院中另一角的一间屋子里，她看见这边有动静，便也过来了。

……灯光下胡涛和你站在一起，比你矮可比你敦实，他憨厚地笑着："我早就让刘远到我家来，打这儿骑车去铁二中顶多一刻钟……"胡涛奶奶对我语无伦次的解释、道歉与感谢的应答是："说哪儿去了，这算得了什么？远远这几天就都留在这儿，您一百个放心！"胡涛妈妈倒来汽水，又嘱咐胡涛："你爸的车，明儿让远远骑，你这就去看看，有气没气？再把你爸爸的雨斗蓬也找出来……"

远远，当我一个人往家返时，我在想，不知道你懂不懂、这看去似乎平常而琐屑的人世温暖，是弥足珍贵的啊……

你就住在胡涛家应考。平常他家吃饭并不讲究，为了让你们考好，胡涛奶奶和妈妈顿顿摆上一桌鸡鸭鱼肉，胡涛爸爸还专门去农贸市场买来了羊脑。中午胡涛奶奶让你们哥儿俩睡在她和胡涛爷爷平时睡的那张大床上，因为唯有那张床铺是最贵的一种马蔺草凉席,她改变平日每天午睡的习惯,坐在床边看一本唐诗,好在规定的时间叫起你们。胡涛爸爸每天傍晚从医院回来,同你们讲许多鼓励的话,把你们应考要带去的笔一支支重复地试过,觉得确实流利好用,这才又赶回医院去照顾胡涛爷爷;他还带来胡涛爷爷的叮咛,胡涛爷爷听说头两门哥俩的自我感觉都不够良好,便让胡涛爸爸带给你们"胜负乃兵家常事"这样的至理名言。

考完了,回到家中,你不愿再议论应考的事。几分焦虑,几分烦躁,几分憧憬,几分自信,你有点喜怒无常;而来找你玩的胡涛,却看去依然文静平和。胡涛会吹箫,会弹琵琶,并且在你这一辈的少年中,难能可贵地能欣赏京剧。这当然同胡涛的家庭教育和熏陶有关。我回到家中,胡涛若同你在一起,他必站起来向我问好,甚至你们坐在一处下棋,你妈妈端过两杯可乐去,胡涛必站起来道谢;我回忆起那晚送你去胡涛家,我和你,还有胡涛奶奶和妈妈都坐下了而胡涛总一直伺立在他奶奶椅旁。这样的少年人实不多见了。胡涛报考的全是中医中药类的专业,这是他爷爷奶奶切盼他能从事的专业,胡涛也实在适宜从这方面发展。

……然而,放榜了,你以 539 分考中第一志愿北京工业大学低温技术和制冷设备专业,胡涛却不够分数线而名落孙山。我们都很难过。也很难为情。雨夜里我不打招呼地把你送到了胡涛家,后来的三天里你同胡涛同吃同睡同往考场,谁承想结果竟是如此地悬殊。

你赶到胡涛家,不知该怎样安慰他和他那四位可敬可爱的长辈,胡涛奶奶拉着你的手,刚说了一句:"远远你多争气……"一滴泪水就落到了你手背上,胡涛爸爸强忍住辛酸安慰胡涛的爷爷和奶奶、胡涛的妈妈又一旁劝慰胡涛爸爸,刚出院的爷爷想重复那句"胜负乃兵家常事"的老话,却舌头打绊怎么也不能完句……你鼻子也酸了。

……你陪胡涛去招生办公室查分数,你同胡涛从后院走出,胡涛低着头朝前走,在前院有位老太太坐在小板凳上摇着蒲扇乘凉,她故意扬声问:"放榜了吧?"并且用一种分明是幸灾乐祸的目光,死死地跟定了胡涛移动,你事后对我讲,你真想跳起脚来骂那老太太一句什么……远远啊,如今你该平静了吧?你须懂得,人生的途程上,我们都会遇到这样的目光不足为之计较的……

胡涛在人前依然十分平静。然而半夜里他从床上坐起来哭了。胡涛爸爸自胡涛落榜后一直吃不下东西整夜失眠。他原幻想通过查分也许能查出某种计分上的差错,他实在不愿接受胡涛应考失败这个事实,然而查出来就是那个分数。他从自己住的屋子走到胡涛那边,本想坐在睡熟的胡涛身边仔细地想一想该怎么办,却发现胡涛正一个人坐在床边饮泣。父子拥抱在了一起,共同承受着一次人生中的失败。事后胡涛都细细地同你讲了。

你该去报到了。到北工大报到竟也派生出了技术性问题。那地方比铁路二中离我们家更远,摊开一张北京市交通图算来算去,如果坐公共汽车去,怎么也得倒换三次,而骑车至少得一个来小时;妈妈为你准备的被褥无论如何紧紧地叠捆也还是那么大的一团,何况还要带旅行袋,还要带脸盆……正犯难时胡涛来了,他骑了个小三轮车来,是特为送你去报到向亲戚借用的。这下问题迎刃而解。

胡涛蹬着装有你全部行李的小三轮,你骑自行车,而我和你妈妈乘坐公共汽车,一同去北工大报到。

在北工大,你办理着各种入学手续,胡涛和我们守在行李旁,等你办完手续进入指定的宿舍。我和你妈妈都感到颇为尴尬,我们很想和胡涛说点什么,然而我们真不知道该拣什么样的话说。胡涛用手帕揩着脸上的汗,憨憨的,他也不知道该同我们说点什么。我注意到他的表情,特别是他的目光,当他看到一个又一个同龄人兴高采烈地来到大学报到时,他掩饰不住内心的艳羡和自卑;当他环顾着绿树成荫、花坛秀美的校园时,特别是他仰望着新落成的图书馆楼和眺望着远处露出一角的 400 米跑道大运动场时,他眼里隐约闪动着泪光;而当他看到你办完手续手里拿着领来的宿舍钥匙时,却真诚地绽开了一个快乐的笑容,仿佛一朵纯洁明艳的玫瑰开放在我们面前……

进到宿舍,发现四张上下铺双人床上早已黏好纸条,你被分配在一进门右侧的上铺。

"我给你铺床!"胡涛说完,在我和你妈妈来不及反应过来,而你还在游移时,他已经矫捷地登到了上铺;你要把被褥卷举给他,他摇手,他手里不知什么时候已经握着了一只小小的炕笤帚,他开始细心地扫起铺板上的尘土来,扫完了,他才接过被褥卷,替你小心地打开,帮你认认真真地铺排起来。

远远啊,你记得这一切吗?望着趴在上铺铺床的少年,我和你妈妈这时候再没谈一句感谢的话,我们都意识到,那不但不得体,而且近乎亵渎胡涛纯真的感情。

胡涛在铺床。为你铺。为你这个幸运儿铺。而他是个落榜者,一个认真复习过认真应考过而不幸落榜的少年。他的爷爷奶奶爸爸妈妈决定让他进一所补习学校补习,明年再进考场一搏,而你私下跟我和你妈妈分析过,胡涛面对着往往是刁钻古怪的考题常常不能随机应变,他总是答得很仔细却掉进出题者设下的陷阱,因而明年他究竟能否考上也还是一个大大的未知数……但他却暂且抛开自己的不幸与忧愁,为你的入学而高兴,甚至忠心耿耿地为你进入宿舍而铺下你大学生活中的第一张床!

远远啊,你说,胡涛是你最好的朋友,你是随随便便地一说,还是认认真真地用你的心在写下朋友这个字眼?关于朋友,关于友谊,这个世界上已经有过那么多的解释和论述,我想,我们常常会对那样的一种说法倾心——危难时刻见真情,最好的朋友应该是给你雪中送炭的,是在你遇到失败和挫折乃至倒大霉时仍不抛弃你的;然而我们往往不能意识到、那远不是友谊的最高层面,仔细想来,当朋友的一方不幸,而另一方并非不幸时,后者对前者给予关怀,温暖、援助、解救,其实就像水往低处流泻一样,是顺势而为,并且能给自身带来天然乐趣的;最难得的,倒是朋友中无所得甚至有所失的一方,由衷地为有所得并升到自己以上的层面的那一方,感到高兴,为之自豪;换句话说,与朋友同患难固然可敬可感,而与朋友分享对方独得的成功与快乐则更可歌可赞!我不知道你和胡涛的友谊能持续多久,远远,对于人性中情感的恒定性我是一个悲观怀疑主义者,然而,就现实中可切实把握的友谊而言,我以为你应当把胡涛为你铺床的镜头,包括他为展平你的床单并将床单两侧妥贴地掖进褥子下边的细节、包括他那一脸认真乃至兴奋的表情,包括他那铺床中舌尖不时舔一下嘴唇的微小动作,都牢牢地铭刻在你的心上,能在朴素的生活中享受到如此清淳的友情,我对你只有羡慕!

用如许多的文字来写这复杂诡谲的人世中一桩如此单纯微小的事,该不会遭到追求耸听与鄙夷凡俗的人士的嘲笑吧?远远啊,也许是你爸爸也渐入老境中,喝过了人世上那么多种不同配方、不同颜色、不同滋味的酒类和饮料后,如今最渴望的往往倒是一只没有任何雕饰的粗玻璃杯中的一掬无色透明素淡无味而洁净平和的白水……

　　远远啊,愿我,愿你,愿世人,一旦渴望着这样一杯白水时,都能轻而易举地得到……

　　　　　1990 年 9 月 21 日 写成于北京安定门

旋转舞台

那是一个大雪纷飞的夜晚，来自穷乡僻壤的少年敲开了远房伯伯家的屋门。

他怀里揣的不是一个梦，而是一份详尽的设计图。他设计了一个旋转舞台。顾不得喝伯母倒来的热茶，他向伯伯兴奋地讲解自己的设计方案。舞台演出将变得无比神奇，更换布景将变得轻而易举——各幕的布景早已搭全，换幕时只需将舞台加以旋转……

他初中尚未毕业。他从未离开过那距京城相当遥远的家乡。那时候，电视还没有普及到他家住的那个小镇，他在来京城前只去过县城三四次，一共在县城那小小的剧场看过三回演出，但他常看电影，当放映队来到镇上时，他还给放映员打过下手。他特别注意过电影里的舞台演出场景……他有了一个灵感，一个新奇的想法，终于埋头设计出了一个旋转舞台，他要亲自把这项发明创造送到首都，献给祖国……

然而伯伯告诉他，几乎在 20 世纪初，世界上就有了机械传动的旋转舞台。北京首都剧场 50 年代一建成也就有电动的旋转舞台。他设想的那种换景方法早已不是纸上的方案而是剧场的家常便饭了。比如北京人民艺术剧院演出《关汉卿》那出戏,最后一幕"长亭送别",舞台便当着观众的面旋转,以展现主人公与友人在芦沟桥依依惜别的动人场面……

就在那个大雪纷飞的夜晚,他的发明梦破碎了。远房的伯伯只留他住了三天。三天里他铭心刻骨地懂得了:世界远比他想象的宏大,社会远比他想象的复杂,生活远比他想象的严酷,成功远比他想象的艰难,人心远比他想象的微妙,而且最要命的是——自己远比原来所想象的渺小……

在拥挤的硬席车厢里,他没有找到座位。随着火车车轮撞击铁轨衔接处的声响,他含泪地对自己说:原来,这个世界上的座位,已在没有通知他的情况下统统被别人坐满……他把旋转舞台的设计图撕成碎片,扔出了车窗外。

那是三十年前的事。但只要有少年,有年轻的心,这类的事便总会出现,也许不像他那样孟浪,也许仅仅是意念的翻滚而没有变成行动,当然,更不会只是向往于设计出一个旋转舞台……然而,惊讶而痛心地发现自己想找的座位已被别人先占,甚至面临的是自己匆匆赶去而面临"客满",那种失落,那种懊丧,那种悲怨……今天会有,以后也会有,年轻的心啊,你常常会陷于这种窘境!

那个在大雪纷飞中接受命运捉弄的少年,回到穷乡僻壤以后情况如何? 他没有沉沦,但他从好高骛远的狂妄、臆想、焦躁、匆促的心境中落到了平实处。他咬着牙在心里发誓：我一定要有所发明创造，但我一定先要拼命地学习——学习最基本的东西，要尽一切可能了解世界上已经存在着的、前人已经创造出的文明……他克服了许许多多的有时是巨大而坚硬的困难，终于在十几年前再一次走出了穷乡僻壤，进入了省城的大学。当他以优异的成绩相继取得学士和硕士学位后，他冷静地意识到，就发明创造而言，在他所跻身的那一世界，纵眼望去仍是"客满"景象，你必须扎扎实实地埋头苦干，一分一厘地艰苦推进，才能开辟出新的座席，为人类文明开出新的花朵，结出新的果实！

又是一个大雪纷飞的夜晚，他踏着在路灯下发着荧光的积雪去拜访那位已经年迈的远房伯伯。他要告诉伯伯，他的三项发明同时获得了专利证书；他要感谢伯伯当年对他兜头泼下的冷水——从那一天起，他结束了烂漫的臆想，穿过了有时确实是严酷得令人发抖的生活走廊，而终于进入了能够冷静地估量世界、他人和自己的人生阶段。

然而，在纷飞的雪花中，任那冰冷的雪花飘落到他火热的面颊，他也并不后悔那以一颗昂奋的少年心的全部憧憬和才智所画出的旋转舞台设计图。少年幻梦的破灭诚然令人心酸，但没有幻梦没有破灭没有酸楚的人生才是最可怕的。人，应当从破灭中寻求坚实的阶梯，使经受酸楚的心灵变得沉静稳重，从而真正寻找到自己在生活中应有的位置。即使面临

"客满",也能通过合理竞争而消掉不合适的占位者从而获得位置,或者更拓展出新的社会空间,为自己和他人设置出新的座位。

是的,千真万确——这个世界早已是一座旋转舞台,它或许非常喜欢我们最纯真的向往和最烂漫的设计,但它却只为那些踏踏实实地从吮吸人类已有文明精华起步、兢兢业业地为人类新的文明添砖加瓦的人设置座席。

1992 年 2 月

刺猬进村

我的隆福寺

上小学时,我家住北京钱粮胡同,上学放学都要穿过隆福寺。父亲是个喜爱研究北京故旧的知识分子。他领着我们全家住到钱粮胡同时,隆福寺已变为一座百货市场,大殿都关闭不开放,但他就知道那昆卢殿里有"世界上最壮美的一个"藻井"(那是一位专门研究古建筑的朋友告诉他的),并且塑有神态最生动的"天龙八部"(我早在读金庸的《天龙八部》之前就知道了那八个神怪,盖出于此),熏陶我的效果之一,便是有一天我用一个糖瓜儿买通了母亲任"食库管理员"的同学,钻到那沦为货仓的昆卢殿里。巍峨的殿堂里黑幽幽的,高大的佛像已被蛛网缠绕,陈旧的幡幔发出阵阵闷人的气息;可是仰颈观望,高居于上的覆盆状藻井,在一缕从窗隙射进的菊色光束映衬下,仍呈现出一种朦胧的壮美;整个藻井又似一朵倒悬的金色玉莲从中心吐出一颗硕大的宝珠来,十足地神秘、玄妙!不过我们在环顾那八个诸天和龙神时,却被在幽暗的光缕中似乎正朝我们扑来的夜叉吓得尖叫着逃了出去。至今我还为此发愣:夜叉怎么又是一位护法的角色,列入"正面人物"的

"天龙八部"之中呢？

我目睹了隆福寺的变迁。起先，它是个天天开市的庙会，大殿和庑廊边各色方形、伞形、长廊形的布篷下，卖各种各样日用杂品的大摊和小摊鳞次栉比，有品种齐全到百数以上的梳篦摊，"金猴为记"，摊中摆放着一尊木雕金漆的大猴；有卖猪胰子球和蛤蜊油等化妆品的小摊，有卖泥兔爷、武将棕人、大头和尚窦里翠（一男一女的套头壳儿）、卜卜噔（一种可吹弄的薄玻璃制品）以及空竹、风筝等玩物的摊档……其间更夹杂着卖各色京味小吃的摊档，有连车推来的卖油茶的摊子，不仅龙嘴大铜壶闪闪发光，车帮上镶的铜片和铆的铜钉也油光锃亮，卖褡裢火烧的平底锅滋滋地响着，散着油香。不过我更感兴趣的是卖半空花生、糖稀球、牛筋窝窝、综果条、干崩豆……的小摊。后来实行"公私合营"，拆了一些小殿堂和庑廊，建成了"合并同类项"的售货大棚；再后来是"文化大革命"，"破四旧"先破了殿堂内所有的佛像，包括那"天龙八部"，渐次就破到了殿堂本身，那昆卢殿据说是明代建筑中的孤例，其藻井比故宫的养心殿和天坛祈年殿的藻井更见巧思和气魄，到此则大限来临，不仅大殿的全部木料、琉璃瓦和大青砖全部用作了"深挖洞"的材料，殿北的汉白玉石椠、石陛、石雕，也都"将功折罪"、"变废为宝"，捐躯于防空洞中。父亲那位搞建筑史的朋友"文革"中已"自绝于人民"，我们自然再不敢听从他的"狂吠"，去为这些"破烂货""请命"——直到"文革"后我才重访童年、少年时代几乎天天竖穿的隆福寺,"隆福寺"已徒有地名而已。如今,那里是一所装有滚梯开放的五层商业大厦,里面不仅出售大陆国产精品,也出售比如从巴黎来的香水、日本来的录像机、香港来的康元饼干,以及从台湾转口而来的仿毛花呢……感谢商场一位人士告诉我:"昆卢殿那藻井怎么也拆卸不开,用斧头砍下去火星乱蹦,连斧刃都锛了……后来好象是运到雍和宫去了。"我还真去雍和宫询问,却不得要领,"藻井知何去? 剩有游人处",令我百感交集。一座寺庙有必要永存于世吗? "人世有代谢,往来成古今"。没有湮灭也便难有新生。苏联——现在这国也没有了——有部电影叫《两个人的车站》,车站上明明人流如鲫,何以标作"两人"? 一位"大陆第五代导演"对我解释:"这是说,在那一段时间里,那座车站是因为他们两个人而存在的。"是的,在那一段时间里,隆福寺因我而存在,我的隆福寺既不是明"荣仁康定景皇帝立也"的那座香烟缭绕的大寺,也不是清代竹枝词中所吟的"古玩珍奇百物饶,黄金满橐尽堪销"那种景象,我的隆福寺洗礼了我的童年和少年。我在那里学会了抖空竹,空竹在抖动中发出的蜂音将伴我一生。

1991 年秋

气破桑

我农村书房温榆斋附近，还有些"田野碎片"。不去看那些渐次推进的楼盘，专去造访"田野碎片"，一时还颇能享受野趣。

在小河湾岸上，有三株古树。一株是桑。一株是杨。一株是樗。樗是文雅的称谓，村里人叫它樗的只剩几个比我还老的老头儿，一般人就叫作臭椿。那臭椿已经高达三十多米，因为离机场近，已有在它冠顶安装示高闪烁灯的计划。

桑树尽管比臭椿矮一半，但是树身十分粗壮。桑树的树皮布满大大小小的鼓瘤，而且，在树身中央，明显地裂开好大一个口子，那口子边缘鼓起打褶子的厚唇，仿佛在哑声呼叫。但这些鼓瘤裂口并不妨碍桑树的继续发育。每到春末，树上多男孩，树下多女孩，个个嘴巴乌紫，他们也曾拿些桑葚孝敬我这个爷爷，确实甜得醉心。

杨树不知从什么时候长歪了，因此整体高度不如臭椿。据说原来杨树是一大排，后来说品种不好，春天要扬好几十天的绒毛，都伐了另种白蜡杆，但是这棵被村里几代人唤作"大傻杨"的却特意保留了下来。因为这椿、桑、杨构成一个流传古远的典故,即使"大傻杨"入春还散绒毛,而且笔直地歪着显得有些邪兴,缺一不可嘛,也就任它那么与臭椿、古桑为邻。

四十多岁以上的村友,不止一个,跟我侃过那个"臭椿封王,气破桑,笑傻杨"的典故。话说当年朱元璋跟元兵作战,也曾一败涂地过。有回甚至只剩几个随从,饭都没得吃。勉勉强强摸到这三株树下,东倒西歪且苟延残喘一时。忽然一阵风过,熟透的桑葚落到他们身上,捆到嘴里一吃,赛过佳肴!于是起身采集桑葚,饱餐一顿,补充到能量,体力大得恢复。又忽然见地平线上烟尘滚滚,想是追兵来了,于是赶快撤离。后来朱元璋又反败为胜,率领大军路过昔日桑葚救命之地,但季节却是秋天,朱元璋哪有什么植物学知识,见那臭椿树花落后结出的东西仿佛就是当年赖以活命的果实,马上指着它封为树王,然后又见地平线烟尘滚滚,知是元兵溃逃,立刻指挥部下追杀,匆匆离去。臭椿无功受封,桑树当即气破肚皮,而杨树只知看笑话,叶子仿佛千百巴掌,噼噼啪啪响成一片,傻乎乎不知停息。

朱元璋何尝领兵到过我们这个村子。但天下之树同种皆类。记得曾在江南蚕乡参观过桑林,细细一想,也怪,那些桑树都很年轻,却几乎株株都有"气破肚"的痕迹。

桑树气性虽大,破肚却并非"剖腹自尽",它生气归生气,成长归成长。也许,反倒是被那不公道的待遇,激励出了更多的创造力，它把桑叶光合得更能肥蚕，把桑葚孕育得更加香甜。人生一世，哪有事事、处处全逢公道、公平的时候。对公道、公平的追求应当坚忍不拔。对不公道、不公平的事情，无论是落到自己头上的，还是摊到他人特别是群体身上的，"气不打一处来"的义愤是该有的。但世间的公道、公平不能靠神仙皇帝、帝王将相赐予。典故里的气破肚子的桑树还是太在乎朱元璋的态度了。桑树或会说我甘心给予救助，并不图回报，但你因做事粗糙而误回报给臭椿了，臭椿何德何能？气破肚皮在于此。

其实所谓"树王"完全是个虚妄的名分。桑树完全不必为虚妄的名分动气。"大傻杨"面对不公道的局面，无法扶助公道本可原谅，却"站在干岸儿上看笑话"，不气无功受禄，却嘲劳而无功，是最无聊也最猥琐的一种态度。

我问过不止一位侃典故的村友：那封了王的臭椿，究竟是怎么个态度表现呢？他们都说"讲给我听的老辈子没提"。这类民间典故其实是在代代口传的过程里，可以不断添油加醋的，但对臭椿，至少在我们这村的口传版本里，始终是一个未露感情的角色。

臭椿固然不堪"树王"封号之重，其材质虽不堪打造家具，却可用来制造胶合板、造纸；叶可养樗蚕；种子可榨油；根皮供药用；特别是，可作为黄土高原及石灰岩山地造林的重要树种，而且在工矿区作为绿化树有利吸敛烟尘。

这样看来,世界本多样,"天生我材必有用",连傻笑的杨树也自有其堪用之处。我徘徊在三株古树下,悟出许多妙谛。

2009 年

糖猪儿

公园门口,有个老头儿卖糖猪儿。

老头满脸皱纹,但腰板挺直、精神矍铄,他的摊位就是一辆自行车,车上安放住一个木提盒,已吹好的糖猪,连着木签儿,都插在盒提把上;当然也不只是糖猪,他间或也吹点别的,我走拢他摊位时,就还插着好大一只糖凤凰,是薄片式造型,只能正面观赏,但极富装饰趣味;他吹出的猪风格统一,却又不断地变异。

老头周围,总围着些人,也有问价的,他说:"您看着给。"却很少有人出价买他的,他似乎也并不靠吹糖猪吃饭,只是在那里怡然自得地管自吹,我走拢时,他歇息了,因为提盒把手上,已插得没了空位。

对那糖猪感兴趣的,首先是孩子们,许多大人,倘若不是他们带的孩子率先跑过去,也许会对糖猪儿视而不见,至少不一定要走拢去看,孩子们望着那些糖猪,少有不闹着要的,可是很少有大人掏钱给他们买;我围观时,一个年轻的母亲就弯腰吓唬那跳着脚扭着她买的女儿说:"这糖猪儿不卫生!吃了要生病，病了要打针！"

我看到的一位买主，却是一对老外，他们也没带孩子，却买了一只糖猪，还有那只糖凤凰，老头收了他们两块钱，他们会说怪腔怪调的中国话，问老头："能够不坏吗？"老头说："世上没有永久不坏的东西，这东西坏得快点罢啦。"老外又问："真的能吃吗？"老头说："不卫生，吃了生病，要打针，疼不是？"周围人们的反应还没出来，他又说："我们打小就吃这个，没为它病过，没打过针……"大家全笑了，他不笑，却也不显愠怨，他又吹上了新的糖猪。

后来我买了他一只糖猪，举着，进公园去。

公园里正搞游园会，甬道上过来过去的游人，颇有拿着抱着猪的，大多是塑料吹气猪，偶有绒布制的玩具猪。今年是猪年，买个生肖偶像既图吉利，也富情趣，不过，工业成批生产的猪，特别是塑料猪，大兴其道，手工猪，如我所举的糖猪，已彻底地"边缘化"了。有人问抱塑料猪的："您哪儿买的？"答者便遥指售货亭。我举着糖猪儿，像打着一个招幌，摇来摆去地往前逛，却无一个问津者。

我坐在长椅上，仔细地鉴赏那糖猪。那真是一件艺术品，猪头猪嘴猪耳猪腿的造型，在漫不经心中，涤荡尽了匠艺，显示出谐谑的韵味。是的，塑料猪至少可以摆放玩耍一年，这只糖猪儿，拿回家中，暖气一嘘，也许过不了一夜便会软化脱形。这是短暂的艺术，一如我们人生中饱蘸欣悦的时日，不可能久驻永存。

"不卫生"的恶谥,回荡在我耳畔心侧。回想我小时,在小摊上买过用秫秸秆蘸出的糖稀球,还有同样是麦芽糖做成的糖瓜儿,以及用多种果皮熬制出的综果条儿,还有摊主用绝非消过毒,甚至皱痕中还带着泥垢的手,所捧出的那些半空花生、山楂片、酸枣面儿、葵花籽儿……我不是都吃得津津有味,甚至以为天下美味,莫过于彼等么? 我也确实并未因此生过病,为此打过针,并且,我的同龄人,大都也是那么样跟我活过来的呀!

是的,生活进步了,我们都卫生了,可是我们也一个接一个地失去着被谥为"不卫生"的乐趣。我们不再让孩子吹竹笛和口琴,我们给他们花重金买电子琴和钢琴;我们害怕孩子在湖泊和池塘中嬉水出事,只让他们到设备优良的室内游泳馆去游泳;我们不让孩子玩"跳房子"、拽包儿、拍"洋画"、抓羊拐……甚至连踢毽儿、滚铁环、跳猴皮筋……也不放心,我们给他们买电子玩具、昂贵玩偶、游戏机游戏卡……其中一个重要的理由,便是我们要保证他们的卫生,让他们尽量地远离"不卫生"。

糖猪儿在我手中泛着浅棕色的光,令人想到夕阳落晖。这是正在隐没到地平线下的文明,它的一个细枝末节,也是它的一个绝妙的象征。

有更多拿着抱着塑料吹气猪的大人孩子从我眼前走过。

那些塑料吹气猪只有大、小两种规格，它们经由统一策划、统一设计、统一制作，以工业方式大批量地生产出来，集中应市；因为时令恰宜，买方浩荡，卖方又为了尽快抢占、垄断市场，所以在艺术设计这一环节上既未注重创意和韵味，在制作工艺上更显粗糙，在我眼中，那些塑料猪写实失败，却又并无有意的谐谑变形追求；我甚至苛刻地探究：那使用的塑料，难道就不会挥发出有害的物质吗？那些塑料猪，果真就比我手中洋溢着独一无二的装饰趣味的糖猪儿"卫生"吗？

但是，我们所面对的俗世，有一种个人无法遁逃其外的魔力，不断地淘汰着糖猪儿一类虽美好却"不卫生"的事物。这"不卫生"的概念有很浓酽稠重的外延。

我举着糖猪儿，在公园里踽踽独行。惆怅，却又憬悟。

1995.3.3 绿叶居

豌豆杀人案

　　那是 40 多年前的事了，我还在上小学，有一个星期天，我们班上一群男孩子一起跑到城外去玩。那时的北京城城墙城门都还没拆，而且许多城门走出去没多远便是田野。我们跑到了田野上一个野池塘边上，开头只是在芦苇丛里玩"打游击"的游戏，后来，有几个同学觉得身上燥热，便甩掉衣服，跳下那池塘游起泳来。我也很想跳下去痛快痛快，已经在水中嬉戏的同学拍着水花大声呼唤着我，更令我心痒。可是，我想起了妈妈平时给我讲的话，她说，城外有一些野池塘，其实是过去烧砖挖土的窑坑，这些窑坑废弃不用后，积满了雨水，便成为了野池塘，这样的池塘水面下是呈尖锥形的，跳下去容易，爬上来便难了！而且，池塘里会长满杂乱的水草，这些水草缠住了游泳人的脚，会甩也甩不开，所以，千万不可以到那种窑坑里去游泳！想到了妈妈的嘱咐，我便克制住自己，并且大声地跟已经跳下去和正想跳下去的同学嚷了起来："快上来吧！这没准是个大窑坑啊！……小心脚让水草缠住！……"可是，除了一个同学以外，其余的同学都跳下去了，在水里的同学,有的伸出手指朝我们俩刮脸皮,有的故意抓起一团水草朝我抛来……也许那个野池塘以前并不是一个窑坑,下水的同学后来都爬上了岸,他们猛摇身子,溅了我一身的水花,有一个外号叫"大蚂蚱"的同学,还冲我怪笑,用"妈妈"的声调嘲笑我说:"乖乖宝! 可别到窑坑里游泳啊!"……

可是我一点都不后悔牢记并按妈妈的嘱咐去做事。

就在那一次出城游嬉不久,有一天,下午上课的时候,"大蚂蚱"一直没来。后来,有人来通知学校,并让学校找他的家长……原来,他和外班几个同学中午跑到城外游野泳去了,这回他们确实跳进了窑坑,水草缠住了"大蚂蚱"的脚,他怎么也摆弄不开,而且直往下沉;跟他一起下水的同学吓得哇哇大叫"救命",过路的几个农民跑过去救他们……"大蚂蚱"被捞上来以后,怎么给他吐水、人工呼吸,都没能把他救活!

那一年我才十一二岁,可是我的心灵被迫去思索死亡这个沉重的课题。

后来,课堂上,老师严肃地给我们讲"人固有一死,或重如泰山,或轻于鸿毛"的道理。我除了从大道理上懂得了人生的意义外,也从此更加重视妈妈常常向我灌输的做人的小道理,比如:"过马路一定要走人行横道线,一定要注意来往的车辆。""坐公共汽车时,一定不要把头和胳膊伸出窗外。""坐火车时,一定不能朝窗外扔东西,尤其不能扔空瓶空罐。""跟同学闹着玩时,一定不要踢打到他的要害部位。"等等。这些小道理,不仅对于少男少女是有用处的,对于处在青春躁动期的青年人,也绝不多余。这些小道理一方面有利于青年人正确地理解勇敢与冒险精神,另一方面也潜移默化地培养着遵纪守法的行为习惯。

眼下的时代,跟我少年和青年时期大不一样了,充满了更多的诱惑,也布满了更多一时识不清道不明的事物和事理。处在这样一个大时代中的青年朋友,当然有理由更充分地燃烧自己的青春,更烂漫地发射自己的光彩;然而也更需要明了人生的意义,更需要戒除脱羁的好奇心(如"毒品什么滋味?我只尝一次")、盲目的"不怕死"(如"赌一赌,谁敢从三楼阳台朝下跳?")、糊涂的"浪漫、开放"(如一时兴起便破了自己的童贞)等等。

读到这里,青年朋友会问:你这题目……好,现在我来说说这件令我回想起来,简直不能相信是真的,可是却千真万确是发生在我眼前的一件事:几个小伙子打赌,谁能用脑袋把一粒干豌豆碾碎? 结果是:谁也没碾碎,却有一个小伙子,在自己贴着水泥墙用劲碾,并且另外两个小伙子嘻嘻哈哈地用手使劲推他的头时,忽然,那粒豌豆被压挤进了他的太阳穴,并且,因抢救不能及时,他竟因此毙命!

当我把这件罕见的豌豆杀人案讲给一位法官听时,他却一点也不惊奇,而是平静地跟我说:"你该把它写出来。现在有的年轻人参与吸毒,最初也是出于好奇、赌胆……可是他们很快发展为参与贩毒,毁灭了别人也毁灭了自己!"

　　所以我写了。你不信? 可无论如何,你哪怕稍微想一想,也好。

1997.7.4

藤萝花饼

　　街口新开了家小食品商店，最显眼的标志是门口的大冷柜，柜面上彩绘着厂家的图徽字号。店主是下岗的小汪，我们在他下岗前就有来往。他爱人桂珍还在公共汽车上当售票员，倒休时跟他一起照应生意。我傍晚散步有时拐到他们店里，如果正遇到中小学生放学，买冷食的多，我就给他们搭搭手，他们收钱，我出货。如果生意清淡，我就跟他们聊聊天。我去了，他们总要请我吃冷食，我总是坚拒。我说："你们小本生意，挣点钱不容易，朋友熟人来了，你们这个请一份冰激凌，那个请一瓶冰茶，还有什么赚头？"可是，任我不吃，每回见我去了，仿佛条件反射，小汪头一句总是："刘叔，来份什么？"倘若桂珍也在，她会更加热情，有一回就拿出一种江米红枣粽的冰糕，打开包装，直伸到我鼻子前，说："这个你一定喜欢！"我退后半步，依然没接，她就自己吃了，边吃边跟我透露，他们卖这些冷食，利还是颇丰的，每月除去交税、电费及合理损耗，他们这小店的收益，足以使他们过一种自得其乐的生活。难怪他们见朋友熟人来了，总愿那么慷慨招待，而一些朋友熟人，也就很自然地接过他们递上的冷食。

前两天我又散步到他们小店,那天奇热,傍晚时还觉得鼻息如蒸。我去了,他们小两口都在。生意热闹了一阵,天光敛去后也就清净下来。我们说说笑笑一阵,相处得跟往常一样融洽。但当我告辞,走在回家的路上时,心里却滋生出一种失落感,那感觉还挺迅速地在我胸臆里膨胀。我失落了什么?这一回,他们两个见了我,谁都没有了请我吃冷食的话。我在小店呆了至少有四十分钟,而且这回我口干喉燥,很想用冷食润一润。我身边就是装满冷食的冰柜,里面有那么多可供选择的品种,但我与那些美味之间却隔着一道无形而坚韧的屏障,那屏障是以我的一贯坚拒他们的好意,以及我从不在他们那里买东西(因为如果我说要买他们一定不会收我的钱),也就是我自以为是的想法,而形成的;看来他们也终于接受了那道屏障。

当我接近自己家门的时候,我才深刻地意识到,每回小汪与桂珍那真心请我品尝冷食的举动,我的心灵在默默地领受中习惯了,麻木了,甚至转而轻视乃至鄙夷了。现在他们"知趣",自动中止了那一份虽然极为世俗却也极为真挚的友情表达,我却一下子承受不住了!

我常常沉浸在自我肯定的情绪中,总觉得在这个有着那么触目惊心的腐败现象的世道里,我即使不能自诩高尚,也总算得是个雅人吧。我还有些超功利的人际交往,不是吗? 那天,我给很久没有联络的,退休的朋友,去了个电话,说想找他"臭聊"一通,他热情地欢迎我去,我去了,我们聊得欢天喜地,他留饭,我也不客气,吃了他老伴做的极可口的打卤面以后,他老伴又搬来一个"黑森林"蛋糕,我不禁脱口问道:"咦,今天谁的生日?"我那问话竟如雷击一般,使他和他老伴悚然相视,随即好几分钟默然。告辞离去后,我在街头迎风闷走。朋友以为我记得他的生日,才在那天去他那里叙旧,而我,不过是为了给忙中偷闲的自己,临时寻觅一个温馨静谧的港湾,小作休憩。

昨天傍晚忽然门铃响,从猫眼望出去,依稀辨认出是很久没见过的,原来住杂院时的一个街坊,他来作什么? 把门打开,那中年人对我说:"母亲让我一定要给您送两个来……"递过一个"便当盒",我把他请进屋,让他坐下,喝茶细道端详。他母亲,我唤作高大娘的,九十三岁了,现在住进医院,恐怕是难以回家了。高大娘家门前,有一架紫藤,每到夏初,紫藤盛开时,她就会捋下一些紫藤花,精心制作出一批藤萝花饼,分送院内邻居。当年我是最馋那饼的,高大娘在小厨房里烘制时,我会久久地守在一旁,头一锅饼出来,她便会立即取出一个,放在碟子里给我,笑咪咪地说:"先吹吹,别烫了嘴!"现在高大娘在人生在最后一段途程里,提出想吃藤萝花饼,晚辈已经不会她那手艺了,现在的做法,不过是把藤萝花裹上面粉,用油炸一下罢了,但给她送去以后,她非常高兴,回光返照中,脸颊像玫瑰般艳丽,尝了几口以后,她便想起了我,立刻嘱咐她老二把一些藤萝花饼——其实已经不是饼,而要称为"藤萝傀儡"——给我送来。说实在的,我已经多年没有过问高大娘的死活,然而,她却还记得我,在她生命的最后时刻,仍要与我分享那藤萝花制品的美味……

我没有对来客说更多的感谢话,我看出那老二只是急着完成母亲布置的这项任务,心里并不怎么太理解高大娘的情愫。送走了高家老二,我独自坐在餐桌边,望着那些"藤萝傀儡",心中旋动着难以名状的感动。生在这个世界,活在这样世道,有一种更高更美,属于永恒的境界,需要我不懈地去修理、提升自己的灵魂!

2003 年

人在胡同第几槐

　　五十八年前跟随父母来到北京，从此定居此地再无迁挪。

　　北京于我，缘分之中，有槐。童年在东四牌楼隆福寺附近一条胡同的四合院里居住。那大院后身，有巨槐。来北京之前，父母就一再地说，北京可是座古城。果然古，别的不说，我们那个大院的那株巨槐，仰起头，脖子酸了，还不能望全它那顶冠。树皮上不但有老爷爷脸上那样的皱褶，更鼓起若干大肚脐眼般的瘤节，我们院里四个小孩站成大字，才能将它合抱。巨槐春天着叶晚，不过一旦叶茂如伞，那就会网住好大好大一片阴凉。最喜欢它开花的时候，满树挂满一嘟噜一嘟噜白中带点嫩黄的槐花，于是，就有院里还缠着小脚的老奶奶，指挥她家孙儿，用好长好长的竹竿，去采下一笸箩新鲜的槐花，而我们一群小伙伴，就会无形中集合到他们家厨房附近，先是闻见好香好香的气息，然后，就会从那老奶奶让孙儿捧出的秫秸制成的圆形盖帘上，分食到用鸡蛋、蜂蜜、面粉和槐花烘出的槐花香饼……

　　父母告诉我，院里那株古槐，应该是元朝时候就有了。元朝是多少年前呀？那时不查历史课本和《新华字典》后头的附录，就不敢开口。反正是很久很久以前。但随着岁月的推移，古槐在我眼里，似乎反而矮了一些、细了一轮，不用四个伙伴合围，两个半人就能将它抱住——原来是自己和同龄人的生命，从生理发育上说，高了、粗了、大了。于是头一次有了模模糊糊的哲思：在宇宙中，做树好呢，还是做人好呢？树可以那样地长寿，默默地待在一个地方，如果把那当作幸福，似乎不如做人好，人寿虽短，却是地行仙，可以在一生里游历许多的地方，而且，人可以讲话，还可以唱歌……

果然我后来虽然一直定居北京，祖国的三山五岳也去过一些，海外的美景奇观也看到一些，开口说出了一些想出的话，哼出了一些出自心底的歌，比那巨大的古槐，生命似乎多彩多姿。但搬出那四合院子，依然会在梦里来到那巨槐之下。梦境是现实的变形，我会觉得自己在用一根长长的竹竿，吃力地举起——不是采槐花，而是采槐花谢后结出的槐豆——如果槐花意味着甜蜜，那么槐豆就意味着苦涩。过去北京胡同杂院里生活困难的人家，每到槐豆成熟，就会去采集。我的小学同学，有的就每天早上先去大机关后门锅炉房泄出的煤灰里，用一个自制的铁丝扒子扒煤核，每天晚上做完功课，就举着带铁钩的竹竿去采槐豆。而每到星期天，则会把煤粉合成煤泥，把槐豆铺开晾晒——煤泥切成一块块干燥后自家烧火取暖用，槐豆晾干后则去卖给药房做药材……在梦里，我费尽力气也揪不下槐豆来，而巨槐顶冠仿佛乌云，又化为火烫的铁板，朝我砸了下来，我想喊，喊不出声，想哭，哭不出调……噩梦醒来是清晨。但迷瞪中，也还懂得喟叹：生存自有艰难面，世道难免多诡谲……

院子里的槐树，可称院槐。其实更可爱的是胡同路边的槐树，可称路槐。龙生九种，种种有别。槐树也有多种，国槐虽气派，若论妩媚，则似乎略输洋槐几分。洋槐虽是外来，但与西红柿、胡萝卜、洋葱头……一样，早已是我们古人生活中的常客，谁会觉得胡琴是一种外国乐器、西服不是中国人穿的呢？洋槐开花在春天，一株大洋槐，开出的花能香满整条胡同。还有龙爪槐，多半种在四合院前院的垂花门两边，有时也会种在临街的大门旁边。北京胡同四合院树木种类繁多，而最让我有家园之思的，是槐树。

东四牌楼（现在简称东四，一些年轻人简直不知道是什么意思，我宁愿永远不惮烦地写出这个地方的全名）附近，现在仍保留着若干条齐整的胡同。胡同里，依然还有寿数很高的槐树，有时还会是连续很多株，甚至一大排。不要只对胡同的院墙门楼木门石墩感兴趣，树也很要紧，槐树尤其值得珍视。青年时代，就一直想画这样一幅画，胡同里的大槐树下，一架骡马大车，静静地停在那里，骡马站着打盹，车把式则铺一张凉席，睡在树阴下，车上露出些卖剩的西瓜……这画始终没画出来，现在倘若要画，大槐树依然，画面上却不该有早已禁止入城的牲口大车,而应该画上艳红的私家小骄车……

过去从空中俯瞰北京,中轴线上有"半城宫殿半城树"一说,倘若单俯瞰东四牌楼或者西四牌楼一带,则青瓦灰墙仿佛起伏的波浪,而其中团团簇簇的树冠,则仿佛绿色的风帆。这是我定居五十八年的古城,我的童年、少年、青年、壮年的歌哭悲欢,都融进了胡同院落,融进了槐枝槐叶槐花槐豆之中。

不过,别指望我会在这篇文章里,附和某些高人的高论——北京的胡同四合院一点都不能拆不能动,北京作为一座城市正在沉沦……城市是居住活动其中的生灵的欲望的产物,尽管每个生灵以及每个活体群落的欲望并不一致甚至有所牴牾,但其混合欲望的最大公约数,在决定着城市的改变,这改变当然包括着拆旧与建新,无论如何,拆建毕竟是一种活力的体现,而一个民族在经济起飞期的亢奋、激进乃至幼稚、卤莽,反映到城市规划与改造中,总会留下一些短期内难以抹平的疤痕。我坚决主张在北京旧城中尽量多划分出一些保护区,一旦纳入了保护区就要切实细致地实施保护。在这个前提下,我对非保护区的拆与建都采取具体的个案分析,该容忍的容忍,该反对的反对。发展中的北京确实有混乱与失误的一面,但北京依然是一只不沉的航空母舰,我对她的挚爱,丝毫没有动摇。

最近我用了半天时间,倘徉在北京安定门内的旧城保护区,走过许多条胡同,亲近了许多株槐树,发小打来手机,问我在哪儿? 我说,你该问:岁移小鬼成翁叟,人在胡同第几槐?

2008 年

刺猬进村

　　就着炸饹馇——一种北京郊区农民最喜爱的豆面皮卷胡萝卜丝、香菜烹炸出的零食——喝着小酒，跟村友三儿侃山。

　　三儿是开大农机的驾驶员。说起前几个月秋播，大拖拉机挂着播种机，从这边大田，越过一道土坎，转移到那边大田时，豁开了坎上枯草窠子底下一个刺猬窝，跟在播种机后头的两位农友不由得欢呼，说是要拿泥糊上烧了吃；三儿就停机跳下地，走过去细看。大刺猬已经被一位农友捧在手里，整个儿成了水雷的模样；三儿低头一找，三个粉嘟嘟的小刺猬还在草窠里迷迷瞪瞪哆嗦。三儿就问他们："落忍吗?"那农友也就把母刺猬扔回了草窠里。

　　三儿说起这档事，我对他大加表扬。但再往下聊，就知道他跟我的想法还并不完全相同。三儿并不是一个动物保护主义者。三儿今年要满46了。他这茬人，多少还存有从老一辈村民那儿听来的旧说传闻，当然，占主导地位的，还是时代进步赋予的新说新知。他往往把旧闻新知混在一起跟我神侃，听来也就很助酒兴。

　　三儿说他父母那一辈往上，有"四大门"一说。狐狸是头一门，《聊斋》故事及其延伸出的村语村言，发展出了一个最新故事。说是机场油库高墙外隔离带的野草丛里，谁也没瞧见过狐狸，可是绕墙巡查的油库保安，不止一个小伙子，分明看见穿着电视剧里古装裙衣的美丽姑娘，忽然出现在前面不远的地方，喊话也不回应，等你大步赶过去，美人一转身，忽然没了影，而风吹草动，鼻子眼里就吸进了臊味儿。蛇是第二门，《白蛇传》的流传，使许多人对蛇完全没有了恶感，据说头几年有位养猪专业户半夜里哇哇大叫，惊动邻居纷纷披衣来助，手电筒一阵乱晃，最后聚焦他所指点的猪栏，确有一只小猪崽没了，他就喘着气，结结巴巴诉说亲眼所见，那蛇头正吞小猪，他吓得退避老远，稍微定了神，去取大铁锹，谁知那离猪栏十多米远的杂物棚外，赫然摆动着一样东西，仔细一看，竟是蛇尾巴！大家帮他寻找那巨蟒，不但并无踪影，就是可疑的洞口，也找不出来；后来也没有再次光顾，那专业户重述那夜经历，再无恐怖遗憾，倒仿佛是中过一次大奖。第三门是黄鼠狼，这家伙的身影比较容易遇上，三儿有一阵在自家院里设一大笼饲养肉鸽，跟黄鼠狼短兵相接过，鸽子已被黄鼠狼咬残，但黄鼠狼却难逮住；三儿说起黄鼠狼并无很浓的恶感，说是他妈在世说过，雪天一只黄鼠狼竟躺在他家屋门外，他妈细看，敢情是腿受伤了，就给它涂了红药水，还拿布给包扎上，又拿些东西给它吃，也没让它挪窝，第二天再开门，它没了；从那以后，他家的粮囤,怎么往外舀粮食,怪了,第二天去看,还跟头天一样多!

　　那么第四门,就是刺猬。刺猬在村里村外就太常见了。三儿告诉我,刺猬三季基本上生活在田野里,冬初,会在某个月黑夜,成群成队地进村,分别寻觅藏身之处,过去多半是钻到柴禾堆里,现在柴禾堆少了,就在村街或院落的树根底下掘洞栖身。我说刺猬那是冬眠吧。三儿说刺猬是半冬眠,他常在冬天夜里,看见刺猬悄悄地在村民倒的、等待第二天被拉走的垃圾里,拣残羹剩饭吃。他说刺猬不能像八哥那样学人说话,却专会模仿老头咳嗽。他爹跟他讲过,古时候有个青年,他爹病了,咳嗽得厉害,他妈让他去买药,他揣着银子出去,就有坏小子勾引他去赌博,可是在赌博的地方,总听见老人咳嗽,他就坐不住,就还要去买药,他出了那赌博的屋子,坏小子还出来拽他,没想到院里也有老头咳嗽的声音,他就坚决去药房,来回一路上,都有那样的声音,敦促他把药买回去。所以,第四门刺猬,在他们那一带,又有个"孝子催"的绰号。我说按你爹那故事的逻辑,应该是"催孝子"吧,三儿说他决没记错,就是"孝子催"。

　　喝完小酒,三儿要送我回温榆斋,我说没醉,自己溜达回去,他说今年是个暖冬,刺猬在田野里呆得久,它们进村兴许晚,说不定今儿个晚上,咱们爷俩恰能遇上一些个刺猬进村。我顿时兴奋起来,就跟他一边轻移脚步一边睁大眼睛往路面上细瞧。结果他把我送到书房门口，也没看见一只刺猬的身影。

夜很静。我都躺进被窝了。忽然，我听见窗外分明有老头咳嗽的声音。心里暖洋洋的。民间淳朴的传说，剔除非科学的成分，里面蕴涵的天理人情，值得细细体味啊！

2008 年

果　疼

　　远郊那条公路两边,有许多果园,门外全都竖着"欢迎采摘"的大牌子。儿子儿媳妇轮流开车,拉着我们老两口,进入那条公路放慢车速,大家边往外张望边讨论:去哪个果园呢?一家果园门口有醒目的广告:"请来采摘火龙果!"儿子说:"火龙果长在树上还是藤上啊? 去看看也好呀!"儿媳妇说:"那一定得进棚里摘,爸妈还是喜欢在阳光下的露地上采摘的。"我说:"采摘之意不在果,能在苹果树下走走就好。"老伴看见一家门口大字写着"美国布朗",兴趣陡发,说:"如果里头人不多,那就摘点布朗吧。"于是儿子把车开进了敞开的大门里。

　　车子可以穿过两片果林,驶进果园深处。露出了红瓦灰砖的房子,有狗跑出来,不是狂噪,而是欢叫,紧跟着露出了果农的身影,乍看简直像个非洲黑人,露出两排白牙,指点停车的位置。那里已经停了两辆车,果园深处,有欢笑的人声。

　　"你们,头回吧?"果农问。

　　儿子说:"怎见得?"果农也不答,只是说:"有四种苹果、三样梨,还有大枣、柿子,可以混着称。"老伴就问:"不是有布朗吗?"果农说:"有哇。您摘吗? 那可要贵上好些。"他分别报了价,说着递过装果子的塑料袋,又指指屋檐下靠着的一摞马扎,意思是可以随便取用,摘累了坐下歇气。

儿媳妇张望着,说:"比超市的贵那么多呀!"果农就说:"您采摘不是有个乐子吗?"我们就一人拿了一个塑料袋,又都取了个马扎。

果农说布朗树只有五棵,在果园深处,他领我们去。穿过许多苹果树和梨树,有时需要弯腰前进。我见一棵苹果树只有我那么高,也没张开树臂,却缀满了滚圆的红果子,就伸手去揪其中一个,没想到果农大喝一声:"您别! 您那样,果子他疼!"我们全愣住了。果农站到我跟前,指点着说:"您得先来回瞅瞅,瞅准了那熟的,再轻轻先摸摸他,他冲您乐呢,您再这么把他摘下来……"他示范着摘下一个来,儿子说:"这个又不大,也不是最红,您怎么偏说他熟了?"果农就笑说:"熟不熟,看果把儿啊。"老伴评价:"您这么摘果子,跟相亲似的。"果农大表扬:"您心里亮堂。可不是跟搞对象似的。"我现在记录他的话,说到果子全不用"它",只是不知道究竟写成"他"还是"她"更恰切。

终于走到布朗树下。紫红的布朗有的已经似乎快要胀破,但是我们都没轻易下手,因为懂得,首先要看果把儿。可是又怎么对果把儿下判断呢? 围住果农,再听他解说,说实在的我也没太听懂,只记住他嘱咐"这样果子他就不疼了"、"那样果子可就疼坏了"的语音。儿子问他："那我们吃果子的时候,果子不更疼吗?"果农严肃地回答:"那不。果子离了树,就是另外的事情了。果子疼不疼,全在下树的那一刻。疼过的果子,吃起来总欠点味道。所以头一回来我这果园采摘的,我都这么说一回。有的没听完,扭头走了,那是没缘分,走了好。二回再来的,全是懂得疼果子的。有那真比我还疼果子的,我就连钱也不收他的,晚上睡觉时候想起来,念叨给媳妇听,由她笑话,我心里头那个痛快劲儿,别提了,比喝了天宫的神酒还痛快!"

回到家里,大家围着餐桌清点采摘来的果子,老伴把布朗逐个拈起检验,拿一只对着灯光细看,跟他道歉说:"真对不起,让您疼着了!"都听见了,都没笑,心里都有回音,我心里有个声音在呼应:凡世上能称得上果实的事物,从今后,都不该让他疼呀。

2008 年

铁糖阿伯

　　一口气从网上定购了七本书,送书来的小伙子戴个眼镜,原来是个大学生,我请他坐,主动跟他聊天。他说勤工俭学的主要手段是家教,但插空也跑外卖,送过比萨饼和猫粮猫砂。我给他倒杯热茶,又递他一块包玻璃纸的精制米花糖,他道谢接过,发出一声感叹:"铁糖啊!"

　　我不免问他怎么把米花糖叫做铁糖?他说:铁糖就是他的故乡,就是他的亲人。

　　原来,他家乡在皖南。他们那里每到腊月,家庭主妇就会先用大木桶蒸出很多米饭,熟米饭放在大筐箩里,把板结的饭团细心捏散,冻几天后,放在太阳底下晒干,最后筐箩里就全是微微膨胀的有些透明的米粒,这些特殊的大米会被放在米袋里,等候铁糖阿伯的到来。

　　一般是在祭灶前十多天,村口传来摇拨浪鼓的声音,孩子们闻声就会往家门外跑,跳着颠连步,朝摇拨浪鼓的那几个大人奔去,大声喊:"先到我家!我家!"

　　来的一般是三个男人。一位背着一只大铁锅,一位背着筛子和模子,第三位背着一袋沙子和一捆工具。

他们是来制作铁糖的。

率先请到他们的那家的孩子,会非常得意,在门外向别的孩子炫耀:"我妈备的米细,我家的糖稀好香,还有大罐白糖,好多好多的花生米和芝麻仁!"

他们到了邀请的人家,就支上锅,先把那家备的米和沙子混在一起炒,那家多半备好了足够的干棉花秸,燃起的火很红很亮,棉花秸噼啪响,大锅铲响叮当,炒够火候,就把米粒和沙子倒在筛子上,筛子摇呀摇,那些变黑的热沙子,很快全都漏下,于是最激动人心的时刻来到了——糖稀入锅搅匀,炒米均匀撒入糖稀,还有白糖、花生和芝麻,一股热腾腾的香气,就会弥漫在这家屋里,氤氲到屋外,孩子们瞪圆了眼睛,看下一步——起锅了,黏稠的米花糖浆倾入了木模,不待完全冷却,已被师傅用刀划成了许许多多小方块——铁糖制成啦!几个孩子争着吃鲜,几个孩子急着呼唤:"该去我家啦!快呀!"

送书来的大学生告诉我,他的父亲,每到腊月,就会带着两个徒弟,背着家伙,走乡串户,去制作铁糖。那是他几十年的重要副业。制作铁糖的时间虽然就是腊月里二十多天,挣的钱却接近全年种稻子棉花总收入的一半。

他的父亲在家乡,是名声很大的铁糖阿伯。

因为所制作出的米花糖手感像铁块般硬,所以那里的孩子都管它叫铁糖。但铁糖放到嘴里却很酥脆。往往是,农家母亲会请铁糖阿伯制作出几十斤来,搁在米袋或瓦缸里,当作孩子的零食,足够那家的孩子吃上几个月乃至半年。大人也吃,农村汉子喝酒,有时会拿来下酒。

他父母在他之前,生下过两个女孩。两个姐姐长大后,相继嫁了出去,婆家都不富裕,两个姐夫都是憨厚的农民,一直留在乡里种田,到了腊月,就跟着岳父,一个背锅,一个背沙子和工具,摇着拨浪鼓,走乡串户,去制作铁糖。

父母,两个姐姐,加上姐夫,都把上大学的希望,寄托在他的身上。他上高中、上大学的费用,可以说,大部分是父亲制作铁糖挣钱供给的,两个姐夫还经常放弃自己应从岳父那里得的工资,比如说,在得知他必须购买自用电脑的时候。

他说,我递给他的米花糖,是食品厂生产的,米粒大概是先过了油,那味道,他吃不惯。他是吃家乡炒米铁糖长大的,他笑问我:他身上是否有土制米花糖的特殊气味?

我问他父亲身体还好?他说没有什么病,只是脊背弯了。他说这几年他们家乡经济发展很快,镇上有了超市,巧克力等新式糖果流行到了村里,每年邀请铁糖阿伯去家里制作铁糖的主妇都在减少,今年已经不再走家串户,只在中心村租一处地方,设固定点,让需要加工的主顾带着炒米、糖稀等物品来,制作完了带回,生意不旺,收入也就不多。

大学生告辞,我往外送,正好两人从楼窗望见下面,人行道上有伙刚来到城市的农民,扛着铺盖卷,他就说:"里头真像有我两个姐夫——铁糖阿哥。他们说了，也打算进城来挣钱呢。"

他走后，我许久都没翻他送来的书。他让我读到了意外的书页。

2008 年

埋果核

　　傍晚散步，不知不觉又走到老祁的小院边，他那农家小院里的杏树，把一大片树冠伸出墙头，春天我不好意思用"红杏出墙"揶揄他，现在嘲他句"无果也狂"倒也无妨，微笑着扣他那并未掩实的朱红门扇，他在院子里大声呼我名字，笑我礼多，我进院就看见他又在那边墙根底下埋果核，不等我评论，迎过来的祁嫂就说："猜猜他又犯什么傻呢？埋的是那回你从海南带回来的人心果的果核！"我忍不住大笑。

　　老祁比我大两岁，退休以后迁到这村里常住，我因在村里辟了间书房，渐渐结识了些村里的老村民新住户，老祁是近来走动得比较勤的一位。头回被他邀进院里，坐在杏树阴下闲聊，他告诉我："初见面人家总免不了问我两句话，一句是'您原来是哪个单位的？'再一句是'您在那儿干什么？'我答出第一句，人家多半是肃然起敬，有的还大惊小怪；可我答出第二句来，人家多半就露出个'真没想到'的表情，多半也就不言语了。"原来他打从小伙子那阵就入了一个重要的科研机构，工作单位一直没变动过，具体工作么，是当锅炉工。他奇怪我跟他聊了半天,却没提出这两个问题,只是问他有什么爱好。他说他好下军棋,感叹现在连小青年都少有下这个棋的了。正好祁嫂端来沏好的香片,跟我笑道:"听他的呢!军棋那不是他的头号爱好,他的爱好呀,怪得谁也想不到猜不着:他爱埋果核!"

确实,老祁最爱埋果核。也许把这说成是癖好甚至怪癖更合适。据他自己说,大概是结婚不久的时候,有回他吃完一个桃子,也没深想,顺手就把那桃核埋在一个光有土的花盆里了,没想到过了些日子,他都忘了这事了,有天爱人忽然问他:"你往这花盆里栽的什么啊?"他过去一看,乐了,赶紧把那桃树苗移栽到窗根底下的花槽里,那桃树一天天长大,也开花,也抽叶,就是没正经结过果子,但看着那果核变出的新生命,心里头透着痛快,从此他就埋果核埋上了瘾,从平房搬到楼房,阳台上总准备着一溜填满土的花盆,家里无论吃什么水果,剩下的果核,他总要挑出肥大苗实的,晾干后,就往花盆里埋,出了苗的,有的留在花盆里长,有的移到宿舍大院旷地上,有棵枣树后来成了大院里的一宝,年年结出青白长圆的大甜枣,秋天孩子们打下装在大盆里,挨家挨户分,哪家也不嫌弃,都说那是"祁公枣";但大多数他移栽的果树苗不仅结不出果子,也活不长久;他家阳台花盆里更长期有株埋下甜橘籽结出丑酸枳的小树,不用客人笑话,他自己也常对着它咧嘴;但无论如何,他就是改不了埋果核的"手痒"之癖,特别可笑之处,是他连那些明明知道是不可能在这北方以如此简单的方式栽种的果树，绝对出不了苗的，比如荔枝、橄榄乃至人心果的果核，他也还是要挑些往土里埋。

我正在心里琢磨，老祁这怪癖是不是一种心理疾患？祁嫂过来留我吃饭，笑说是请你当个陪客，你干的那行不是最喜欢听人讲故事吗，今天的主客可是个"快嘴李翠莲"哩！老祁也强留，我就进屋去吃他们的家常便饭。原来比我先来的客是他们单位一位还在岗上的女会计，"徐娘半老，风韵犹存"，似乎是过分地讲究卫生，吃饭的时候也戴着白绸手套。那"李翠莲"是特意从城里来看望他们的。席间也未觉得是"快嘴"。后来我和她一起告辞，老祁俩口子非要把她送往公共汽车站，我说我顺路就送了她，老祁他们也就没有坚持，只嘱咐她下回跟爱人孩子一起来玩。我和"李翠莲"一路走，主动说起老祁埋果核的爱好，说你看他们那小院里的杏树，那杏核埋下才五年，居然长得这么高，只是光开花抽叶不正经结杏儿；还有那埋下的葡萄核长出的葡萄秧子，盘在他们屋外菜地篱笆上，好看是真好看，可那些葡萄串上的果实几年都只有绿豆般大小；这老祁如果真喜好园艺，为什么不买些专业书籍看看，找果农问问，超越这单纯埋果核的幼稚状态呢？

"您说他幼稚？""李翠莲"很不满意地望望我，然后忽然问，"您知道我为什么大热天也总戴着这手套吗？"我未及吱声，她已经褪掉了手套，啊，她缺失了右手的中指！跟着，她果然"快嘴",告诉我她对老祁的理解：老祁埋果核,是因为他总觉得每个果核都是一条命啊,他这"惜命"的"癖好",更体现在他几十年社会风雨里,对身边人们的态度。比如,二十年前机关大搬家,她在参与抬办公桌的过程里失手,造成了这样的伤残,那时候她还是花朵般年龄,这打击该有多大！谁还愿意娶她？正当她情绪低落到不想再活的程度时,有天老祁特意走到她跟前,跟她说："这不算啥。心里啥也不缺,以后日子准甜！"老祁总是忍不住要凑拢"倒霉"的人跟前,撂下他琢磨好的话,有人听了他这锅炉工的话,没反应；有的听了当时感动,后来也就忘怀；但像她这样的,因为祁师傅埋下善意鼓励的"果核"而度过心理危机、人生困境,永铭心旌的。光单位里就很有一些,一位新近当选为工程院院士的,十几年前被诬陷,在食堂里吃饭都没人理,祁师傅就偏过去跟他坐一处,分香烟抽,跟他说："黑煤烧红了才好看哩。"例子之多。怕要超过祁师傅埋过的果核……

送走了"李翠莲",我没马上回书房,在渠边柳林里徘徊了许久。

2003 年

小炕笤帚

　　他们是大二男生,一天在宿舍里,引发出了一个关于小炕笤帚的故事。几个舍友里,只有两位备有扫床工具,一位富家公子有个非常漂亮的长柄毛刷,一位来自穷乡的小子有个高粱穗扎的小炕笤帚,其余几位收拾床铺时会跟他们借用,一来二去的,都觉得还是那小炕笤帚好使,最近就连那富家公子,也借那小炕笤帚来用。

　　那天熄灯后,都睡不着,各有各的失眠缘由,绰号"蜡笔大新"的叹口气提议:"夸克,随便讲点你们乡里的事情吧。"其余几位也都附议,绰号"唐家四少"的富家公子更建议:"从你那把炕笤帚说起,也无妨。"

　　因为物理考试总得高分,绰号"夸克"的就讲了起来:那年我才上小学。村里来了个骑"铁驴"的,"铁驴"就是一种用大钢条焊成的加重自行车,后座两边能放两只大筐,驮个二三百斤不成问题。那骑"铁驴"的吆喝:"绑笤帚啊!"我娘就让我赶紧去请,是个老头,他把"铁驴"放定在我家门外的大榆树下,我娘抱出一大捆高粱来,让他给绑成大扫帚、炕笤帚和炊帚。他就取出自带的马扎,坐树下,先拿刀把高粱截了,理出穗子,然后就用细铁丝,编扎起来了……"大新"叹口气说:"不好听,来个惊人的桥段!"上铺的一位问:"会闹鬼吗? 我喜欢《黑衣人》的那份惊悚!""夸克"继续讲下去:你们得知道,高粱有好多种,其中一种就叫帚高粱,它的穗子基本上不结高粱米,专适合扎笤帚炊帚什么的,我娘每隔几年就要在我家院里种一片帚高粱,为的是把以后几年的扫帚、炕笤帚、炊帚什么的扎出来用,扎多了,可以送亲友,也可以拿到集上去卖。那是个星期天,午饭后,我在屋里趴桌上写作业,我娘忽然想起说:你去问问那大爷,他吃晌午没有? 他大概是转悠了好几个村,给好多家绑了东西,还没来得及吃饭呢。我就出去问,那老头说:"不碍的。我绑完了回家去吃。"我进屋跟我娘一说,我娘就从热锅里盛出一碗二米饭,就是白米跟小米混着蒸出的饭,又舀了一大勺白菜炖豆腐盖在上头,还放了两条泡辣椒,让我端出去……"四少"说:"情节平淡,你这分明是个'尿点',我得去趟卫生间。""夸克"就提高声量说:呀! 出现情况了! 我娘忽然叨唠:"七十不留宿,八十不留饭啊……"就往门外去,我跟着,只见那老头已经从马扎上翻下地,身子倚在榆树上,翻白眼……他是被饭菜给噎着了,喉骨哆嗦着,嘴角溢出饭粒和白沫,但剩的半碗饭并没有打翻,显然是刚发生危机时,他就快速把那碗饭菜放稳在地上了……我娘赶紧把他的手臂往上举,指挥我用手掌给那老头轻轻拍背抚胸,没多会儿，那老头喉咙里的东西顺下去了，松快了，娘让我去取来一碗温水，让那老头小口小口喝，老头没事儿了……讲到这儿"四少"去卫生间了，回来时候只听"大新"在感叹："哇噻，两毛！两毛能算是钱吗？"原来，那老头绑扎东西，大扫帚每个收五毛钱，炕笤帚、炊帚只要两毛钱。绑扎出一堆东西，"夸克"他娘才付他四块钱。那老头说："你们真仁义，给我饭吃，还救了我。这些剩下的苗苗不成材，可要细心点，多用些铁丝，也能扎成小炕笤帚，今天我没力气了，让我带走吧，过几天扎好了，我给你们送过来，不用再给钱。""夸克"娘说："连那些高粱杆，全拿走吧。扎的小炕笤帚，你自用、送人，都好。甭再送来了。"

从上铺传来评议："不是大片。小制作。表现些民间微良小善。比《纳德和西敏：一次离别》浅多了。""夸克"说：没完呢。过了几天，本是个响晴天，不曾想过了午，也不知道怎么的忽然下了场瓢泼大雨，放学回家路上，听人说下大雨的时候有个骑"铁驴"的老头栽沟里了，路过那沟，"铁驴"挪走了，只留下痕迹，还有一把小炕笤帚，落在沟边，脏了。我心里一动，捡起那小炕笤帚，回家拿给娘看，娘说，一定是那大爷要给咱们家送来的。那年月乡里有绑扎笤帚手艺的人，大都跟我爸一样，进城打工了，剩下的，有的扎出来的东西没用几时就散了，可这老头扎的又结实又好用，除了铁丝，还都要再箍上一圈红绒线。我们听说摔断腿的老头被卫生院收治了，娘儿俩就去看他……"大新"评议："诚信，很健康的主题。""夸克"继续讲：到了医院，见到他，我们就慰问，道谢，可是，那老头当着医生说，他不认识我们，他那"铁驴"里的小炕笤帚，不是带给我们家的。我跟娘好尴尬。我们只好退出，在门口，恰好跟那老头赶过来的家属擦肩而过……最后，我要说明：这小炕笤帚当时就洗净晒透了，一直搁在躺柜里，没舍得用，来大学报到前，娘才取出来让我裹在铺盖卷里，带到这儿来以前，我进行过消毒，请放心使用。

宿舍里安静下来。

2012 年

喜宴娃

这个暑假俊杰好高兴！大表姐结婚，爸爸带他去参加喜宴，他问妈妈为什么不去？爸妈都笑，说是咱们这儿农村的规矩，大表姐回娘家的时候，姨妈才上桌呢。到了八里路外大表姐嫁的那家，哟嗬，宴席从堂屋一直摆到院里，爸爸去了，人家就给他胸前别了一朵带燕尾签有绿叶陪衬的大红绢花，签上写着"贵宾"，俊杰就跑去问新娘子："大表姐，我怎么没那花呀？"新娘新郎听了都笑，有人来引着爸爸和俊杰去堂屋，安排在炕上第二桌，跟着就有人笑嘻嘻送来大绢花，给俊杰别在胸前，那签上写的是"弟弟"，俊杰好得意！

开席了！炕桌和炕下各桌，原已摆好凉菜，上热菜了，头四样是鸡、笋、鱼、肉。俊杰正吃得上劲，忽然发现来上菜的，竟是同班的聪发，忙放下筷子，把胸前的红花点给聪发看，聪发并不理他，只是专注地摆放那盘炒菜。席上有人议论："咱们这儿啥时候又兴起了这个，除了大人，还专找九岁的童子来当喜宴端盘娃？"爸爸说："看哪，请了三个娃吧？小细胳膊，端那么大的盘子，穿行在那么多桌子当中，真跟演杂技似的。可他们一脸认真，腿脚麻利，也不见洒出了什么，好娃娃!"一位长辈就说:"这应该跟西洋人婚礼上用儿童牵婚纱提花篮一样，又好比如今足球比赛运动员牵娃娃走出场一样，不是用童工，是借娃娃添喜。就是端盘娃洒了掉了，喜庆家也只当是'潇潇洒洒''岁岁平安'。"

菜上齐了，俊杰去撒了泡尿，路过厨房，见聪发跟另外两个娃站在里头，各自端个大碗，里头有饭有菜，站着吃，吃得好香。那两个娃不熟，但也是一个学校的。俊杰走进去，本想再显摆一下胸前的大红花，谁知六只眼睛里全无羡慕，聪发更笑出声来:"你白吃白喝，我们自食其力，这是最好的暑假作业!"

回家以后，俊杰面无喜色，妈妈吃惊:"你吃撑啦?"俊杰闷坐一阵，忽然问:"村西建业哥是不是十八号结婚? 我要去。"妈妈说:"他家跟咱们家无亲无故，素无来往，你爸跟我都不去，你去咋的? 你这张嘴吃出痨病了不是!"俊杰就说:"我不也九岁吗? 你们去跟建业哥说说，我去他家端盘!"于是道出在大表姐喜宴上见到聪发受到的刺激。爸爸就同意他去，妈妈不同意:"你以为端盘容易! 又不是在自己家，那是十几二十桌的喜宴，一回兴许要端两盘菜，左右手不得闲的，我还见过两只胳膊各放两盘菜往席上送的呢，就你，不得砸人家多少个盘碗，赔钱事小，不吉利是不是? 依我说，你还是老老实实在家写暑假作业是正经!"

可是，俊杰执意要完成这项自己选定的暑假作业，他自己跑到建业哥家报了名,人家热烈欢迎,回到家,他就拿自己家的盘碗练习,爸爸鼓励,妈妈挑刺:"你那是空盘,人家那可是有实打实的分量!"俊杰就在妈妈蒸出一笼包子以后,自己装出四盘,两只胳膊托着,在屋里跑圈儿,把爸妈都笑喷了。

当完建业哥新婚的喜宴端盘娃,回到家里,俊杰把装有一百块的红包交妈妈,然后,就把那放在柜子上,大表姐婚宴得来的那朵大红花,收到抽屉里,在大红花原有的位置,摆上了从建业哥那里得到的一本童话书,望着,脸上绽出顶顶得意的笑容。

2014 年

手捻陀螺

别墅女主人为了某种考虑,要把女儿的钢琴从一楼挪到三楼去。女主人早就知道,有"要想平安换琴房,必得请来钢琴梁"一说,钢琴梁是个搬运工,起先受雇于一家搬家公司,他五短身材,膀大腰圆,络腮胡子,超厚嘴唇,堪称大力士,遇到钢琴,总是以他为主,带着另外三四位师傅一起搬运,从未有过闪失,有了口碑后,就脱离那家搬运公司,自己注册了一家专门挪移钢琴的小公司。

那富家太太打通了钢琴梁电话,约第二天来,钢琴梁提出,他儿子这几天放假,媳妇在超市上班,怕他也走了,孩子在租借房那边乱跑,因此,他带三个师傅来的同时,还想捎上他的儿子梁勇,希望能给他儿子提供一个做作业的地方,富家太太问他儿子多大,原来,跟她宝贝女儿一边大,都上小学五年级,就爽快地同意了。

那天钢琴梁带着三位师傅来了,富家太太忘了那孩子的名字,就笑称他钢琴小梁,又唤过女儿薇薇,安排在一楼大客厅落地窗旁的麻将桌那里写作业。

那边富太太给钢琴梁提要求,钢琴梁拿出卷尺,量楼梯的尺寸,拐弯的地方,量了好几次,精确到微米,量完直嘬牙花子,甚至提出:"您干吗非挪楼上去呢?"富太太也不解释,只表示她会多给劳务费。

这边钢琴小梁和薇薇坐在麻将桌边,各自摊开自己的课本作业本,钢琴小梁认真地做算术题,薇薇却尖着耳朵听那边的动静,生怕她妈妈改主意,冲那边大声嚷:"就搬楼上! 就要搬嘛!"她想的是,这一搬,还得请调琴师再调音,也还要再调整从音乐学院特聘的钢琴老师来家教的时间,她可以松快好几天了,啊呀,夜里做梦该不再有那些钢琴谱上的"蝌蚪"乱蹦乱跳变成癞蛤蟆的怕人情景了!

薇薇问钢琴小梁上的哪个学校? 小梁道出那借读学校的名字,薇薇撇嘴:"连区重点都不是呢!"就告诉小梁自己上的是什么名牌学校,每天有雇的司机接送,那车可是宾利啊,听说过吗? 小梁不懂什么是宾利,但是也很自豪,他指指窗外:"我爸新买的!"那是一辆国产小面包,薇薇笑了:"那也算是车?"做完三道题,小梁说:"我要玩玩了。"薇薇说:"好呀! 我们地下室有游泳池,你想游吗?"小梁说:"爸爸定的规矩,我做完三道题,可以轻松三分钟。"就从衣兜里掏出个木头削的手捻陀螺,在那麻将桌上玩了起来,薇薇也玩,总不能让陀螺久转,就愤愤地问:"你会弹钢琴吗?"小梁摇头,薇薇用手指划脸皮:"还钢琴小梁呢! 叫你琴盲小梁还差不离!"这时候就听楼梯那边有钢琴梁号令另外三位师傅的声音,小梁就说:"你家这台琴是奥地利生产的蓓森朵夫吧？比德国产的斯坦威还贵还重。"薇薇双手一拍："哇噻，你懂钢琴啊！"

那天那时候，薇薇的爷爷先坐在客厅沙发上打瞌睡，后来醒了，招呼薇薇："宝贝儿，我的报纸呢？"薇薇很不耐烦："不就在茶几上吗？"小梁就过去，从茶几上拿起报纸，双手递过去："爷爷，您看报。"薇薇爷爷接过去，惊讶地望着他，问："你是哪家的孩子？"薇薇就大声说："他是钢琴小梁！"薇薇又告诉他："爷爷平时不住在这儿。他自己也有大单元。他要过生日了，多少岁呀？你猜。"小梁问："爷爷过生日，你送他什么礼物呀？"薇薇说："我画张画儿送他，他准特别高兴。"小梁说："我爸下月过生日。我要买个钥匙链送他。现在保密呢。"薇薇说："买什么呀！我有好多钥匙链，外国的，我去拿一堆来，你随便挑。"小梁说："我拣饮料瓶卖废品，攒十来块了。我要买个他最喜欢的。"后来他们又写作业，又玩陀螺。

钢琴挪窝成功了。那辆小面包车开走了，富太太发现薇薇手里捏着个东西，忙问："那是什么脏东西？扔了洗手去！"那是钢琴小梁送给她的，钢琴梁亲手雕出来的陀螺。薇薇把紧握陀螺的手藏到身后，宣布："我要跟钢琴小梁做朋友。我会邀请他再来跟我一起做作业！"富太太两条眉毛快飞出脑门，张开嘴巴半天合不拢。

2014 年

曲径通香处

楼盘一隅，一排高高的梧桐树后，沿着院墙，出现了一长溜花园，当然不是刻板的布局，花丛中所设的小径弯曲有致，入夏后，墙上的攀缘植物，地上的高矮花木，轮番开出形态、色彩各异的花朵，更令人惊喜的是，香气氤氲，沁人心脾。住户们都赞物业请了位好花工。花工荀师傅五十多岁，高瘦结实，喜欢穿中式扣襻的上衣，夏天就是那种两旁布条连接透气的无袖衫。他把整个楼盘的树木花草都侍弄得很好，但是前几年没有开发出这么一片，去年他开始经营，不过效果还不那么明显，今年春夏，繁花盛开，成为一大景观。

楼盘里住的两位艺术家，在那花园步入处，奉献了一个石碣，上面朱漆填刻着"曲径通香处"，为什么把唐诗里那句"曲径通幽处"改了？他们解释，因为前方并无禅房，而这片花园的特点，不在幽而在香。

楼盘里居住的，老人孩子虽然不少，但更多的是白天需要去上班工作的中年人，他们回家以后，重视健身养性的，晚饭后会到庭院绿地散步，这个夏天，牵着孩子，陪着老人，到这

"曲径通香处"去放松一时的,渐渐多起来。楼盘别的区域,花草树木的配置,与其他楼盘雷同,但这片花园,在品种选择上,侧重的是从傍晚到夜里陆续开放,而且大多散发出迷人香气的灌木和草花。紫茉莉又名洗澡花,当人们在家里淋浴的时候,它们就灿烂开放了。往墙上攀的,有月见草,也叫待宵花,顾名思义,应该是当月光初现时纷纷开放,一直开到黎明来临,还有夜来香、剪秋罗、花烟草、夜丁香、夜光花、忘忧草、麦瓶草、玉簪花、丝兰、曼陀罗……

有的人对花香过敏,有的家长强调曼陀罗有毒儿童不宜,他们不怎么去那里,但也都觉得物业公司做了好事,花工苟师傅劳苦功高。有的业主懂得,这里面许多品种,种活护养都比较麻烦,特别是,要想让花香起来,施肥十分要紧,一般的无机肥,难以催出那么浓酽持久的香味,需得施用有机肥料,说穿了,就是需要经过处理的粪肥,而粪肥又会散发出不雅的气味,"辩证关系啊,肥不臭花难香",一位大学副教授边散步就边议论,于是旁边的人们不禁抖动鼻翼,只有花香啊,可见苟师傅确实是优秀的花把式,他从哪里弄来有机肥,又如何稀释处理得恰到好处,让人们完全不受到不雅气息的困扰?听到业主们纷纷夸赞,问他有何窍门,苟师傅竟然有些害臊似的,说:"我哪有什么窍门?功劳是别人的。不过,我不能说啊。"这话不好懂。不过人们在香径里漫步非常舒畅,谁真要懂得什么窍门呢!

　　有位女士,即使在炎热的夏日,也总穿着宽松的长襟外衣,在庭院里活动,傍晚,也会到那香径中散步。她会和苟师傅站在一起,柔声细语地说话。没什么人特别注意她,只是有回有个大婶望见了跟他老公说:"这位大妈怕比我还大几岁吧? 眉眼还那么清秀,可身子怎么跟怀胎七八个月似的?"那老公就说:"文明人不议论人家体型。"那大婶也就笑笑算了。

　　那位女士,是个退休的工程师。丧偶后没有再找伴儿。她的女儿女婿对她都很孝顺。女儿女婿带着外孙子住别处。她独居。她是个非常旷达的人。前年查出结肠癌,及时做了切除手术。切除后,给她安装了人工排泄系统。本来,医生要求她在体力恢复后,再把肠子给她接上,她却谢绝了,决心就那么带着人工排泄系统生存。女儿女婿都劝她听医嘱,她心平气和地说:"我是深思熟虑过的。我不要二次手术,更不要化疗、放疗。请你们尊重我自主选择的生存方式。你们只要能召之即来,给我送必要的生活用品,陪我去医院复查并更换这套系统,逢年过节来跟我一起享受天伦之乐,我就很满意了。其他亲友们,第一轮关怀慰问一律深谢,但此后我轻易不会接听电话,更不会参加聚会。我会很愉快地打发属于自己的日子。"她确实每天都活的很愉快。把以前来不及细读的书,没听够的音乐,看不腻的老电影光盘,穿插着一一欣赏。她很快能麻利地处理自己身体的问题,自我保洁,怡然自得。她就发现,自己那人工排泄系统接收的排泄物,会有一种有别于直肠粪便的气息，虽然也不雅，但作为有机肥料，十分有利于花卉的培植，她将其施加在自己阳台的盆栽植物，叶茂花艳，于是，她在庭院散步时，就向荀师傅提出，栽种营造出夜香花园的建议，所需的有机肥料，完全由她提供，但对于她的参与，必须保密。

月光如水，曲径芬芳，一个腰部显得臃肿的女士，在晚香玉花丛前伫立，深呼吸着。珍惜光阴，余生有香。

2015 年

鲶鱼借碗盘

村里不时有人家办红白喜事。现在一个电话，就能约来专营红白喜事的公司业务员，你提出要求，他报价，你侃价，成交后，到那天什么都是现成的，别说碗盘不须自备，就是桌椅板凳、炊具杂项，一切都由公司提供，事情完了撤退，连垃圾都给你清走。可是，多年以前，这个河湾边的村子，穷苦人家多，逢到红事白事，开席光是碗盘不够，就够让人头大。虽说是乡里乡情穷帮穷，几家人凑一凑，也能将就着有碗盘使用，到底难以体面。于是，据如今村里几位年过九十的老寿星说，就有那鲶鱼借碗盘的故事。

那河湾边，有棵大榆树。那时候，哪家要办事了，请秀才写张纸条，说明需要多少碗盘，拿到那榆树下，用鹅卵石压着。第二天天一亮，去那河边，纸条不见了，却有数目相当的碗盘摆放在那里。那些碗盘虽说是素白的，却是细瓷，看上去又体面又清爽。事主使用完了，在天黑以前，把那些碗盘全数放回去，到第二天一看，碗盘全回收了。借碗盘收碗盘的是谁啊？

据说借到碗盘的那家人，在开席以后，总会发现，来吃席的人里，有一个陌生的面孔，你招呼，跟你微笑，有问不答，只是默默地吃东西，于是主人就懂，来的，正是借给碗盘的主儿，便总是特意要往那人碗里，多搛些鱼肉，往往是，在主人招呼别的客人的空档，那位食客，就忽然消失了。据多家借到碗盘的人家聊起，那来的陌生人，每回并非同一个人，有时是白须老叟，有时是头上裹块毛巾的老太婆，有时却又是胖大汉子，或穿着朴素的妇人……

那么，究竟是哪位在存善心做善事呢？村里的公序良俗之一，是对善人绝对不能偷窥，对善事绝对不能讥讽，因此，没有人在放借条或还碗盘时，特意去那河湾蹲守，以探究竟，就是自家颇富裕，办红白喜事用不着借碗盘的人家，也从不把这桩事情拿来当作奚落借碗盘的穷户的谈资。河水静静流淌，日子被打磨成鹅卵石，就这样，很多很多年里，村里许多人家，都得益过那细瓷素白碗盘的出借，有的人家不小心将碗盘掉到地上，却从未有摔碎的例子，神瓷啊！但没有任何一家，故意藏留或掉包那些碗盘的，好借好还，再借不难！

但是，有一天，悲剧发生了。那天天亮，有人发现，河边头晚还去的碗，没有被收走，这倒还罢了，令人惊骇的是，河边泥涂上，躺着一条死去的大鲶鱼，足有两丈来长！它怎么会死在河岸上？于是人们又发现，榆树下死了头野猪，那死猪长长的獠牙上，还残存着鲶鱼缠绕在上面的断须！把那野猪獠牙上的断须取下，去跟鲶鱼剩余的须子一对，正合榫！于是明白，是野猪侵犯了鲶鱼的家,鲶鱼便甩出两条长须,缠住野猪的獠牙,想把野猪拖下去,而野猪却用蛮力,奋力后仰,将那鲶鱼拖出水面,摔死在泥涂里!野猪也因用尽力气,仰翻毙命。长年借人碗盘的,正是这条大鲶鱼啊!头天借碗盘的那家人,见状大哭,说昨天席上来的那个瘦弱书生,该就是鲶鱼的化身,因为自家手头实在拮据,饭菜准备的不够,没让恩人吃饱,使得天亮前恩人想捕捉野猪果腹,力不从心,竟牺牲了!其他得到好处的人家也都跪下,围着那大鲶鱼哭。就是没借过碗盘,闻讯来围观的村里人,也都对景唏嘘。没有任何人心里嘴里想到说出,把那鱼肉分了吃掉,虽有几位建议把那野猪肉瓜分,众人均不响应,最后,人们齐心合力,在河边榆树下挖了两个大坑,分别掩埋了鲶鱼和野猪,那些碗盘,都搁在了鲶鱼的穴里。在鲶鱼的墓穴上,堆起一座小丘,每到春夏,小丘上芳草萋萋,而那棵榆树,越发粗壮茂盛,成为河湾边一景。

这鲶鱼借碗盘的故事,一度中止流传。后来可以从容话旧,有老人说起,没说完就遭某些"50后"撇嘴:迷信!但是近几年,村里的几茬年轻人,有的开始对这个传说感兴趣,我在村里听完寿星讲述,跟他们闲聊,一位"70后"跟我说:"我爷爷跟我说起那大鲶鱼,口吻就跟说起村里一位祖辈一样,他不说那是鲶鱼大仙,他管鲶鱼叫鲶祖祖,而且,我们村那么多年,在可以盖庙的时候,也始终没有人盖什么鲶鱼大仙庙,也没见什么人,往那榆树上缠红布。我爸说,在最动乱的年月,我们村里也都没太多过头的现象。我的体会也是,村里人与人之间,到头来总有温情绾着。"一位"80后"跟我说:"我们村这河湾里,鲶鱼又多又肥,可是我们打小家里就不吃鲶鱼,家家都不吃,开头我也不知道是为什么,后来知道原来有这么个由头,那天哥儿们聚餐,他们都说有家餐馆红焖鲶鱼特棒,拉我去吃,我就告诉他们我为什么不吃鲶鱼,哥儿们听了没嘲笑我的,有的还说,你们村的人有这么个感恩向善的习俗,真不错!"村里如今大学生也还不太多,但有个"90后"考上了动漫专业,他跟我说,正构思用村里这个古老的传说制作一部动漫作品,我听了非常高兴,真的,我期待着有这样一部根植于本土的动漫作品出现!

2012 年

在柳树的臂弯里......

却道天凉好个秋

——关于幽默的随想

　　新写了一篇小说，不怕退稿地投出去了。不是"新潮小说"，没有"语言颠覆"行为。有故事。讲一个人去百货商场买牙刷，女售货员冷若冰霜，态度生硬，于是……当然不是吵架，也不是提意见，而是，他惶恐地向女售货员道歉："真对不起，我惹得您这么不高兴，请您原谅我……"女售货员白了他一眼，转身躲开了，于是他只好去找值班经理，值班经理说如果售货员态度不好一定要进行批评教育，并立即带他去落实买牙刷的事，但他强调："买牙刷事小，我犯的错误事大——我让您们商场的一位售货小姐生气了，我愿意向她道歉，我希望得到她的原谅……"值班经理目瞪口呆……后来他一直找到副总经理，人家对他挺好，一点也不急躁地听他讲话，耐心地给他解释，可就是听不懂他那个"道歉"的逻辑，结果……没有结果，没人接受他道歉，他离开百货商场，走了。小说题目叫《缺货》。

　　缺什么货？

小说不能太直露。各派批评家都主张含蓄。我自然留给读者去思索。

——你就不能幽默一点儿吗？

现实生活中，可能会有亲近的人这样提醒你。

的确，为什么不能幽默一点儿呢？干吗弦儿绷得那么紧，那么一味地严肃，一个劲儿地庄重，总那么副正儿八百的模样？

你可能比我还强点。我这人就特别缺乏幽默感。有时候倒是想幽默，可幽默不起来。

有人告诉我，中国文化传统中，没有"幽默"这个东西。

"幽默"这个词，两千多年前的屈夫子可是用过，在《楚辞·九章·怀沙》里，有"孔静幽默"的字样。可历代论家对这句里的"幽默"的解释都是静寂无声的意思，没有争论。

我们现代汉语中的"幽默"一词，据说是林语堂（1895—1976）在20世纪30年代初从英文中的humour一词音译创造出来的，指有趣而含意颇深的言语、行为。"幽默"是"舶来品"，这个词其实是个外来词，同"干部"、"沙发"一样。

中国文化传统中，竟真的没有"幽默"这个东西么？

有没有与"幽默"同义的词？"滑稽"、"诙谐"、"揶揄"、"戏谑"、"调笑"、"逗趣"……似乎都与"幽默"不同。《史记》里有《滑稽列传》，里面写到的淳于髡、优孟、优旃、郭舍人、东方朔、西门豹等"滑稽人物"，或擅"谈笑讽谏"，或擅"敏捷之辩"，有些地方,近乎"幽默",然而他们都直接以其术参与高层政治,负荷太重,与今天我们所谈的日常生活与社会活动中的幽默,究竟还是两码事。

《唐诗三百首》,算是历来最被叫好的一本清人选的唐人诗集,认为它选的作者、内容、风格都相当广阔,且有代表性。但你一首首读下去吧,竟很难找到几首有幽默感的来。以我个人愚见,只有王建的一首五绝《新嫁娘》,算得上一首幽默诗:"三日入厨下,洗手做羹汤。未谙姑食性,先遣小姑尝。"

《红楼梦》,被誉为"中国封建社会的百科全书",尽管笼罩总体的是悲凉,里面倒也百味俱全,幽默似乎也有那么一点,却实在只是极次要的因素。同时代产生的长篇小说《儒林外史》专事讽刺,近幽默处更多一些,然而也非作品的精髓。晚清的《官场现形记》和《二十年目睹之怪现状》,就连高档的讽刺水平也维系不住,有些地方几近于愤激与怨骂,离幽默境界就更远了。

直到"五四运动"之后,中西文化发生第一次大撞击,中国文化中才喷涌出了一些幽默,其中最突出的例子是鲁迅先生《阿Q正传》的发表。它从1921年12月即在《晨报》副刊"开心话"专栏开始连载,那时林语堂还远未发明"幽默"一词,但中国文化中的幽默高峰,实际上已经涌现。

中国古文化中,人们津津乐道的,只是"杜工部之沉郁,韦苏州之淡雅,温八叉之绮靡,李义山之隐僻……"就连"诙谐",

也从未成为气候；中国新文化中，《阿 Q 正传》式的幽默又并未繁荣起来，所以，与世界上其他一些民族一些国家相比，我们似不必讳言——中国人比较地缺乏幽默力和幽默感。

承认幽默的缺乏，我以为并不丢脸，所以也无需"鼓起勇气"。

一个民族有一个民族的素质和风格；一个国家有一个国家的具体情况。比如我去过法国也去过德国，总体而言，印象中法国人相当浪漫，德国人过分严肃，两者相比，法国人就比德国人来得幽默。我有的德国朋友就承认他们德国人不大会开"巧妙的玩笑"，这些丝毫也不意味着他不爱自己的祖国，或在比较会开"巧妙的玩笑"的法国人面前有民族自卑感，我想也不会有另外的德国人听了他这话，便斥他为"丧失民族尊严"。这就犹如蒙古国的人承认他们国家没有出海口也没有大的河流一样，那是一桩事实，承认那事实无碍于他们自立于世界民族之林，无碍于他们国家的尊严。

近些年来，一些报纸副刊上，一些杂志上，常以"西方幽默"来"补白"，虽说点点滴滴，却也"润物细无声"地往中国人心灵中浸渗着幽默元素。

信手拈来几例：

① 有人问演员、体育播音员鲍勃·于克尔："你是如何处理作为一个演员的压力的？"回答："非常容易。当我失败了，就把压力放在了我后面的人身上。"

② 有人问名演员伍迪·艾伦："永远活在人们心中是你的梦想吗?"回答:"我更愿意永远活在我的家里。"

③ 父:皮埃罗,今天不要去上课了,昨天晚上,妈妈给你生了两个小弟弟,明天,你给老师解释一下就是了。

儿子:爸爸,明天我只说了一个;另一个,我想留着下星期不想上课时再说。

④ 一个主妇指着柜台上出售的青春护肤膏问:"老板,这玩意儿到底有啥用?""有啥用?"老板理直气壮地叫来一位年轻女售货员:"妈,让这位太太瞧瞧您的皮肤!"

⑤ 南因先生家里来了一位客人,要向他请教学问,可是客人没有听他的话,自己却滔滔不绝地大谈起来。过了一会儿,南因端来了茶,他把客人的杯子倒满以后仍在继续倒。客人终于忍不住了:"你没看见杯子已经满了吗?"他说,"再也倒不进去啦!"

"这倒是真的。"南因终于住了手。"和这个杯子一样,你自己已经装满了自己的想法。要是你不给我一只空杯子,我怎么给你讲呢?"

以上①、②两例,都是当别人提出一个颇为严肃而重大的问题时,以轻松巧妙的介绍躲闪了过去,而又不显得失礼,并颇有深意。这是西方人日常生活特别是社交活动中最常见的也往往最调剂气氛和引出兴味的语言幽默。林语堂在晚年的《八十自述》中记述说:"有一次,我在台北参加某学院的毕业典礼，很多人发表长篇大话，轮到我讲话，已经十一点半了。我站起来说：'演说要像迷你裙，愈短愈好。'话一出口，听众鸦雀无声，然后爆发出哄堂大笑。报章纷纷引用，变成我灵机一动所说的最佳幽默之一。"出生于爱尔兰的英国著名剧作家也是幽默大师萧伯纳（1856～1950）1931年访问中国时，林语堂为他做翻译，萧伯纳是在一个晴朗的冬日到达上海的，欢迎者中有人对他说："萧先生，你福气真大，能看见太阳在上海欢迎你。"萧伯纳答道："不，我想是太阳有福气，能在上海看见萧伯纳。"林语堂认为这是萧伯纳幽默水平的一大展现。像法国文学家大仲马（1802～1870）、小仲马（1824～1895），美国小说家马克·吐温（1835～1910）、欧·亨利（1862～1910）等，都有一连串这类幽默应对的轶闻趣事。

③、④两例则是体现在文字上的供人阅读引人一笑的幽默。据说英国伦敦有家店铺门上挂着个牌子："我要你的脑袋！"乍一看吓一大跳，再细看，原来有红蓝相间的斜条纹旋转柱，却是一间理发馆。那幽默便不是"说"出来而是"写"出来供人发噱的。

⑤则属于行为幽默。在英国电影演员卓别林（1889～1977）主演的美国好莱坞一系列以"流浪汉"为主角的无声影片中，这种行为幽默被发挥到了极致。

幽默是个好东西。当然，没有它，地球照样转，人们照样过。

政治家的政治事业之成败,绝不取决于他是否有幽默感。但有幽默感的政治家,也许自信心就比较强,应付复杂局面的招数就比较多,在公开的政治活动中,在民众心目中,形象也就比较易于被接受,甚至魅力大增,因而幽默便成了推进他政治事业的一种助力。作为一个伟大的政治家,毛泽东便具有相当的幽默感,据说1971年"九·一三"事件即林彪叛逃事件发生的当天,他的反应是说了一句中国俗话:"天要下雨娘要嫁人,由他去吧!"体现出他在突发事件面前举重若轻的承受力。他的幽默感也体现在他那四卷选集中,尤其是解放战争期间的几篇文章,例如《别了,司徒雷登》,单从行文之幽默也可称佳作。

搞经济的,银行家、企业家、商人以及各种公务人员,还有科学家、工程技术人员,也许从事业角度最无需幽默,然而表现幽默和感受幽默,对他们缓解精神,松弛心弦,调剂人际关系,润滑利害间的搏击,总也还有些好处。

至于活跃在大众传播媒介中的种种人物,如作家、新闻记者、艺术家,尤其是演艺人员,幽默就不是可有可无之物了。有的行当,如曲艺中的相声,话剧中的小品,戏曲中的丑角,乃至魔术表演,那简直就全靠幽默立足。社会中的一般人,有的原本就很幽默,有的本来不那么幽默,借助于"传媒",从某艺术家那比较精致的幽默中获得一些启迪,或更能幽默,或有意无意地模仿着在自己的生活中增添些幽默,则都能大大地使心灵轻松,获得一种特殊的愉悦与慰藉。

对上司的幽默:"当您想要辞退我的时候,请务必先跟我请示!"

对下属的幽默:"您要再迟到的话,我们只好给您一笔小小的奖金了——不过请把您下一个工作单位的地址告诉我,以免奖金汇错了地方。"

对丈夫的幽默:"你跟姚太太以后再在街头相遇的时候,不妨再没完没了地回忆你们的中学生活——只是希望先教会我更多的体操动作,因为我跟姚先生除了耸肩、摊手、摇头、吐气四个动作外,再想不出别的动作来。"

对妻子的幽默:"都说骆驼穿不过针眼,但我的两眼都是针鼻,你的身材永远能畅通无阻地穿过!"

儿子对父母的幽默:"爸爸,妈妈:想念你们! 你们很不容易,当然不必给我汇款! 我现在用最后一张信纸、最后一个信封和最后一张邮票给你们写信,就是为了告诉你们:我自己会有办法的! 附言,我的门牌号是105不是108,切记!"

女儿对父母的幽默:"爸爸,妈妈,这个星期日我不回家了——真的什么事也没有发生! 电话里讲不清……简而言之,我不过是想对你们25年前的状况,做些模拟试验,搞点学术研究罢了!"

作者对编辑的幽默:"鉴于批评家们对颂赞好作品已经厌倦,所以寄上拙作,将使批评家们为其拙劣却又可大发议论而欢欣鼓舞——贵刊将因此广为人知，先此致歉；并对贵刊可能预付稿酬一事，竭诚致谢！"

编辑对作者的幽默："大作拜读，诚系佳构，但'还君明珠双泪垂，恨不相逢未嫁时'——相似之作，本刊近期已发，实不敢做第三者插足事，以免法律纠纷也。完璧奉还，各系情心！"

老师对学生的幽默："你答不出这个问题是必然的。我只不过偶然点到了你的名字。希望下一次我必然点到你的名字，而你偶然地做出正确的回答。"

学生对老师的幽默："老师，今天您提出的这个问题对我不合适，就像您今天穿的外套对您不合适一样……怎样才合适？那要我自己挑才行，您在服装店难道不也是自己挑吗？您今天的外套大概不是您自己挑的，所以……让我挑一个合适的问题来答吧！"

以上的幽默都是我临时虚拟的。实际上我个人在生活中和社交活动中都很少像上面那样地幽默，也很少接受别人那一类的幽默。

妨碍中国人彼此幽默的因素，我想有：

传统"礼教"的影响。连《诗经》中都唱道："人而无礼，胡不遄死？"所谓"夫礼，禁乱之所由生，犹防止水之所自来也"。幽默则一定要如"自来水"般一时的灵感兴致，属"乱来"行为，当然不能畅行。人自处时尚且以"眼观鼻，鼻观心"为正，互处时当然更要"以礼相待"，哪容"非礼"行径。

"以阶级斗争为纲"的影响。据说"文革"中有人呼了领袖万岁的口号,仍被打成"现行反革命",为什么呢? 因为他身旁一人揭发他:领呼者领呼的是"万万岁",而他只喊"万岁",减岁一百倍,居心何在?! 在那"以阶级斗争为纲"的前提下,你错出那符号系统一丝一毫便有"反动"之嫌,怎能打乱既有的符号系统,另起一"幽默"的炉灶呢?

心理结构的特点。中国人好面子,因此最怕"丢面子",尤其怕因别人生出"误会"而"丢面子",所以同别人接触时总愿把话说清楚,因此正话正说,反话反说,这样可以不生误会,保住"面子"。幽默的语气特点却是正话反说和反话正说,最易招致误会,误会中或伤别人"面子",或自己显得无礼和唐突而"丢面子",后果都不好,因此最好少幽默和不幽默。

近代史以来的群体处境。自"鸦片战争"以来,便一直有"中华民族到了最危险的时刻"的群体感觉,所以从 20 世纪初始,中国知识分子就有的呼吁救亡,有的主张启蒙,有的则认为既要救亡又要启蒙,而无论救亡和启蒙,都沉重而严肃,实在容不得幽默插足。

中西文化大撞击中的抉择难度。近百年以来,西方文化先是伴随着宗教渗入,后来更成为经济侵略和政治、军事侵略的先导或"随员",对中国人的心灵撞击猛烈而痛楚;20 世纪中叶中国终于站起来了,排除了西方对中国政治、军事与经济的宰制;80 年代后更主动采取了改革开放的战略,使中西文化的大撞击更正面也更广泛，在这大撞击中，中国人有了更主动也更宽阔的抉择余地，并且可在平等、互利的前提下进行抉择，然而这也就派生出了抉择的难度——面对的方面太多，涌来得太急，考察不可能太细，把握不可能太准，而自发的模仿、照搬、流行又起得很猛，很难控制和驾驭、劝导与排疏，因此，面对着萧伯纳式的"太阳有福气在上海看见我"一类的西方幽默，我们就不一定心里好受，不一定愿意借鉴，不一定乐于"以牙还牙"地也"幽默"一下；像西方现代派文学中的"黑色幽默"，自有人介绍到中国以后，模仿者竞起，而许多人就觉得此乃"不良倾向"，应加以排拒——究竟是借鉴吸收好还是批判排斥好，对更多的人来说便构成了一个两难的问题。

文化水平的限制。幽默的能力很大程度上来源于知识的丰富、联想的快速、使用语辞的技巧，而这都需要较高程度的文化修养。在中国农村你可以遇上语言做派颇为幽默的老农，但你细加考察，便会发现，即便他是一位文盲，但总也是当地见多识广、思路敏捷的人物——他总比其他当地人去过更多的地方，有更多的耳闻目睹，听到过更多样的语言表述方式，"读"过更多姿多彩的生活画卷与人生百相，所以他能幽默。但总体而言，中国人的平均文化水平还不够高，因此幽默也就相对难以流行。

有人说"幽默是盲人吃撑了肚皮打出的饱嗝"，其实不然。贫窘处境中的人，乃至危难中的人，往往也具有幽默感，且幽默的水准相当之高。幽默能力之高低，与人的物质生活丰裕与匮乏程度无关，但与人心灵的丰裕与匮乏却成正比例。幽默是心灵富有者的特产。

据说一位无辜被捕者戴上手铐时问："这镯子是 18K 还是 24K 的?"

又据说一位无辜被枪杀者向刽子手说："等一等，我还有一泡尿没撒!"

幽默有时候成为灵魂飞升的翅膀。

幽默都是软的，硬幽默不成其为幽默。

"幽他一个默。"生活中偶尔有人这样提议。语法上似乎是说得通的，但幽默不应为响应提议而产生。幽默应是自然而然生出的，灵感似的，即兴的。

幽默不应重复。

幽默最尊崇独创。

抛出的幽默如果没有丝毫效应，则说明对方完全不能体察幽默。这时应不必再幽默，幽默不应浪费。

抛出的幽默如果使对方感觉到你在幽默而他觉得你幽默得不够味儿，一般他必回敬你一个幽默，倘也不太成功，一般你会再补他一个幽默，直至双方的幽默势均力敌——幽默如水，有流平为止的倾向。

幽默多一分便成为油滑。

幽默少一分则成为做作。

幽默≠玩笑。

幽默多少有些深度,可资回味。玩笑只不过博人一笑而已,笑过就随风而散。

幽默≠诙谐。

幽默往往不仅体现于语言,也溶解在表情、手势、身姿和风度里,而诙谐一般只是一串逗趣的语言。

就引出的笑声而言,强度上一般是幽默〈玩笑而〉诙谐。

玩笑搞不好会伤人。

幽默即使不成功也不会伤人。

诙谐搞不好会流于庸俗。

幽默即使不成功也不同于庸俗。

幽默是高雅的一个分支。

幽默会使人发笑。但哄堂以及捧腹、喷饭一类效果不一定标志着最佳的幽默。

最佳的幽默引出的笑有两种:

一种是会心地抿嘴而笑,

一种是含泪的微笑。

预先构思好的幽默往往显得笨拙。

灵机一动的幽默往往更加精妙。

就个人而言,幽默的能力与性格、气质相关。像我,性格比较内向,气质比较拘谨,就不擅主动幽默。

但接受别人幽默的能力,似与性格、气质无关。像我,虽有上述的性格、气质,但当别人对我幽默时,我却能达到愉快的体察,并能情不自禁地做出迅速的回馈。

在两个以上的人相处时,幽默常常是提供给第三者欣赏的。

从旁欣赏别人之间的幽默,是人生一大乐事。

自嘲不一定都是幽默。

但幽默的自嘲必是最出色的自嘲。

幽默的自嘲仿佛灵魂的热水浴。

幽默是更高层次上的理解。

幽默是更高层次上的宽容。

在群体大悲怆时,幽默是不受欢迎的客人。

在个体大悲恸时,幽默更应退避三舍。

幽默是一种高级冷静。

幽默有时又是一种可贵的同情。

"为幽默而幽默"往往并不幽默。

幽默是对突临境遇的一种超越术。突临境遇并不单指灾变,像爆发的好事,也是一种突临境遇。1990年诺贝尔文学奖颁给了墨西哥诗人奥克塔维奥·帕斯,当记者问他将怎样花掉这笔奖金时,他说:"在西方社会,作家都是瘪三。我不知道怎样花这笔钱,也许买一幅画吧。但是如果画太贵的话,那就买半幅怎么样?"对于一个普通知识分子而言,高达二三十万美元的诺贝尔文学奖金是一笔巨大的财富,但相对于商业巨子而言,那只不过是金钱交往中的一个小零头,他们抛出几百万美元买一幅画是寻常的事。帕斯深知自己突得殊荣和奖金在世上远非登峰造极的境遇,所以自嘲,所以幽默,体现出一种明智的超越,而不是"烧包",不是忘乎所以,不是"露小"而徒供人从旁窃笑。

幽默是一种自知。

幽默也是一种知人。

幽默是什么和幽默不是什么说了许多,究竟还是不能严格地界定出幽默概念的内涵和外延。

有人查了各种外文辞典,发现英语 humour 源于法语,而根又植于拉丁文,原意是"体内汁液"的意思;德语辞典中的解释最详。但各种辞典的解释不仅不能划一,有时还相当艰涩难懂,还竟至相互牾,使人莫衷一是。在《大不列颠百科全书》中,查汉字"幽"打头的词语,并无"幽默"的词条,只有"幽默曲"这一音乐术语,从附录中查 humour,再查回去,则只有"体液"的解释,竟丝毫不提有"幽默"的含意。

林语堂本人对中文"幽默"一词的解释也前后并不一致,有时把意思说得极大,有时又说得较小,不过,他有一次说幽默是"处俏皮与正经之间",倒很传"幽默"之"神"。

幽默虽常常依仗语言和文字传达表现,但幽默的定义却似乎又只能意会足而不能言传尽。

幽默只能算是作料。

生活中有幽默，生活更有味。

但生活本身不能由幽默构成，就像一盘作料不能构成一道菜。

幽默不能当饭吃。

有人很能幽默。无处不幽默，无事不幽默，面对任何人都无不幽默，将一切都化为幽默。

幽默到这种程度，我以为便不可取。

一天到晚满嘴幽默的人，往往是述而不作之人。

将一切都化为幽默的人，往往是没有终极追求之人。

幽默不可强加于人。

幽默亦不可强求强取。

我那篇题为《缺货》的小说，买牙刷的那位顾客似乎就有点强求强取。女售货员表情冷淡、态度生硬，服务态度不佳，他不是正面提意见，不是抨击争吵，而是极为谦恭地表示："我为了买一把牙刷，惹得您这么不高兴，我犯错误了，我得向您道歉……"他祈盼着对方或莞尔一笑："恕你无罪！你接着犯错误吧——买几把牙刷？"或露齿微嗔："瞧你！干吗这样？你是我们的上帝呀……"但都不是，那女售货员竟一扭身，躲进货柜后面的休息间去了。他满楼寻找那企盼中的东西，竟渴望而不能得。

他感到深深的寂寞。

但他的遭际实在也算不得什么大事，一桩平淡无奇的小而又小的事。

最后他走在街头,像顽童弹玻璃球般地弹了一下自己的鼻子,笑出了声来。

总算他自己还有……

"两岸猿声啼不住,轻舟已过万重山。"

两岸无猿啼,或啼声时断时续,或前半截啼后半截住,轻舟也都会过万重山。

轻舟如生命,万重山如世事,猿啼便如幽默。

"两岸猿声啼不住"的人生,自然是兴味盎然的人生。

两岸无猿啼,或时断时续,或前有后无,亦是人生,也未必就枯燥萧索,因为还有满目青翠,还有江浪滔滔,还有碧空远影,还有阳光月色,少有猿啼固然遗憾,但也不是什么重大的损失。

总说幽默可有可无。然而还是有好。

幽默是一种天籁。

世界原本很单纯。人类把它搞复杂了。

儿童原本很单纯。岁月把人搞复杂了。

幽默往往能使人从复杂中跳出,回归单纯。尽管可能只是一瞬间,却足可珍爱。

幽默常表现为童真。

在写出来供人欣赏的幽默中,儿童往往担任主角,他们那些并非刻意幽默的"童言",常如潺潺溪水,流过成人读者的心头,产生一种清凉甘爽的效应。

辛弃疾(1140~1207)的《丑奴儿》词:

少年不识愁滋味,爱上层楼。爱上层楼,为赋新词强说愁。

而今识尽愁滋味,欲说还休。欲说还休,却道天凉好个秋。

有一种解释,说之所以"欲说还休",是因为"恐言未脱口而祸不旋踵";"却道天凉好个秋"是古诗词中难得一现的幽默。

倘"欲说还休"而果然"休也",那是悲凉。倘"欲说还休"而竟大爆发为"可怜报国无路,空白一分头",那是怨愤。倘"欲说还休"而化解作"满城春色宫墙柳",那是粉饰。

"欲说还休,却道天凉好个秋。""好个秋",一笑,确系幽默。

公共汽车上,照例满载着乘客,总是遇到什么紧急情况,车子猛然刹住了,站着的乘客不免都往后仰倒,一位男乘客虽揪着把手依然不能抑制身躯,后背撞到了一位女士身上,该女士不禁愤怒地来了声:"德性!"

"德性"是北京人骂人话中比较文明的一种,但倘男士被女士骂为"德性",在旁人听来则总有些"那个"。"德性"两个字的原意是"有道德","瞧你那臭德性!"自然是正面地骂,简缩为"瞧你那德性!"变为了反骂,再简缩为"德性!"便成了饱含鄙夷与批判的浓缩之骂。

那被骂的男士在一声响亮的"德性!"之后,做出这样的反应:"对不起,小姐,不是德性,是惯性!"

话音落后,车厢里听到这话的人们一大半都笑了。那女士笑没笑无从考察,但她也便不再吱声。

男士的话,十分幽默。一句幽默的话,顿时化干戈为玉帛。本来,旁边的一些人预料一场司空见惯的车厢争吵必定爆发:"谁德性,你才德性呢!""咦! 你撞了人你还有理了!""怕撞,你坐小轿车去!"……谁知男士一句话便"和平解决",大家回过味来,也不禁化观战的心理为隽语的回味。

幽默有传染性。

别人传染给你。

你传染给别人。

大家交叉传染。

也许,日后的中国,幽默会像感冒一样,时不时地流行起来。

没有医生、护士的事儿。

因为,幽默是一种健康。

1992 年

金秋书简（三章）

白桦林的低语

从大兴安岭回来以后，我一直怀念着你。

那森林边的草地上，野牡丹和野百合开过了，现在是什么样的野花在怒放？我的思念越过蜿蜒曲折的碧蓝小溪，升到高高的冈峦上，在那塔亭般的望楼里，我要同你一起倚窗瞭望……

窗下是茫茫林海，随着山峦起伏，透出层层叠叠、浓浓淡淡的绿浪。紧靠着望楼是一片白桦林。银白的树干，灰绿的树冠，随着阵阵山风，它们摇曳着身躯和手臂，仿佛在向我们低吟浅唱……

看林人呵，我的兄长，我们在那望楼上只相聚了几个小时，但一颗林业工人的闪光的心，却永远在我灵魂中涤除着虚荣与狂妄。

你本有烟瘾，但在岗位上，你的衣袋里绝没有一撮烟草、一根火柴棒。不错，你怀里揣着一小瓶酒，但你给自己规定：每两小时一口，绝不违章。你不带书报，不是你不爱看，因为你的双眼必须随时注意四周的情况——哪怕是一缕淡淡的细烟,也不能忽略轻放! 你带了一台半导体收音机,但除了收听天气预报,你甚至不再收听你最爱的歌曲,因为你双耳必须随时捕捉远近异常的音响——哪怕有人偷伐一棵小树,你也不能将他原谅!

我问你:"寂寞吗?"你笑了,笑得那么爽朗,那么豪壮。你教我从各种鸟鸣中听出旋律,你教我从各种树姿中产生联想,你对我说:"森林是大地的绿毯,我们要把这厚厚的绿毯,一直铺到北京城的边上!"怀念你呵,看林人,自从分别后,我又走过了那么多地方,你却日复一日,同你的伙伴们倒班守望在那同一塔亭上。四面风来时,塔亭里发出轰轰的震响,你一定还在睁大双眼,警惕着邪火出现的征象。在默默的思念中,我激励自己要有你那样的胸怀,你那样的目光……

白桦林该还在向你絮絮低语,你该还在用深情的注视同他们倾诉衷肠。在白桦林的低语中,愿你听到我的声音,我还要到大兴安岭去,如一滴雨,如一片雪,充满渴望地投向森林和你们的胸膛!

走在银白色的小路上

刚从太湖边上回来,我便忍不住提笔给你写信。

年轻的乡长啊,送别时,你握住我的手问:"我们这里,什么给你留下的印象最深?"我一时答不出来,因为无论那果实累累的橘林,那飘逸馨香的金桂,还是那河汊中新漆过的乌篷航船,那竹丛中新盖起的红瓦小楼……都仿佛挂满露珠的花朵,簇拥在我脑际的花坛。可是,现在我可以郑重地回答你了:开放在我记忆中那最艳丽最芳馥的花朵,是从你们镇上通往四乡的银白色小路。

在你们水乡小镇的拱桥上,在霏霏的细雨之中,你把万花筒般的集市街指给我看。我注意到花儿般浮动的伞,我注意到过街楼下琳琅的货摊,我嗅到了新出锅的糕团的香味,我听到了一片柔脆滑软的吴音……可是你却提醒我不要错过了最值得注意的细节:人们那移动的双脚,那脚上的鞋。

是的,我看见了,有矮腰和半高腰的雨鞋,男人的一律黑色,妇女和儿童的却或灰或黄,或红或白;也有人仍穿着球鞋、布鞋、草鞋……你进一步提醒着我:"他们的鞋上,可有很多的烂泥巴?"我再仔细观察,在这江南的绵绵细雨中,在这乡镇喧阗的集市上,人们的鞋上并没有很多的泥巴。这是为什么呢?

你把我引到镇边,你指点着。啊,我明白了,不仅镇里的街巷一律铺上了沥青、石板,而且,从去年开始,你们乡政府已经把银白色的水泥块,铺砌到通往每一座小村的道路,在透明的雨幕中,在翠绿的田野映衬下,那蛛网般的银白色小路,闪动着催人沉思的光泽。自古以来,江南阴雨中,烂泥巴便折磨穿鞋人,而你们这里,却正式告别了延续几千年的泥泞,如今男女老幼出了家门,脚下便有这银白色的小路,顺着它,可以一直走到镇子,走拢集市,走上茶楼……

年轻的乡长啊!这银白色的小路,像一套新的《子夜吴歌》,吟唱着只有这几年才能出现的新鲜事,它让我们珍惜带来这物质、精神双重文明的源泉,它促使我们把幸福的飘带进一步伸向未来。

太湖归来,我曾作梦,梦中我走在那银白色的小路上,放喉与欢乐的水乡同胞相唱合。

窗外紫薇盛开

你们一定把我忘了,可我永远记得你们。你们苏州刺绣研究所,每天该有多少人参观啊!你们习惯了那沙沙的脚步声和抑制不住的惊叹。你们垂下睫毛,用纤纤细手,娴静地绣啊,绣……

你们绣出过栩栩如生的小猫和金鱼,你们绣出过飘飘欲出的嫦娥和玉兔。如今你们三姊妹,又在合作一幅双面异色绣的中堂屏风,你们绣的是虎丘景色。绣成以后,两面取景相同,但一面将是春光烂漫,另一面将是秋色宜人。你们要细心地选择丝线,有的地方,一根本已细如发丝的彩线,还需再劈分为四等份、八等份才好使用;你们运针不能打结,必须将两面的针脚妥帖掩藏;你们虽有图样可据,但具体下针时,却必须根据经验、悟性和灵感机动变通。面对着绣绷,你们暂时忘记了爱人和孩子,忘记了灶房中该去打油的空瓶,忘记了缝纫机上尚未完工的衣衫,你们低着头,默默地绣啊,绣……

我忍不住打搅了你们。问:"这幅屏风,你们要绣多久才能绣完啊?"

你们中的一位抬起头来,淡淡地笑着,仿佛是不经意地告诉我:"抓紧一点,两年可以绣完。"

啊,两年! 你们手下一件劳动成果,竟要占有你们如许多的生命! 我的苏州姊妹啊,你们以往的青春,已然默默地绣进了几件作品中? 你们正在逝去的年华,又将默默地熔铸在几件作品中? 你们手下出来的绣品,那么灿烂,那么辉煌,不仅为祖国赚取着宝贵的外汇,更发扬着我们民族艺术的传统之光,可你们自己却那样地朴素无华,无声无息! 古人感叹:"时光容易把人抛,红了樱桃,绿了芭蕉!"然而从樱桃谢落到蕉叶卷绿,你们手下的绣品还远不能告竣,如今,你们窗外紫薇盛开,待到庭院中腊梅放香时,你们才该绣至一半吧? 我愿成为你们窗外的一枝紫薇,在默默地注视中,把你们的耐性、韧性和心灵中那丝丝缕缕抽取不尽的美,尽情吸收!

1983.10

在柳树的臂弯里

不止一次，村邻劝我砍掉书房外的柳树。四年前我到这温榆河附近的村庄里设置了书房，刚去时窗外一片杂草，刈草过程里，发现有一根筷子般粗、齐腰高、没什么枝叶的植物，帮忙的邻居说那是棵从柳絮发出来的柳树，以前只知道"无心插柳柳成行"的话，难道不靠扦插，真能从柳絮生出柳树吗？出于好奇，我把它留了下来。没想到，第二年春天，它竟长得比人还高，而且蹿出的碧绿枝条上缀满二月春风剪出的嫩眉。那年春天我到镇上赶集，买回了一棵樱桃树苗，郑重地栽下。又查书，又向村友咨询，几乎每天都要花一定时间伺候它，到再过年开春，它迟迟不出叶，把我急煞，后来终于出叶，却又开不出花，阳光稍足，它就卷叶，更有病虫害发生，单是为它买药、喷药，就费了我大量时间和精力，直到去年，它才终于开了一串白花，后来结出了一颗樱桃，为此我还写了《只结一颗樱桃》的文章，令它大出风头，今年它开花一片，结出的樱桃虽然小，倒也酸中带甜，分赠村友、带回城里全家品尝，又写了文章，它简直成了明星，到村中访我的客人必围绕观赏一番。但就在不经意之间，那株柳树到今年竟已高如"丈二和尚"，伸手量它腰围，快到三拃，树冠很大又并不如伞，形态憨莽，更增村邻劝我伐掉的理由。

今天临窗重读安徒生童话《柳树下的梦》，音响里放的是肖斯塔科维奇沉郁风格的弦乐四重奏，读毕望着那久被我视为赘物的柳树，樱桃等植物早已只剩枯枝，唯独它虽泛出黄色却眉目依旧，忽然感动得不行。安徒生的这篇童话讲的是两个丹麦农家的孩子，两小无猜，青梅竹马，常在老柳树下玩耍，但长大后，小伙子只是进城当了个修鞋匠，姑娘却逐渐成为了一位歌剧明星，这既说不上社会不公，那姑娘也没有恶待昔日的玩伴。小伙子鼓足勇气向姑娘表白了久埋心底的爱情，姑娘含泪说"我将永远是你的一个好妹妹——你可以相信我。不过除此以外，我什么也办不到！"这样的事情难道不是在每个民族、每个时代都频繁地发生着吗？人们到处生活，人们总是不免被时间、机遇分为"成功者"与"平庸者"、"失败者"，这就是命运？这就是天道？安徒生平静地叙述着，那小伙子最后在歌剧院门外，看到那成为大明星的女子被戴星章的绅士扶上华美的马车，于是他放弃了四处云游的打工生活，冒着严寒奔回家乡，路上他露宿在一棵令他想起童年岁月的大柳树下，在那柳树下他梦见了所向往的东西，但也就冻死在了那柳树的臂弯里。我反复读着叶君健译出的这个句子："这树像一个威严的老人，一个'柳树爸爸'，它把它的困累了的儿子抱进怀里。"

我也算一度"成功"吧？不过比从未成功过的人更惨痛的是，很多人的"成功"也就一度而已，"江山代有才人出"，"成功新秀"往往对"过气"的"成功者""老实地不客气"，几年前我还赴过一次"坛"上的饭局，席间一位正红紫的人士听到有人提到一位老同行，绝无恶意，很自然地说："他还写个什么呀，别写啦，别写啦！"当时我虽面不改色，心中着实一痛，真有"兔死狐悲""唇亡齿寒"的感觉。那也是后来我退出"坛"争，自甘边缘存在的原由之一。现在面对窗外的柳树，我再一次默默地坚定自己朴素的看法，那就是在世为人也有不谋成功的自由，平庸者和失败者也一样有为人的尊严，那位被如日中天的成功者敕令"别写啦"的老同行，当然有继续写作的天赋权力，写不出巨著无妨写小品，写不出轰动畅销的，写自得其乐的零碎文字也不错，记得那天报纸副刊末条是他一则散文诗，淡淡的情致，如积满蜡泪的残烛，令人分享到一缕东篱的菊香。

中央电视台有《艺术人生》节目，每次请的嘉宾都是名副其实的明星，其手法之一，是忽然请出明星昔日的同学、同事、邻居，大都是仍旧平庸的社会存在，他们或动情地忆及被明星坦言忘记的琐事进行颂赞，或举出明星宁愿被他人忘却的尴尬往事小作调侃，主持人则居中将社会宠儿与社会庸常以情感的链条勾连，也就使一般受众在观赏中对成功/未成功的对立状况获得心理润滑。看得出有的明星在这些久违的人物出现的瞬间,多少有些冷然,然而一般在几分钟以后,就都被激活了心底尚存的淳朴情怀,那时荧屏上的声画往往会惹人眼热鼻酸。

我会更好地伺候窗外的樱桃明星,我不会伐去那自生的陋柳,手持安徒生的童话,我目光更多地投向那株柳树,柳树的臂弯啊,这深秋的下午,你把我困累的心灵轻柔地抱住。

2003 年

兑现承诺

　　一条小消息几乎登遍了各种报纸。说的是美国犹他州一位小学校长为了激励学生多读书，开学时许下这样的承诺：如果学生们读的书合计达到十五万页，他便在11月9号从家里爬到学校去。那些五到十一岁的顽童们居然因此而发奋读书，提前达到了指标。于是校长很认真地兑现他的承诺，在那天从家里一公尺一公尺地爬到了学校。

　　这位美国校长以"苦肉计"来达到"劝读"的目的，似不足为训。但他"一言既出，驷马难追"，看来他是在许下承诺那时，已作好了实施兑现的准备——他家距学校约1.6公里，恰相当于在常规运动场的跑道绕四圈——这样一个承诺，在学生们一方听来，既有刺激性，又不像"从楼顶上跳下来"那么悬乎；在校长自己而言，以力所能及的苦行来换取十五万页的阅读量，付出与赢得之间是平衡的，值得。事到临头，他不得不真爬；但他并不想支出得更多——他可以爬，却绝不能受伤；那一天正是雪后，他穿了早已备妥的绝缘服，戴了四五副手套，还戴了厚厚的护膝；他爬得很技巧，很谨慎，从早上七点爬到九点四十五分,终于圆满地兑现了自己的承诺。

我们应该学习这位美国校长认真兑现承诺的精神么?

我觉得,参考参考也就罢了。实际上,这件事情里,浸透的尽是些美国文化。"你能为我做些什么?我能为你做些什么?"这是西方市场经济运行中,具有普适性的,人际交往的"等价原则",不过美国人实行起来,往往更"卡通化",你说他们是天真也行,说他们是游戏人生也行,反正,一般来说,小事情上,如给人指路、看你顺眼让你搭个顺风车什么的,他们可以完全不求回报,但稍微大点的事情,他们可就要斤斤计较了;那所学校的学生们,小小年纪,增加阅读量应是其分内的事,可是用一般的讲道理和给予奖励的办法,显然都不能奏效,只有在校长跟他们"打赌"后,这才有了当"赢家"的劲头,结果他们果然迎来了校长爬行的那一天。当然,即使他们是为了让校长输掉而不得不当众爬行,才积极读书,那读过的书,到头来还是能使他们受益。

我们无妨设想一下,倘若这事发生在中国,校长已经爬行在大街上了,看见的人们,首先是学生家长们,会是怎样的反应?那一定是,跑过去扶起他来,绝不会听任他真的一路爬完那1.6公里的距离。可是,美国的那些家长们,以及知道了是怎么回事的市民们,他们却并无一人过去阻止那校长爬行,他们是冷血动物,全无心肝么?非也,他们很激动,反应很强烈——他们多半是开着小汽车,从车窗里看到,于是他们按喇叭,向那校长致敬!学生们呢? 要在中国,也多半会跑过去,扶起校长,甚至会有女学生,拉着校长的手,哭出声来,而且一定会有学生对他说:"我们再也不会惹您生气了……"可是,那些美国学生,却并没有这样做的,他们是怎样做的呢? 他们在校门外的路上迎候校长,给他鼓掌,冲着他不断地喊:"加油!"没有哭哭啼啼,没有内疚愧悔,竟是一派兴高采烈的气氛;到后来,有不少的学生,匍匐到地,跟校长一起爬完最后的路程,抵达终点时,响起一片欢呼声。

这是美国的校园故事。故事里的人物都是些美国人。这故事虽小,却从头到尾,乃至每一个细节,都充溢着美国味儿,其所思所想,所行所为,恐怕跟英国、欧陆的老小们都已经拉开了距离,只有地道的美国佬才会如此。没必要去学。学也学不来的。不过时不时地知道点这类匪夷所思的事儿,稍微想一想,也好。

2003 年

熟能生错

最近几天食不甘味、寝不安席，为的是自己一篇文章里出现了一个硬伤。

原以为生疏会导致出错，没想到烂熟也能生错。我修订一篇文章时，觉得可以增加一个例子，心里想的是《琵琶行》，敲电脑时却敲成了《长恨歌》。那个引例里还引出了"老大嫁作商人妇"的句子。文章未修订前，本无错，却闹出了修而订之反出错的笑话。文章打好存盘前，我照例要至少复验一遍，一些原来并不太熟悉，查过资料才引入的资料，眼光扫过时速度会慢些，有时还会停留下来，不放心地加以确证，但像白居易的《琵琶行》《长恨歌》什么的，即使自己学养欠缺，总还当过多年中学语文教师，这都是入了课本，多次在课堂上讲过的，《长恨歌》里的女主角是杨贵妃，《琵琶行》的女主角才"老大嫁作商人妇"，怎能混淆？但我硬是没有发现改正。我儿子工余帮我打印文章，每回打印前他都会替我再检查一遍，不仅对引文，有时对某些关联词甚至标点符号，都会提出意见，尽量使文章不出错并且漂亮一些。但偏这篇"修订稿"，那个"小儿科"的错误也从他眼皮底下滑过去了。文章收入集子,到了编辑手里,他是非常认真的一位好编辑,审阅书稿的过程里多次来过电话,核对引文,讨论某些字词的用法,但恐怕也是因为对这处引例所涉及的符码太熟悉了,眼睛脑筋完全引不出警觉,因此也就偏偏让我酿成的这个硬伤漏了网,最后印到了书上! 现在我要向读者深深地道歉:即使您一看就能判断出这是个笔误,毕竟会如同在碧粳粥里嚼到一颗沙粒般引起不快。实事求是地说,这本书里的文章我都是抱着认真的态度写的,编辑更付出了可贵的劳动,整本书的错误率是很低的,我复验的结果是除了这一处还没发现别的问题。出现硬伤的责任完全在我。

出了错,承认、道歉以外,更重要的是汲取教训。如果把教训仅仅归结为"以后可不能再粗心了",那未免肤浅。恰好这几天所翻的两本书,给了我很大的启发,能够使我从这样一个错失里,升华出一些较为深刻的憬悟。

梅兰芳在其《舞台生活四十年》第二册里,有一节《台上的"错儿"》,里面举了很多演出中不慎出错的例子。有一回他演《桑园会》,这出戏里的女主人公跟《三娘教子》的女主人公的扮相没有区别,出场的样子也相仿,那天他在小锣打的引子里出了台,嘴里几乎是本能地念出一个"守"字,"守冰霜……"是《三娘教子》里的引子啊,这下可张冠李戴了! 幸好他在一瞬间清醒过来——现在是唱《桑园会》啊! 立刻改口,念出了"愁锁双眉……"的正确台词,好在这两个人物的出场引子的头一个字字音相近,台下的观众也没怎么发觉。梅兰芳回忆这次失误说:"好险哪! 打完引子,转身坐下,我真好像出过一身冷汗的人。"他总结为这样一个教训:"这两出戏都是我常唱的戏,而且唱得烂熟了,就不把它放在心上,才有这样疏忽大意的毛病。"

因此要把"熟能生错"当成一个警戒性的座右铭。写文章拿出去发表,跟演员上台表演应遵循同一个道理,越是熟悉的,越不能疏忽大意。

除了从反面警戒,有没有从正面修炼的方法呢?《荀慧生演剧散论》里面有篇《三分生》,他从正面指出:"由生入熟易,由熟入生难。生到熟是个练的问题,熟到生却是个想的问题,得动脑筋,动心。"他主张演员"上台三分生",即使是烂熟的剧目,临到上台也要只当那角色是个还没有"熟"的"三分生"的人物,这样,每一次演出就都成为了一次再创造,达到了回回令其"由生到熟",而一旦结束演出,又"仍有三分生",无止境地丰富人物,使其呈现在舞台上时永葆鲜活灵动。这就不是一个避免因烂熟出错的方案,而是一种以"三分生"来提升艺术造诣的美学创见了。

因此还要立一个"遇熟三分生"的座右铭。对于我来说,今后不仅是在引用熟例时要保持"三分生"的眼光,格外注意其准确性、恰切性,而且,还可以将这精神引申开去,比如写小说,素材的来源,可以是原来完全陌生的领域,去那里体验了,拿来剪裁利用,更可以是从原本熟悉到极点的领域里,从中获取新的发现,谋为新篇。但往往因为熟悉,结果麻木,难有兴奋点,擦不亮灵感火花。比如我在北京东郊温榆河畔辟了间书房后,刚开始,因为生,对那边村里村外的生活、各色人物,有种急迫的了解欲,就觉得有许多可以化为小说的东西;但渐渐的,跟那里的日常生活融为一体了,跟不少人熟稔了,就又觉得无甚稀奇,似乎难以从平凡、平淡中提炼出特别有意思的东西来。看来,太生和太熟的感觉都不利于创造,还是适当地与关注的对象保持"三分生"为好。从"熟能生错"的惊呼,到"遇熟三分生"的颔首自叹,我心头那因一个硬伤而形成的焦虑,终于化解为了自我警戒与勉励的一派澄明。

2002.1.24　温榆斋

睡个安稳觉

　　人的生命差不多有三分之一是在睡眠中度过的，生命的质量，不仅体现在人体的活动中，也体现在睡眠时——能否安眠，是人生的一大课题。

　　睡不好觉，是一桩极为痛苦的事；不少的名人尽管白日饱享各种快乐，夜里却难以入睡，以至顿失生趣，那身心的双重煎熬感，是那些崇拜他们的普通人所万料不到的。

　　失眠，有各种各样的原因：生理上的、心理上的、精神上的、纯粹属于外界干扰所致的……坐飞机长途旅行，由于时差所造成的生物钟紊乱，也会导致失眠；但一个人的失眠，其因素往往是多样复合所致。

　　相对而言，普通人的眠睡，大多比伟人、名人、要人、阔人安稳香甜得多；这主要是因为普通人没有那么多的心理负荷，没有那么大的精神压力，他无须承担那么多的重大义务，更没有那些个慎用也难滥用也险的手中权力，所以有人说，上帝对伟人凡人、名人庸人、富人穷人的命运制衡，所使的招数，便是让前者难得一场好睡，而总是慷慨地赋予后者一夜夜倒头便着的香甜觉。

不过，中国普通人的香甜觉，自中国社会进入从计划经济向市场经济转化的进程，也就被搅动了，发财的欲望，空前地膨胀起来，而发财的机遇，似乎特别的多——至少在某些周末版报纸和花花绿绿的杂志上，和许多的同事邻里的闲侃中，发财的故事一个比一个动人心魄，有时听来就和路拾黄金差不多，而且连腰都不用弯，黄金雨便会倾盆而下，只要脱下帽子放心接就是了！

普通人，穷人，如因经济拮据，甚或负债累累，固然也会睡不好觉，但有时想开了，"守着多大的碗吃多大的饭"，"虱子多了不咬"，失眠也便得到克服；但普通人，收入不丰之人，要是像迷恋美人般地对财富产生了单相思，他那神魂颠倒的劲儿，很可能会弄得他耿耿长夜难入睡，为伊消得人憔悴，从此不知香梦味。

我的一位芳邻欧阳，便是如此。自从听说买股票、债券能"人在家中坐、利从窗外来"以后，他便心上长草、浑身发痒，把自己多年当公务员的惨淡积蓄，都拿去给一家号称红利高冠全国的公司投了资；他本是一位每晚十点必然倒头便睡、黑甜一觉直至晨光透窗方醒的纯朴人物，成了"食利族"——严格来说是"待利族"——一员以后，他这安稳觉便睡不成了，经常失眠还在其次，好容易入睡，又净做恶梦……不久前，报上公布，卖他债券的那家公司，竟是设的骗局！本是胖乎乎乐呵呵的一位好好先生，眼看成了黑眼圈愁恹恹的一家"牢骚公司"！

我当然不是一概地反对普通人投入合法的金融风险运作，有一些现在看去很普通的人，他们身上可能潜伏着适应这类经济游戏的超常能力，经过一番努力，再兼机遇凑巧，他们可能会从普通人变成很不简单的大款，但我们务必要懂得，通过当"股民"和小额债券持有者而发大财的可能性，比当流行音乐的"发烧友"而一跃成为歌星的可能性还要小得多；像芳邻欧阳，他首先就缺乏足够的风险意识，一旦懂得了担风险的道理，又没有足够的心理承受力，我是极愿他发财的，但我不得不指出——他是不适宜用这种方式发财的，就像我本人不适宜通过唱流行曲获得名声一样。

为钱财而耿耿难眠，是最不值得的。尤其是千万别接受脏钱！当然，钱是最脏的东西，据说一张投入流通领域一个月的人民币，那上面就起码有三十多万个沙门氏菌、绿脓杆菌、痢疾杆菌、大肠杆菌等病菌；不过我这里说的脏钱指的是那些来路不明、不正、不雅的钱，目前这类钱的渗透力很强，已浸入了普通人的生活领域；这类脏钱的其他坏处且不说，它的让人不能安眠，破坏人的正常心理和精神，搅得人即使在喝香吃辣、拥娇泄欲的过程中也疑神疑鬼、如铐在后，实在是太可怕了！最近报载，一位银行的行长因受贿银铛入狱，据说捕进他以后，他如释重负，对公安人员说：前些时虽说捞到了大笔的钱，可"偷来的锣儿敲不得"，花又不敢明目张胆地花，存又不能堂堂正正地存,像是怀里抱着一团火,烤死了！而且自受贿后便难得睡个安稳觉,先是良心咬啮,撕肤割肉般痛苦,后来良心麻木,就担惊受怕,惶惶不可终日,再后说是豁出去了,买欢寻乐,一醉方休,其实夜夜难眠,吞安眠药只顶一时,上瘾后只好加大剂量,最后吞多少片也不行,便向往毒品,多亏还没跟毒品接头,便败露被捕——他被捕后的第一夜,竟在牢房中安安稳稳地睡了十多个小时,醒来后痛哭流涕地说：没想到为了这么一个原来我天天拥有的安稳觉,竟得付出这么大的代价！

人生在世,不能无钱,能挣得多点、赚得多点,只要合法,当然是大好事；但人活于世,晚上能睡个安稳觉,实在是太重要了！古谚"白日不作亏心事,哪怕夜来鬼敲门",历经悠悠岁月检验,至今仍不失为指导我们凡俗之辈的至理名言！

1993 年秋

想象宇宙

　　我不知道青年朋友们有没有一个人冥思默想的时候,想必是有的——但冥思默想时有没有去认真地想象过宇宙呢?我想那就未必了。

　　尽管我们都是微若芥豆的生命个体,但这生命毕竟存在于浩茫的宇宙之中,对于我们所寄载的这个宇宙,实在应该在应付具体的社会生活和自身的实际需求之余,哪怕偶然地只用不多的时间将它想象一下。

　　宙,指的是没有起点也没有终点但无时不刻地都在流逝的时间;宇,指的是没有边际也难觅中心的无时不刻地都在运动的空间。宇宙如何去想象?实在很难,而且,估计即使是天体物理学的专家,离开了那些专业性的用语、数据与理论,凭形象思维去驰骋想象,也很可能是一个人有一个人的幻想,一个人有一个人的独特心灵体验,难能划一的。

　　但只要具有初中以上的文化程度,我以为都可以张开想象的翅膀,对宇宙作一种自我心知的思维运动。现在电视文化很发达，在电视上，我们经常可以看到海外异域的风情，看到空中俯瞰的镜头，看到飞机与火箭凌空的雄姿，看到航天飞机在天宇中作业的景象，看到若干直接显现有太阳系，银河系及更渺远的天际景观的画面。更有许多用三维方式模拟宇宙奇观的电脑动画，乃至于某些商业广告也能唤起一些关于宇宙浩茫的联想。就以这些荧屏上的感性素材为起点，铺展心灵的跑道，便足可升起我们想象的航天飞机，唤起浓酽的无起始、无边际的浩瀚宏茫的宇宙感。

一千多年前的唐代诗人李贺，在《梦天》一诗中想象到："老兔寒蟾泣天色，云楼半开壁斜白。玉轮轧露湿团光，鸾珮相逢桂香陌。黄尘清水三山下，更变千年如走马。遥望齐州九点烟，一泓海水杯中泻。"限于那时科学技术的发展水平，他所想象的仅是从月亮俯视地球，但其意境的奇诡幽远，已令人惊叹。比他更早的初唐诗人陈子昂有《登幽州台歌》："前不见古人，后不见来者，念天地之悠悠，独怆然而涕下！"虽没有具体地描摹想象中的宇宙，但那将天地万物及悠悠时空俱纳于胸的气势，却历千载而丝毫不觉其减弱。想象宇宙，能展拓我们胸臆，养浩然正气，使我们从猥琐的烦恼中自拔，心理淤结得以化解，并导致良性的形而上认知，是一种使个人心灵艺术化、圣洁化的手段。当然，个别人也许会在浩茫的宇宙面前产生一种消极的遁世情绪，乃至由此而去接近、皈依宗教，我想那也比心灵总在肤浅的现实功利层面上，庸俗、鄙琐甚而下流、堕落的好。

1993.5.22.

免费午餐

"世上没有免费的午餐",这是流传到我们这边的一句西谚。如今在外企当白领的,往往中午会有似乎免费的盒饭,其实那份开支,是打在了雇佣成本里的,道是免费实不然。午餐无免费,晚餐亦然。总之,这句话道出了一个冷森森的商品社会的"游戏规则"。这句话实在是"一句顶一万句",因为诸如"买一送一"、"跳楼价、吐血价大甩卖"、"先入住后付款"、"两年后退回全部货款"、"开业让利大酬宾"、"大派送"、"只收成本费,邮购从速,以免向隅"等等,等等,透过那动人的字面与魅惑的行为模式,其内在的实质,都是并无"免费午餐"可言——即使那种广告方式与促销手段尚属正当的商业竞争。

不过,在人际交往中,有时却也真会被邀进免费的饭局。父亲在世时,曾向我讲述过他年轻时所获得过的一次免费午餐。那是20世纪20年代初,父亲才十七八岁,因为祖父远行,而后祖母对他极为克啬,所以他离开了家庭,一个人在社会上闯荡。那时他的维生手段之一,是代人投考名牌大学,他也实在是有应考的才能与气数,竟每回都能高中。但是他从那些私雇他冒考的少爷手里，每回也得不到几个钱，用不上多久便又一筹莫展。父亲本人何尝不想进入名牌大学，但纵使他让自己考取了头一名，也没钱缴纳学费。就算学校爱才如渴，准许他减免学费，他也无法应付食宿等方面的开支，而勤工俭学，路子也不是那么好找；唯一的办法，便是设法贷到一笔款，毕业后尽早归还。谁能贷给他款呢？想来想去，有这种实力并可能情愿的，应在祖父所交往的伯叔辈中。父亲在那一年的夏天为自己去应考，以优异成绩被协和医学院放榜录取，这令他万分兴奋，当一名救死扶伤的医生既是祖父对他的期望也是他自己的夙愿，于是筹措入学读书的费用便成了当务之急。他经过一番盘算，决定向一位祖父的老友求助，该人当时在社会上已享有很大的名气，经济状况极佳，并且从小看着他长大。

父亲找到了那位名人。他是住在一所很堂皇的四合院里。该人见了父亲，不待父亲发话，便感慨万端地说，我祖父这人性格真够特别，竟可抛下家小一个人远走高飞！又说我后祖母实在不像话，祖父寄回的钱居然一个子儿也不给我父亲，书香门第的后裔沦落成了流浪青年！父亲听了非常感动，原来这位伯伯很了解情况，并关爱着自己，于是便倾诉起自己的具体窘境和祈盼来；名人没听完便有电话打来，一连接听打出了几个电话后，名人便蔼然可亲地对父亲说，中午有个饭局，无妨一同去，席间可以继续聊。

父亲跟着那位名人，乘坐当时仍颇时髦的弹簧马车到了前门外的"撷英番菜馆"，这是当时显贵名流们才有财力与雅兴去消费的一家最著名的西餐馆。

很多年以后，父亲仍能描述出那一顿午餐的种种情景，从餐馆的外观到内部，从厅堂到餐桌以及闪闪发光的杯盘刀叉，从与宴男女的衣着到各个人的做派，从头道汤到色拉、主菜到最后的甜点……祖父在北京时不曾带父亲吃过这么高档的西餐，想到这一点父亲便更加感激那位伯伯的厚待。而这一切都还并不是主要的，更令父亲念念不忘的，是那天在席间出现的，几乎都是后来进入历史的人物，有的是社会活动家，有的是艺术家，有的是学者、教授。刚进入餐厅时父亲惶恐不安，非常自卑。但那位名人牵着他的手引他入席，并向大家介绍说他是祖父的公子，显然祖父在这些人心目中也是有相当分量的，父亲发现席间的名流们对他都很友善，于是也就慢慢放松下来……

那是父亲青年时代所享用到的一次高档、丰美、雅致的免费午餐，令我听来也不禁神往。父亲没有详细地向我讲述这顿免费午餐的结局，但有一点那是交代得很清楚的：他没能从那位名流伯伯那里得到另外的帮助。

我问父亲："您饭都吃了，为什么不能要求他借给您钱呢？"

父亲说："他们一直聊得很欢，我简直没有办法插进话去。"我再问："吃完饭,您可以单独向他提呀!"

父亲说："饭局一散,我发现他们都忙极了,各人都有自己的下一站……我实际上也没有办法找到一个单独的机会……人们都纷纷礼貌地,其至可以说是带有爱怜之情地跟我握手告别……"

我还问："那么,您可以再到他家里找他呀!"

父亲说："也曾有过那样的念头,不过,没有去……"

我说："是因为觉得,他太虚伪了吧?"

父亲正色道："不!怎么能怪人家虚伪呢?那顿午餐,人家让我一起去,是出于真心真意的!"

我说："可是,他到头来没有借您钱呀!"

父亲说："这就是我讲这件事给你听,要你悟出来的:别人不该你不欠你!在你一生中,你应该尽量去帮助别人,可是却一定不要有依赖别人的想法!别人可能会向你提供一顿免费午餐,但你自己一生的餐饭事业,还是需要你自己去挣出来!"

我正琢磨这话,父亲又说："其实,后来我成家立业以后,也曾无意中这样对待过别人……我可以请他一餐饭,听他诉苦,给他些安慰,可是,要我付出相当的代价帮助他,往往还是下不了决心……也许,除了是你那时不帮他他马上就活不下去,人际之间,还是这样为好——可以给一顿免费午餐,却还是希望每个人自己想办法,去安身立命!"

　　父亲作古快二十年了。我的年龄已超过父亲讲述那次午餐时的年龄。我的人生途程中，已积累了不少"免费午餐"的经验。有时是别人邀赐我，确实并无直接的功利动机，不是为了约稿、题词什么的，真的只是为了聚聚。但席间往往会有我原来并不认识的，并且以后也不会联络的人，我悟出，这种"免费午餐"的意义，在令邀请者快意，这种人生际会不可全拒，亦不可全应。在这种场合，我常常深刻地意识到，"我"是一个独特的生命，将就他人实在是桩辛苦的事。有时却又是我邀人赴餐馆或在家中留饭，这里说的我为别人提供的"免费午餐"，当然排除了至爱亲朋间的来往，而专指半生不熟的或求上门来的生人，我会在招待他们的一餐中，获得某种心理的满足，而正如我父亲所总结的，我往往并不能更多地帮助他们。在这种场合里，我常常又铭心刻骨地意识到，"我"、"你"、"他"到头来都是社会性动物，每一个人要真正解决他所面临的生存问题，除了他自己的努力，真正靠得牢把得稳的，还不是个别他人的帮助，而是一个好的社会机制，一些好的（尤其是把公平原则放在第一位的）"游戏规则"，一套好的社会保障体系，一种好的道德文化氛围，等等。

　　商业上的"免费午餐"式促销手段，或许有一时的轰动效应，却到头来不如"一分钱一分货"的以质取胜的老实态度，更能扎扎实实地获取"阳光下的利润"。人际间的和谐，一对一地进行具体帮助，"陌路相逢，肥马轻裘敝之而无憾"，固然是美德,我父母,我与我爱人,也不都仅是给人一次"免费午餐",也都曾有过以不小份额的钱财助人的作为,但到头来是不可能一对一地赞助所有遇到的人的,我想绝大多数人亦然。因此,我们大家共同努力,比如说把个人根据税则向组织社会生活的政府按时按数纳税,看得比一对一地赞助救援更加重要,并把监督政府廉洁地将税款用于建立健全社会性保障、救助机制,看得比个人捐善款留芳名更重要,那么,我们自己,他人,乃至整个民族,是不是便能生存得更合理、更惬意呢?

1997 年 6 月 8 日,绿叶居

人在风中

一位沾亲带故的妙龄少女,飘然而至,来拜访我。我想起她的祖父,当年待我极好,却已去世八九年了,心中不禁泛起阵阵追思与惆怅。和她交谈中,我注意到她装扮十分时髦,发型是"男孩不哭"式,短而乱;上衫是"阿妹心情"式,紧而露脐;特别令我感到触目惊心的,是她脚上所穿的"姐妹贝贝"式松糕鞋。她来,是为了征集纪念祖父的文章,以便收进就要出版的她祖父的一种文集里,作为附录。她的谈吐,倒颇得体。但跟她谈话时,总不能不望着她,就算不去推敲她的服装,她那涂着淡蓝眼影、灰晶唇膏的面容,也使我越来越感到别扭。事情谈得差不多了,她随便问到我的健康,我忍不住借题发挥说:"生理上没大问题,心理上问题多多。也许是我老了吧,比如说,像你这样的打扮,是为了俏,还是为了'酷'?总欣赏不来。我也知道,这是一种时尚。可你为什么就非得让时尚裹挟着走呢?"

少女听了我的批评,依然微笑着,客气地说:"时尚是风。无论迎风还是逆风,人总免不了在风中生活。"少女告辞而去,剩下我独自倚在沙发上出神。本想"三娘教子"，没想到却成了"子教三娘"。

前些天，也是一位沾亲带故的妙龄少女，飘然而至，来拜访我。她的装束打扮，倒颇清纯。但她说起最近生发出的一些想法，比如想尝试性解放，乃至毒品，以便"丰富人生体验"，跻身"新新人类"，等等；我便竭诚地给她提出了几条忠告，包括要珍惜自己童贞、无论如何不能去"尝尝"哪怕是所谓最"轻微"的如大麻那样的毒品……都是我认定的在世为人的基本道德与行为底线。她后来给我来电话，说感谢我对她的爱护。

妙龄少女很多，即使同是城市白领型的，看来差异也很大。那看去清纯的，却正处在可能失纯的边缘；那望去扮"酷"的，倒心里透亮，不但并不需要我的忠告，反过来还给我以哲理启示。

几天后整理衣橱，忽然在最底下，发现了几条旧裤子。一条毛蓝布的裤子，是四十年前我最心爱的，那种蓝颜色与那种质地的裤子现在已经绝迹；它的裤腿中前部已经磨得灰白，腰围也绝对不能容下当下的我，可是我为什么一直没有遗弃它？它使我回想起羞涩的初恋，同时，它也见证着我生命在那一阶段里所沐浴过的世俗之风。一条还是八成新的军绿裤，腰围很肥，并不符合三十年前我那还很苗条的身材；我回想起，那是我费了九牛二虎之力，才讨到手的；那时"国防绿"的军帽、军服、军裤乃至军用水壶，都强劲风行，我怎能置身于那审美潮流之外？还有两条喇叭口裤,是二十年前,在一种昂奋的心情里置备的;那时我已经三十八岁,却沉浸在"青年作家"的美谥里,记得还曾穿着裤口喇叭敞开度极为夸张的那一条,大摇大摆地去拜访那位提携我的前辈,也就是如今穿松糕鞋来我家,征集我对他的感念的那位妙龄女郎的祖父;仔细回忆时,那前辈望着我的喇叭裤腿的眼神,凸显着诧异与不快,重新浮现在了我的眼前,只是,当时他大概忍住了涌到嘴边的批评,没有就此吱声。

人在风中。风来不可抗拒,有时也毋庸抗拒。风有成因。风既起,风便有风的道理。有时也无所谓道理。风就是风,它来了,也就预示着它将去。凝固的东西就不是风。风总是多变的。风既看得见,也看不见。预报要来的风,可能总也没来。没预料到的风,却会突然降临。遥远的地球那边一只蝴蝶翅膀的微颤,可能在我们这里刮起一阵劲风。费很大力气扇起的风,却可能只有相当于蝴蝶翅膀一颤的效应。风是单纯的、轻飘的,却又是诡谲的、沉重的。人有时应该顺风而行,有时应该逆风而抗。像穿着打扮,饮食习惯,兴趣爱好,在这些俗世生活的一般范畴里,顺风追风,不但无可责备,甚或还有助于提升生活情趣,对年轻的生命来说,更可能是多余精力的良性宣泄。有的风,属于刚升起的太阳;有的风,专与夕阳作伴。好风,给人生带来活力。恶风,给人生带来灾难。像我这样经风多多的人,对妙龄人提出些警惕恶风的忠告,是一种关爱,也算是一种责任吧。但不能有那样的盲目自信,即认定自己的眼光判断总是对的。有的风,其实无所谓好或恶,只不过是一阵风,让它吹过去就是了。于是又想起了我衣柜底层的喇叭口裤,我后来为什么再不穿它? 接着又想起了那老前辈的眼光,以及他的终于并没有为喇叭裤吱声。无论前辈,还是妙龄青年,他们对风的态度,都有值得我一再深思体味的地方。

2000 年

长吻蜂

去年,我远郊书房温榆斋的小院里那株樱桃树只结出一颗樱桃。村友告诉我,树龄短、开花少,加上授粉的蜜蜂没怎么光顾,是结不出更多樱桃的原因。今年,樱桃树已经三岁,入春,几根枝条上开满白色小花,同时能开出花的,只有迎春和玉兰,像丁香、榆叶梅什么的还都只是骨朵,日本樱花则连骨朵也含含混混的,因此,樱桃树的小白花灿烂绽放,确实构成一首风格独异的颂春小诗。今年,它能多结出樱桃吗?纵然花多,却无蜂来,也是枉然?

清明刚过,我给花畦松过土,播下些波斯菊、紫凤仙的种子,在晴阳下伸伸腰,不禁又去细望樱桃花,啊,我欣喜地发现,有一只蜂飞了过来,亲近我的樱桃花。那不是蜜蜂,它很肥大,褐色的身体毛绒绒的,双翼振动频率很高,但振幅很小,不仔细观察,甚至会觉得它那双翼只不过是平张开了而已。它有一根非常长的须吻,大约长于它的身体两倍,那须吻开头一段与它身体在一条直线上,但后一段却成折角斜下去,吻尖直插花心。显然,它是在用那吻尖吮吸花粉或花蜜,就像我们人类用吸管吮吸饮料或酸奶一样。并非蜜蜂的这只大蜂,也能起到授粉作用,使我的樱桃树结果吗?我自己像影视定格画面里的人物,凝神注视它,它却仿佛影视摇拍画面里舞动的角色,吮吸完这朵花,再移动、定位,去吮吸另一朵花,也并不按我们人类习惯的那种上下左右的次序来做这件事,它一会儿吸这根枝条上的,一会儿吸那根枝条上的,忽高忽低,忽左忽右,或邻近移位,或兜个圈移得颇远,但我摄神细察,发现它每次所光临的绝对是一朵新花,而且,它似乎是发愿要把这株樱桃树上每朵花都随喜一番!

手持花铲,呆立在樱桃树前的我,为一只大蜂而深深感动。当时我就给它命名为长吻蜂。事后我查了《辞海》生物分册,不得要领,那上面似乎没有录入我所看到的这个品种,于是,我在记忆里,更以长吻蜂这符码来嵌定那个可爱的生命。于我来说,它的意义在生物学知识以外,它给予我的是关于生命的禅悟。

我是一个渺小的存在。温榆斋里不可能产生文豪经典。但当我在电脑上敲着这些文字时,我仿佛又置身在清明刚过的那个下午,春阳那么艳丽,樱桃花那么烂漫,那只长吻蜂那么认真地逐朵吮吸花心的粉蜜,它在利己,却又在利他——是的,它确实起到了授粉的作用,前几天我离开温榆斋小院回城时,发现樱桃树上已经至少膨出了二十几粒青豆般的幼果——生命单纯,然而美丽,活着真好,尤其是能与自己以外的一切美好的东西相亲相爱,融为一体! 常有人问我为何写作? 其实,最根本到一点是: 我喜欢。若问那长吻蜂为什么非要来吮吸樱桃树的花粉花蜜? 我想最根本的一条恐怕也是"我喜欢"三个字。生命能沉浸在自己喜欢,利己也利他的境界里,朴实洒脱,也就是幸运,也就是幸福。

我在电话里把长吻蜂的事讲给一位朋友,他夸我心细如丝,但提醒我其实在清明前后,"非典"阴影已经笼罩北京,人们现在心上都坠着一根绳,绳上拴着冠状病毒形成的沉重忧虑。我告诉他,唯其如此,我才更要从长吻蜂身上获取更多的启示。以宇宙之大、万物之繁衡量,长吻蜂之微不足道,自不待言,它的天敌,大的小的,有形的无形的,想必也多,但仅那天它来吮吸樱桃花粉蜜的一派从容淡定,已体现出生命的尊严与存活发展的勇气,至少于我,已成为临"非典"而不乱的精神滋养之一。莫道生命高贵却也脆弱,对生命的热爱要体现在与威胁生命的任何因素——大到触目惊心的邪恶小到肉眼根本看不见的冠状病毒——的不懈抗争中。我注意居室通风,每日适度消毒,减少外出,归来用流动水细细洗手……但我还有更独特的抗"非典"方式,那就是用心灵的长吻,不时从平凡而微小的事物中吮吸生命的自信与勇气。

2006 年

枯鱼过河泣

谁在青年时代，完全不曾荒唐过呢？

说实在的，即使不曾有过荒唐的行为，心中总涌动过荒唐的念头。

比如说，有的中学生躲在厕所里抽烟，被老师发现后，自然受到批评，并领受了一番训谕，末了问他："你究竟为什么要吸烟？"他就只是说："不为什么……因为、因为禁止我们抽烟，所以、所以想抽一下，看究竟是什么滋味……"

这种踏入禁区的冲动，就是20岁以上的青年人也很难完全避免，有一位大学里的研究生就对我吐露心曲说："你看我，这么大个人了，可不知为什么，在公园里，凡遇见'游人止步'的牌子，我就总想往那牌子挡住的地方深入……总有一种你不让我进去我偏要进去的劲头……"他向我坦白，他也真的在冲动中那么越"雷池"而深入过，结果一次是走到了内部职工宿舍，让一位正在晾衣服的大嫂轰了出来，另一次则发现那不让游人深入的所在是一个垃圾集中站，他自然不轰而退。

当然还有更荒唐的例子，都是在一种青春期骚动的心理驱使下,为消除神秘感,为寻求刺激,为显示自己已然成熟,为向同伴炫耀勇敢无畏,或仅仅出于一时的烦闷无聊,而轻率地踏入禁区。

一般来说,这种基本上属于好奇心胜而偶一荒唐的青春期非规范行为,只要尚能自我抑制,尚能适可而止,尚愿听取长辈的劝谕而迷途知返,都不算多么严重的问题。有的少年时代和青年时代的荒唐事,比如结伙打赌看谁有勇气只身穿过漆黑的墓地,自己果然拍着胸脯壮着胆子而又毛骨悚然地穿了过去;又比如因崇拜某歌星而"发烧",苦苦守候在剧院后门等伊卸装出来好一睹芳容并请其签名,结果一无所获却得了一场重感冒……在步入中年以后,倒都不失为可资回味的人生橄榄,在苦涩中还有某种稚气的清香。

但对青春期的荒唐是不能无限度地宽容与原谅的,无论对别人,还是对自己。

目前我们正处在一个转型期的社会中,各种诱惑纷至沓来,健全而细密的游戏规则不可能迅即确立,许多事全凭我们自己本着良知判断,倚仗意志坚持,因此,倘若对自己心中的本能骚动完全不设防,一任其尽情发泄,则很可能导致"更向荒唐演大荒"的不良行为,酿成"一失足成千古恨"的后果,那可能就是人生的大悲剧了!

我就知道,有那本来好端端的青年,禁不住别人的引诱,先是出于好奇,想知道一下"吸毒究竟是怎么一回事",又觉得靠反正我只吸一次，试试就行，怕什么呢?"结果便轻率跨进了全世界不同社会制度国家全都列为禁区的吸毒黑圈，一吸，便中了邪毒，在为时短暂的错乱性精神快感之后，紧跟着便是难耐的疲惫、空虚与酸痛。因此便不得不再吸，而每吸一次，那快感时间都在缩短，而吸毒期间的痛苦便成倍增加，从此形成恶性循环，难以自拔，引诱者便又将其进一步拉进贩毒集团，贩毒在全球范围内都是列为重罪的，那陷入毒阵的青年，最后也随贩毒头子而被捕，导致了毁灭。

在一个转型期的社会中，青年人尤其要清醒。在纷至沓来的种种诱惑面前，要适度控制自己的欲求。不要以为社会未及建立细密的游戏规则便可以肆意胡来，在最粗疏的规则面前，越轨的行为也可能遭受到沉重的打击。要努力使自己的心性稳步走向成熟，架构起一种即使不那么崇高也属于良性的终极追求，并自觉地维系一种即使不那么严格也毕竟设有雷池的道德规范，驾驭住自己那往往是野马难驯的青春期心理骚动，从而使自己能身心双健地成为社会中一个超建设性作用的成员。

我曾收到过数封从监狱里寄来的信函，那些青春未逝而自己失足的犯人在信中向我诉说了他们的悔恨，祈求我给予他们教诲与安慰。老实说，我实在不知道该怎样才能切实地帮助他们，但他们的信函使我想起了一首大约 2000 年前就有了的古乐府诗："枯鱼过河泣，何时悔复及；作书与鲂鱮，相教慎出入!"那不知名的民间歌者,从丰富奇诡的想象力,假借一条已然被钓捕且已干枯的亡鱼之口,以沉痛的追悔莫及的口气,告诫那些尚有自由的同类,千万不要荒唐行事!

　　人在青春期中,如花开在枝,往往并不能清醒地认识到青春的弥足珍贵。青春于我们每个人都仅有一次,犹如每朵花都仅能开放一次而已;花谢了,应有果的生长,人的青春逝去了,应有事业的成就,哪怕是平凡的事业;青春期的浪漫,青春期的荒唐,犹如花在勾蜂引蝶中怒放,在劲风中摇曳喷香,千万不要果未孕成花先谢,青春未逝罪已铸,"枯鱼过河泣",那悲声在青春的心中应如警钟长鸣啊!

1992.11